Patricia St. John

Nur der Himmel ist die Grenze

Die Geschichte der Ruanda-Mission

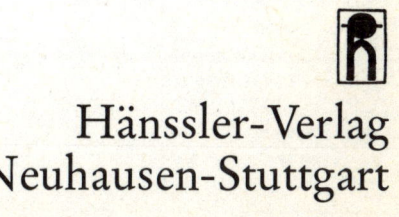

Hänssler-Verlag
Neuhausen-Stuttgart

ISBN 3 7751 0333-3
TELOS-Paperback Nr. 2022
1. Auflage
© Copyright by the Ruanda Mission C.M.S. 1971
St. Mark's Church, Kennington Park Road, London
Published by Norfolk Press
Copyright 1978 der deutschen Ausgabe by Hänssler-Verlag
Neuhausen-Stuttgart
Umschlaggestaltung von Daniel Dolmetsch, Stuttgart
Umschlagfoto: Artreference
Deutsch von Hildegund Beimdieke
Gesamtherstellung:
St.-Johannis-Druckerei, 7630 Lahr-Dinglingen
Printed in Germany   15467/1978

*»Ein Land mit Bergen und Auen . . .
ein Land, auf das der Herr, dein Gott, achthat.«*
5. Mose 11, 11–12

Vorwort

1955 hatte ich die Gelegenheit, einige der in diesem Buch erwähnten Orte zu besuchen. Außerdem durfte ich einige der Menschen kennenlernen, die in diesem Buch eine Rolle spielen. Schon aus diesen Gründen bin ich froh darüber, für »*Nur der Himmel ist die Grenze*« ein Vorwort schreiben zu dürfen.

Die hier erzählte Geschichte erstreckt sich über eine Zeitperiode von einem halben Jahrhundert. Das ist in der langen Geschichte der Kirche eine sehr kurze Zeit – und doch birgt sie ein erstaunliches Wachstum der Evangelisation in sich.

Mein Wunsch ist es, daß viele dieses Buch lesen und eingehend darüber nachdenken, indem sie es nicht nur als ein Stück der Kirchengeschichte des 20. Jahrhunderts studieren, sondern sich auch Fragen stellen, zum Beispiel: Was hat das Wachstum dieser jungen Kirche und ihrer Geistesbewegung den älteren Kirchen zu sagen, die mit ihrer Geschichte und ihrer Tradition zufrieden und in ihren Methoden festgelegt scheinen? Vermittelt uns die Kirche von Ruanda bestimmte Erfahrungen, für die wir schon längst den Blick verloren haben? Was will der Geist durch diese Geschichte *unserer eigenen* Kirche und Gemeinde sagen?

Ohne Zweifel werden in den kommenden Jahren neue Probleme auf die Kirche von Ruanda zukommen, und die Verantwortlichen brauchen erneut die Gaben des Geistes, um zu erkennen, worauf es ankommt. Die Leser dieser äußerst interessanten Geschichte der Kirche von Ruanda mögen im Gebet dafür eintreten, daß deren Glieder weiterhin ihren ganzen Eifer auf den Namen richten, der über allen Namen steht.

Donald Ebor
Erzbischof von York

Inhalt

Einleitung		11
Kapitel 1	Die Saat	15
Kapitel 2	Gründungszeit – »Das kleine, weiße Kreuz«	25
Kapitel 3	Jahre der Erfüllung – Bittere Tropfen	33
Kapitel 4	»Gedrucktes Bollwerk«	42
Kapitel 5	Nur der Himmel ist die Grenze	51
Kapitel 6	Vom »Anstandshalber« zum Leben im Geist	63
Kapitel 7	Lepra	72
Kapitel 8	Nach Norden – nach Süden	82
Kapitel 9	Burundi – Trommeln statt Glocken	93
Kapitel 10	Leben aus dem Tod	102
Kapitel 11	Das Rauschen eines mächtigen Windes – und was vorausgehen muß	114
Kapitel 12	Der »große weiße Mann« lernt um	131
Kapitel 13	Schwere Jahre: 2. Weltkrieg	142
Kapitel 14	»In alle Welt« – Wie Rassenschranken fallen	153
Kapitel 15	Möglichkeiten und Grenzen der Bildung	161
Kapitel 16	Die Entwicklung der medizinischen Arbeit: Von der Grashütte zum Missionskrankenhaus	173
Kapitel 17	Wie die Gemeinde wuchs: Sorge um Sünden und Nöte	184
Kapitel 18	Kirche im Feuersturm der Verfolgung	197
Kapitel 19	Flüchtlinge und Märtyrer	212
Kapitel 20	Das Leben geht weiter	226

Einleitung

Von Rev. Festo Kivengere B. D.

Mit einem tiefen Gefühl der Dankbarkeit zu Gott schreibe ich diese einleitenden Worte zu der Chronik von dem, was Er in den letzten fünfzig Jahren durch die ganz gewöhnlichen Männer und Frauen getan hat, aus denen die Ruanda-Mission besteht.

Paulus sagt: »Als die Zeit erfüllt war, sandte Gott seinen Sohn, geboren von einem Weibe.« Als einer, dem Gott die frohe Botschaft seines Sohnes durch seine Boten der Ruanda-Mission sandte, erinnere ich mich noch genau, wie es auf geistlichem und sozialem Gebiet in unserem Leben aussah, als uns die Botschaft von der Liebe Gottes durch eure Leute erreichte. Und ich kann sagen, daß die Zeit, uns für diese Botschaft vorzubereiten, ganz gewiß gekommen war.

Wir waren in unserem religiösen Leben immer darum bemüht, den fernen, drohenden Schöpfer zu besänftigen, den wir so verzweifelt suchten, um in ihm Geborgenheit zu finden. Doch die einzig mögliche Verbindung zu diesem Schöpfer schien über die als Medium dienenden Geister unserer Ahnen zu gehen. Wir hofften, daß sie für uns bitten würden, um ihn von unserem Wert zu überzeugen, daß sie uns die Geborgenheit und Sicherheit bringen würden, nach der wir uns so sehnten. Diese Sehnsucht ließ unser Volk die Anstrengungen verdoppeln, um Mittel und Wege zu finden, die Geister zufriedenzustellen, aber wir erhielten nie die Gewißheit, die wir suchten. Im Gegenteil, wir waren in schrecklicher Weise von Unsicherheit geplagt.

Aber derselbe Gott, der dem Licht befahl, aus der Finsternis hervorzuleuchten, sandte sein Licht, um in unsere Herzen und Gedanken hineinzuscheinen, um uns die Erkenntnis der Herrlichkeit des Angesichts Jesu Christi zu schenken. Die alles übertreffende Liebe Gottes, der unsere vergeblichen Bemühungen gesehen hatte, eine echte Beziehung und Verbindung zu ihm herzustellen, sandte die Gründer der Ruanda-Mission in unser Land. Ihr Anliegen war es, uns weiterzusagen, wie sehr Gott uns liebt. Wegen ihrer fremden Hautfarbe, ihrer fremden Sprache, ihrer fremden Verhaltensweisen und ihrer menschlichen Schwächen wäre diese scheinbar einfache Aufgabe der Kommunikation allein durch menschliche Begabung unmöglich gewesen. Es hätte eine Sprachenverwirrung wie damals in Babel entstehen können. Deshalb war der Geist Gottes notwendig, der Geist des Lebens und der Ordnung, der mächtige Wind, der vor der Schöpfung über der chaotischen Wasseroberfläche schwebte. Er mußte über den Bemühungen der Ruanda-Mission wehen.

Langsam aber sicher begriffen wir, daß der Gott, den wir bisher vergeblich gesucht hatten, schon von jeher bei uns gewesen war. Uns dämmerte die Erkenntnis, daß er so sehr um unser ganzes Leben besorgt war, daß er seinen eigenen Sohn dahingab, um für uns zu leiden und uns mit ihm in Verbindung zu bringen. Jesus und seine Liebe wurden so die einzige Kraft, um uns aus unserer eigenen tiefen Verzweiflung in die herrliche Hoffnung des Evangeliums zu ziehen.

In diesen Jahren versuchte man auf dreifache Weise, den Bedürfnissen des ganzen Menschen zu begegnen:

Verkündigung der Frohen Botschaft, um unsere Herzen zu berühren; Schulung unseres Geistes und Verstandes; Heilung des Leibes. Kirchen, Schulen und Krankenhäuser schossen an vielen Orten empor, und Tausende strömten dorthin. Doch etwas fehlte. Sehr oft war eine allgemeine Zustimmung gegenüber der neuen Lehre da, aber nur selten zeigte sich wirkliche Veränderung im Leben der Menschen.

Dann, fast zwanzig Jahre nach der Gründung der Mission, kam dieser Geist in neuer Kraft. Der Geist, der die Sehnsucht in unsere Herzen gesenkt hatte, durchwehte uns – Gemeinden und Missionare gleichermaßen – mit einem neuen Pfingsten. Das Schweigen machte dem Loben Platz, und es herrschte große Freude auf den Gesichtern derer, die dem lebenspendenden Geist Raum gegeben hatten. In der Gegenwart des auferstandenen Christus wurden trennende Schranken niedergerissen. Männer und Frauen erlebten die befreiende Kraft des Kreuzes Christi. Ich persönlich kann Gott nicht genug danken, nicht nur für das, was er unter meinem eigenen

Volk getan hat, sondern auch für das, was er in meinem persönlichen Leben erreichte, als es ihm gefiel, mir zu Hilfe zu kommen. Er zog mich aus meiner Finsternis in Sünde und Verzweiflung heraus und befreite mein gefangenes Leben. Er brachte mich zurück zu sich selbst, beseitigte die Schranken des Widerstandes und sprach mich durch sein kostbares Blut frei.

Das Ausmaß dessen, was Gott durch die Ruanda-Mission in unseren Ländern getan hat, werden wir erst in der Ewigkeit völlig sehen können. Doch der Nachhall des Dankes von Menschen, die durch Gottes erlösende Liebe befreit wurden, wird in den kommenden Jahren weiterhin gehört werden. Die tiefe Wirkung der Botschaft, die von der Mission weitergegeben wurde, kann an den vielen tiefgreifenden Veränderungen in unseren Gemeinden, in unserem Familienleben und in einer der aufsehenerregendsten Bewegungen des christlichen Glaubens erkannt werden, die in der Gesellschaft überhaupt stattgefunden haben.

Möge diese Bewegung des Geistes Gottes in den jungen Gemeinden und in der Mission selbst weiterbestehen – unter den Missionaren wie auch bei ihren Freunden zu Hause. Und möge diese Geschichte, die davon berichtet, wie der Heilige Geist durch ganz gewöhnliche Menschen wirken kann, die Leser mit dem gleichen Geist inspirieren. Möge sie sie ermutigen, dies der Welt am Ende der Siebzigerjahre weiterzugeben, um verwirrte Menschen aus dem »Smog« des modernen Heidentums heraus zu dem lebendigen Christus zu führen.

Rev. Festo Kivengere B. D. wurde in den Schulen der Ruanda-Mission unterrichtet. Er wurde am Mukono College, Uganda, als Lehrer ausgebildet und unterrichtete später an der Alliance High School, Tansania. Nach zweijährigem Studium in den USA verlieh man ihm die Auszeichnung »Bachelor of Divinity«. Er erhält nun als reisender Evangelist Einladungen aus allen Kontinenten. In Europa ist er durch viele Großveranstaltungen bekannt geworden, so unter anderem durch den Evangelistenkongreß in Lausanne, Mission 76, Gemeindetag unter dem Wort, Christival. Zeitweise gehörte er zum Mitarbeiterteam von Dr. Billy Graham.

Zusammenfassung der wichtigsten Ereignisse

1920   Dr. Sharp mit Frau und Dr. Stanley Smith mit Frau brechen nach Afrika auf

1921   Ankunft der ersten Missionare in Kabale, Kigezi, am 24. Februar

1922   Die ersten Außenstationen werden in Ruanda mit Evangelisten besetzt

1925   Gahini, das erste Zentrum in Ruanda, wird übernommen

1926   Bildung des Ruanda-Rates

1930   Beginn der Leprasiedlung See Bunyoni

1931   Genehmigung für die Grundstücke Shyira und Kigeme

1935   Matana und Buhige, die ersten Stützpunkte in Burundi, werden übernommen
Einsetzung des ersten Erzdiakons

1936   Veröffentlichung von »Sieghaftes Beten«
Übernahme von Buye

1940   Erstes Treffen des Diözesan-Rates von Ruanda-Burundi
Beginn der Vorbereitungsschule in Kabale
Zerstörung des Londoner Büros durch Kriegseinwirkung

1944   Genehmigung für das Grundstück Shyogwe

1951   Weihung des ersten Bischofs für Kigezi, Ruanda und Burundi

1958   Beginn des Kisiizi Krankenhauses

1959/62   Revolution in Ruanda

1962   Unabhängigkeit von Ruanda, Burundi und Uganda

1963   Beginn der Arbeit in Bujumbura, der Hauptstadt Burundis

1964   Tod von Pastor Yona am 23. Januar

1965   Eröffnung des wiedererbauten Kabarole-Krankenhauses, Fort Portal
Weihe des ersten afrikanischen Bischofs von Ruanda und Burundi

1967   Weihe des ersten Bischofs von Kigezi
Beginn der Arbeit in Kigali, der Hauptstadt von Ruanda

Kapitel 1

Die Saat

Wo begann es? Wenn »das Blut von Märtyrern der Same der Gemeinde ist«, dann ist das Gebiet Ostafrikas reich besät. Im Jahre 1631 weigerten sich 150 Portugiesen und Afrikaner, Moslems zu werden, und starben um ihres Glaubens willen in Mombasa. Und genau zweihundert Jahre später predigten Shergold Smith und o'Neill, die Vorkämpfer der Church Missionary Society (C.M.S.), ein Jahr lang auf den Bergen und in den Wäldern Ugandas das Evangelium und wurden schließlich in Tanganyika getötet. Sie sahen kaum Frucht, aber sie gaben die brennende Fackel an Mackay und Wilson weiter – und ein Afrikaner nach dem anderen wandte sich zum Licht. Die Gemeinde in Uganda war geboren.

»Sagt dem König, daß ich für Uganda sterbe«, sagte Hannington, als zu seiner Hinrichtung niederkniete. Er starb nicht vergeblich. Viele folgten seinem Beispiel, und ein Jahr später ging eine große Gruppe von Märtyrern, Protestanten und Katholiken, zum Herrn. Diese Gläubigen, die den Tod so standhaft erduldeten, waren zumeist sehr jung. Der Jüngste, der in den Flammen umkam, war ein Kind von 11 Jahren. »Ihr, die ihr uns gesehen habt, geht hin und berichtet unseren Brüdern, daß wir die Ketten Satans zerbrochen haben«, sagten sie im Angesicht der Qualen. Dieses Wort nahm seinen Lauf, und im ganzen Land wurden Menschen aus den Fesseln der Zauberei und des Heidentums befreit.

Die Morgendämmerung war angebrochen und keine Kraft konnte sie zurückhalten. Zwölf Jahre später wurde Pilkington niedergestreckt, aber noch bevor er starb, hatte die Erweckung das Land erfaßt, und er konnte sein Vermächtnis in den Händen der Baganda (Einwohner von Uganda) zurücklassen: die Bibel in ihrer eigenen Sprache.

Vier Jahre später starb, weit entfernt von Uganda, eine junge, norwegische Mutter. Sie war die Frau von Stanley Smith, einem der Sieben von Cambridge, die unter der Leitung von Hudson Taylor zusammen nach China gegangen waren. Sie hinterließ ein einjähriges Baby mit Namen Algernon. Der trauernde Vater, der von der

Aufgabe, eine ausgedehnte Provinz zu evangelisieren, ganz in Anspruch genommen war, sandte seinen Sohn so schnell wie möglich in ein Internat und nahm ihn später nach England mit: ein zartes, blondes, schüchternes Kind, das auf rührende Weise bemüht war, es jedem recht zu machen. Da es keine nahen Verwandten zu geben schien, boten sich zwei ledige Damen, die Fräulein Watney, an, den Kleinen in Croydon aufzunehmen und für seine Ausbildung zu sorgen.

Die beiden Damen hatten sich in der Gemeindearbeit Ansehen erworben, und die Situation dürfte weder für sie noch für Algie leicht gewesen sein, aber beide »Parteien« taten ihr bestes. Sie schickten ihn ins Winchester College, besorgten für die Ferien einen Hauslehrer, unterrichteten ihn in der Bibel und beteten für ihn. Er wiederum, wirklich dankbar für ihre Freundlichkeit, bemühte sich mit ganzer Kraft, ihnen zu gefallen, und lernte treu und brav seinen täglichen Schriftabschnitt auswendig, ging mit ihnen in die Versammlungen und träumte während der langen Predigten. Aber es war für ihn immer befreiend, die höfliche Maske der Frömmigkeit abstreifen und wieder im Schulleben untertauchen zu können. Winchester glich den meisten staatlichen Schulen jener Zeit, aber eine innere Spur von Reinheit und seine ausgeprägte Abscheu gegen alle Roheit hielt den Jungen von all dem Bösen um ihn herum fern. Hinzu kam der starke Einfluß der langen, liebevollen Briefe seines Vaters.

Die ersten Schultage gingen ruhig und zu seiner Zufriedenheit mit soviel Fußball und Cricket und so wenig Arbeit wie möglich vorbei.

Aber seine Jugendjahre waren nicht ohne Konflikte. Mit vierzehn Jahren besuchte er wieder einmal mit den beiden Fräulein Watney eine Versammlung, aber dieses Mal träumte er nicht. Ein gewisser Herr Ensor sprach über den Vers »Bereitet euch, Gott zu begegnen«, und das sprach den Jungen an. Alle, die Jesus annehmen wollten, wurden gebeten, aufzustehen, und Algie stand auf – zum einen, weil ihm bewußt war, daß die beiden Frauen an seiner Seite beteten, zum anderen, weil er sich seiner geistlichen Not tatsächlich bewußt war. Aber es war nur eine vorübergehende Gefühlsaufwallung, und so mußte er eine Bekehrung spielen, die er nie richtig erlebt hatte. Die glücklichen Watney-Schwestern lobten Gott und meldeten ihn zur Taufe durch Untertauchen an, und so blieb ihm nichts anderes übrig, als sich zu fügen und einzuwilligen. In ihrer Heimatgemeinde wurde er getauft. Die darauf folgende Nacht war eine der schrecklichsten seiner Jugend.

So war es für ihn mehr als eine Befreiung, wieder zurück zur Schule zu kommen und dort er selbst zu sein – und doch hatte sich etwas verändert. Er begann, am Abendmahl teilzunehmen und besuchte regelmäßig die Gottesdienste der »Christian Union«. Sein Erlebnis war zwar tief genug gewesen, ihn innerlich zu beunruhigen, aber doch auch wiederum nicht tief genug, um sein tägliches Leben äußerlich zu verändern. So fürchtete er sich geradezu entsetzlich davor, seine Freunde könnten dahinterkommen, daß er religiös geworden war. Als zum Beispiel seine Tante einmal in Heilsarmee-Uniform auf dem Bahnhof erschien, brachte ihn das so in Verlegenheit, daß er alles mögliche anstellte, sie so lange zu verbergen, bis alle Schulklassen draußen auf den Sportplätzen waren. Dann zeigte er ihr in großer Eile die leeren Gebäude und konnte erst wieder aufatmen, als die Uniform wieder mit dem Zug verschwand.

Die Jahre gingen vorüber, und er verließ Winchester, um nicht zurückzukehren. Vor allem der Besuch von Albert Cook, einem Pionierarzt in Uganda, hatte ihn in dem Entschluß bestärkt, Medizin zu studieren, und so beschloß er, nach Cambridge zu gehen. Es ist für einen jungen Menschen immer ein besonderer Augenblick, wenn er die Schule endgültig verläßt und etwas Neues beginnt – jetzt ein Mann, in einer durch gestärktes Bewußtsein erweiterten Welt, voller großer Möglichkeiten und sicherer Einschätzung von Gut und Böse. Und im September 1908, am Vorabend des Eintritts in die Universität, entschloß sich Algie, mit den Kompromissen aufzuhören. Es war kein spontaner Gefühlsentschluß, sondern eine wohlüberlegte Entscheidung. Intellektuell hatte er immer schon an die Liebe und das Opfer Christi geglaubt. Nun war ihm klar, daß die einzig angemessene Reaktion auf jene Liebe war, sein Leben völlig in den Dienst Christi zu stellen. Und das geschah unverzüglich.

Es war gut, daß er bei seinen ersten zaghaften, aber entschlossenen Schritten ins neue Leben in der Studentenbude nebenan Leonard Sharp kennenlernte, der gerade mit Harrow fertiggeworden war. Sie waren vom Wesen und ihrem Hintergrund her total verschieden. Algie hatte nie die Geborgenheit einer Familie kennengelernt,

Len hingegen war das dritte von acht Kindern einer liebevollen, mutigen, gläubigen Mutter. Er war ein kräftiger, praktisch veranlagter Junge, eine geborene Führernatur, mit einem charmanten Lächeln, das seine markanten Gesichtszüge ganz plötzlich sensibel und empfindsam erscheinen ließ. Wahrscheinlich fühlten sie sich zueinander hingezogen, weil sie beide beim Verlassen der Schule ihr Leben Christus übergeben hatten und nun beide mit ganzem Ernst Gottes Führung für ihre Zukunft suchten. »So bildeten wir bei Spiel und Arbeit eine Partnerschaft, die sicher in Gottes Plan lag«, schrieb einer von ihnen fünfzig Jahre später. In jenem ersten Semester in Trinity erkannten sie die Not der unevangelisierten Welt. Man kann sich gut vorstellen, wie sie in der Herbstsonne im Glanz des absterbenden Laubs durch die Anlagen von Cambridge spazierten, mit der großen Freude auf ein neues Abenteuer in ihren Herzen. Täglich beteten sie gemeinsam: »Herr, sende uns zu einem Stamm, der noch nie vorher das Evangelium gehört hat.«

Es mangelte nicht an Gelegenheiten, davon zu hören, denn es war die Glanzzeit der Mission; und Männer, deren Namen noch heute berühmt sind, besuchten gelegentlich Cambridge. Die Christian Union war damals ein großer Kreis überzeugter junger Studenten, bereit, sich dem inspirierenden Einfluß von Männern wie John Mott zu öffnen, der die Studentengruppe aufrief, die Welt noch während ihrer Generation zu evangelisieren, oder C. T. Studd, der die Sieben von Cambridge nach China führte, oder Barclay Buxton, dem Gründer der Japanischen Evangelistischen Missionsvereinigung; da war auch Karl Kumm mit seiner Vision, eine Kette von Missionsstationen vom Westen zum Osten quer durch Afrika aufzubauen, um die Ausweitung des Islams zu stoppen. Auch Dr. Albert Cook kam, und Algie freute sich, seinen alten Freund wiederzusehen. Nach seinem Besuch wurden die Gedanken der beiden jungen Männer verstärkt auf Ostafrika gerichtet.

In London nahm Len seine Studien am St. Thomas und Algie seine am St. George-Krankenhaus auf, aber dennoch trafen sie sich häufig. Ihre Verbindung wurde nicht schwächer. Sie hatten beide zusammen das Christenleben begonnen, und von daher lag es nahe, daß sie die weiteren Schritte zusammen unternahmen und daß Gott sie auch an denselben Platz berufen würde – obwohl ihnen noch nicht klar war, wo das wohl sein könnte. Beide waren in ihrem Studium sehr erfolgreich gewesen, und in England standen ihnen alle Türen offen. Und doch bewegte sie etwas: jene unbekannte Rasse, die noch nie das Evangelium gehört hatte. Als beide im Jahre 1914 ihren Abschluß machten, entschlossen sie sich, Dr. Cooks Angebot anzunehmen, und ein Jahr mit ihm draußen im Mengo-Krankenhaus in Uganda zu arbeiten.

Nur wenige glaubten in den ersten Monaten des Jahres 1914, daß England in den Krieg ziehen würde. Bisher hatte in den Universitäten und Krankenhäusern keine Wolke der Furcht das Glück der beiden »privilegierten Gentlemen« getrübt. Sie schmiedeten wie üblich ihre Pläne, aber wenige Monate später brach der Sturm los und Englands Jugend wurde von einer ungeheuren Welle des Patriotismus erfaßt. Der gesamte Mitarbeiterstab des St. George-Krankenhauses ging nach Frankreich, und Algie war dabei. Seine Neigung, immer mit der Masse zu gehen, war zu jener Zeit noch nicht von der Liebe Gottes in verständnisvolle Toleranz verwandelt worden, die ihn später so auszeichnete, vor allem in der Begabung, die verschiedenen Seiten eines Problems zu sehen. Er warf sich selbst ins Frontleben und wurde innerhalb eines Jahres zweimal bei Beförderungen erwähnt und ausgezeichnet. Gott bewahrte das schutzlose, junge Leben, das sich ihm so völlig ergeben hatte, und brachte ihn sicher zurück. Mitte 1915 wurde seine Einheit dezimiert, und aus Mengo war ein Lazarett für den ugandischen Teil der ostafrikanischen Armee geworden. Er verlobte sich mit Zoe Sharp, die er im Krankenhaus kennengelernt hatte. Sie war ein stilles, häusliches Mädchen. Anschließend wurde er nach Übersee ins Mengo-Hospital gerufen, wo er wieder auf Len traf, der dort schon ungefähr neun Monate gearbeitet hatte.

Gegen die öffentliche Meinung und ohne sich von der Masse beeinflussen zu lassen, hatte Len fest seinen Blick auf jenes Land gerichtet, von dem er glaubte, daß Gott ihn dahin berufen habe. Er traf dort im Februar 1915 ein und wurde medizinischer Offizier der belgischen Truppen. Auf diese Weise schuf er eine Verbindung, die ihm später sehr zugute kommen sollte. Voller Freude, wieder zusammen zu sein, arbeiteten die Freunde in den nächsten drei Jahren sehr hart und lernten sehr viel von den begabten Arztbrüdern Albert und Jack Cook, die von den Afrikanern geliebt und geachtet wurden. Auch Len erwarb sich ein weitreichendes, großes Ansehen und gründete die erste medizinische Schule in Uganda.

Das Mengo-Hospital, gegründet 1897, steht am Rande des Mamirembehügels, direkt am Fuß der großen Kathedrale. Für den Christen ist dies heiliger Boden, denn der Schatten der Kathedrale fällt auf die Gräber von Mackay, Hannington und Pilkington, den Pionieren und Märtyrern des Glaubens. Weiter unten liegt die Stadt Kampala – mitten in der Pracht blühender Kassien, Feuerbäume und Jakarandas. Doch 1914 war noch nicht viel von der Stadt zu sehen, obwohl die Gegend herrlich, das Klima angenehm und Dr. Cook ein allseits beliebter Chef war. Der Bedarf an ärztlicher Betreuung war unvorstellbar, und so schienen die beiden neuen Rekruten allen Grund zu haben, sich hier niederzulassen und die bestehende Zusammenarbeit von Krankenhaus und Gemeinde auszubauen.

Beide wußten, daß dies erst der Beginn ihrer Reise war. Dies waren keine Menschen, denen das Evangelium noch nie gepredigt worden war. Der Krieg zog sich dahin, die Berichte aus Frankreich wurden immer katastrophaler, und die beiden jungen Männer müssen trotz ihres verhältnismäßig sicheren Rückhalts ziemlich unruhig gewesen sein. Den Freunden war klar, daß diese »Schleuse« zu einem Kanal in ein unerforschtes Land werden würde, das ihren Augen noch verborgen war. Sie konnten nicht ahnen, wo sich dieses Land befinden mochte, bis sie im Jahre 1916 plötzlich ein Buch lasen.

Es war ein Reisebericht mit dem Titel »Im Herzen Afrikas«, den der Herzog von Mecklenburg verfaßt hatte. Er beschrieb das geheimnisvolle, mythische Land eines Doppelkönigreiches, südlich der ugandischen Grenzberge gelegen – zu jener Zeit, was die Zivilisationsverhältnisse anbetraf, kaum auf der Karte eingezeichnet. Es hieß Ruanda-Burundi und war nicht größer als Irland. Es lag im nordwestlichen Teil von Deutsch-Ost-Afrika, und die belgischen Soldaten sprachen manchmal davon, denn ihre Truppen mußten es durchqueren, um an ihre Küste zu gelangen.

Es war sehr dicht bevölkert und beherrscht von gewaltigen Vulkanbergen, durchteilt von Flüssen, dazu übersät von Seen und Wasserfällen. Die hohen Wälder hielten die Löwen, Leoparden und Gorillas ab. Der herrschende Stamm war groß und mächtig. Die beiden jungen Männer lasen das Buch wieder und wieder, und ihre Herzen schlugen schneller. Es war kein gewöhnlicher Reisebericht. Gott redete durch dieses Buch zu ihnen. Ein unerklärlicher Drang zwang sie buchstäblich dazu, das Land auszukundschaften.

Es fehlte nicht an Ermutigung. J. J. Willis, Bischof von Uganda, glaubte an ihren göttlichen Ruf, unterstützte sie und half ihnen auf dem ganzen Weg. Deutschland verlor Ostafrika, und so geriet dieses schöne, unbekannte kleine Land in das öffentliche Interesse. Im Dezember 1916 waren die beiden Freunde für ihre dreiwöchige Tour bereit und baten um die Erlaubnis, Ruanda zu besuchen. Durch einen göttlich geleiteten »Zufall« wurde ihnen die Genehmigung auch erteilt, obwohl sich später herausstellte, daß dies ohne Wissen oder Zustimmung der belgischen Regierung geschehen war. Aber diese Entdeckung kam zu spät – Len und Algie hatten die Grenze schon weit hinter sich gelassen.

Rev. H. B. Lewin – ein C.M.S.-Missionar in Uganda – begleitete sie, und sie fuhren mit Motorrädern von Kampala zur Grenze von Uganda, erst durch die Täler, wo die langhörnigen Rinder grasen, und dann über die runden Hügel von Kigezi. Es war gegen Ende der Regenzeit. Die Straßen waren aufgeweicht und sie selbst bis auf die Haut naß und voller Schlamm. Sie hatten ihre Motorräder an der letzten Übernachtungsstelle zurückgelassen und waren drei Tage durch ein fast unbewohntes, »verwunschenes« Land gewandert, aber ihre Müdigkeit war verflogen, als sie den letzten steilen Anstieg erklommen hatten und das erste Mal auf Ruanda schauten.

Es war ein klarer Dezemberabend, und das Land ihrer Verheißung lag nach dem Regen leuchtend unter ihnen, grün wie der Garten Eden. Südlich erhoben sich die Berge Ruandas, eingetaucht in jenes bestimmte kühle Glühen, das dem kurzen, äquatorialen Zwielicht vorangeht. Unsere Freunde sahen Rauchsäulen, die von unzähligen Hütten und Bananenplantagen aufstiegen, die die tiefen Einschnitte der Täler abmilderten und zugleich auch verfinsterten. Beide waren sie der festen Überzeugung, daß dies ihr Land war: »Ein Land mit Bergen und Auen, ein Land, auf das der Herr, dein Gott, achthat und die Augen des Herrn immerdar sehen vom Anfang des Jahres bis an sein Ende . . . eine Stätte, die Gott erwählt, daß sein Name dort wohnt.«

Sie durchzogen fast drei Wochen lang den Norden Ruandas und drangen von Tag zu Tag tiefer in das Land vor. Sie entdeckten ein Land, das auf einer Bergkette liegt, die das Rückgrat zwischen Afrika und der Wasserscheide des Kongos und des Nils bildet. Im Nordwesten erhoben sich die Bufumbiraberge. Diese Vulkane, acht an der Zahl, ragen an klaren Abenden in den Himmel und türmen sich über der Ebene des Ruanda-Plateaus auf. Die meisten von ihnen sind erloschen, doch zwei haben ihren Schlund für das mysteriöse Feuer in ihnen, das den Nachthimmel mit seinem Licht erhellt, noch geöffnet. Im Westen klafft das große aufgespaltene Tal, das Ruanda und Burundi vom Kongo trennt. Dort liegt eines der erstaunlichsten geographischen Phänomene, der Tanganyikasee – 670 Kilometer lang und nur etwas über 48 Kilometer breit, der zweittiefste Frischwassersee der Welt – wie ein 528 Meter tiefer, mächtiger Faustschlag in der Erdoberfläche. Im Osten fällt das Plateau in die trockene, fast kahle Weite Tansanias ab. Von dieser Seite her hatten die Ärzte unter der Leitung von Herrn Lewin das Land zu ihrer ersten Reise betreten.

Zu Beginn des Jahres 1917 waren die beiden Ärzte wieder in Mengo bei ihrer Arbeit, aber sie waren jetzt Männer mit einem neuen Lebensziel. Jetzt ging es nicht mehr darum, Gottes Willen herauszufinden oder zu suchen, jetzt ging es nur noch um das Warten auf den nächsten Schritt und wie die in jeder Weise bestmögliche Vorbereitung für ihr künftiges Lebenswerk geschehen sollte. Es war nicht leicht, Geduld zu üben, als die Monate sich so lang hinzogen. Aber schließlich war das Jahr 1919 da, und mit dem Segen und dem Lob der Mission in Uganda reisten die beiden jungen Männer nach England zurück. Vor ihnen lag die schwierige Aufgabe, die vom Krieg mitgenommene, von Sorgen gezeichnete, finanziell stark überlastete C.M.S. davon zu überzeugen, ein neues Pionierunternehmen zu starten, das von zwei enthusiastischen Missionaren in den zwanziger Jahren in Angriff genommen werden sollte.

Von der Logik und den üblichen Maßstäben überlegener Reife her hätte man den ganzen Vorschlag als unsinnig ablehnen müssen, besonders, da Algie und Len geheiratet hatten und ihre Familien versorgen mußten. Algie vermählte sich voller Freude mit seiner Zoe. Len heiratete Esther Macdonald, ein prächtiges »drahtiges« Mädchen mit praktischem Sinn und charakterstark, was ihr für das Pionierleben sehr zustatten kam.

Rev. G. T. Manley, der afrikanische Sekretär der C.M.S., war ein Mann des Glaubens, und so schlug er Gottes Ruf in dieser scheinbar absurden, unpassenden Lage auch nicht in den Wind. Es war nicht ganz leicht, sein Komitee davon zu überzeugen (besonders, da Algie und Zoe inzwischen ein Baby erwarteten), und doch geschah das Unmögliche. Im Juni 1920 erschien im »The Gleaner« ein Artikel von Len Sharp, aus dem wir folgendes zitieren: »Unter Voraussetzung der Genehmigung der belgischen Behörden hat sich die C.M.S. entschlossen, Ende dieses Jahres eine Missionsarbeit in Ruanda zu beginnen. Die Entscheidung, eine neue Arbeit ins Leben zu rufen und in dieser Zeit der Finanzkrise eine neue Verantwortung auf sich zu nehmen, ist ein mutiger Schritt von Seiten des C.M.S.-Komitees, und so haben wir uns bereit erklärt, für unseren Lebensunterhalt in den ersten vier Jahren selbst verantwortlich zu sein. Wir glauben, daß Gott dieses Glaubenswagnis segnen wird. Dr. Stanley Smith und Frau, meine Frau und ich hoffen, Anfang Herbst nach Ruanda reisen zu können, um in der Nähe von Nyanza, der Hauptstadt des Königs, ein Missionskrankenhaus eröffnen zu können. Wir hoffen, im Anschluß daran eine Schule für die Söhne der Obersten aufbauen zu können.« Dem Artikel schloß sich eine Bestätigung der C.M.S. an: »Der Artikel über Ruanda ist eines besonderen Hinweises wert, weil er einen Glaubensschritt beinhaltet. Wir werden uns sicher noch lange an die Debatte im Komitee erinnern. Die finanziellen Aussichten der Gesellschaft sind so schwarz wie nie, und das Mandat für Ruanda wurde gerade Belgien übergeben. Diese Tatsachen scheinen entmutigend, und doch hat sich das Komitee einstimmig dazu entschlossen, diesen Schritt zu wagen. Warum das alles? Wieviele andere Gesichtspunkte auch beachtet wurden, so überwog doch am stärksten das Empfinden, daß dieses starke innere Getriebenwerden in den beiden Ärzten Gottes Ruf war – für sie wie auch für die Gesellschaft.«

Aufregende Wochen folgten, als die jungen Paare sich auf die Reise vorbereiteten, und wieder und wieder bewies sich, daß Gott in manchmal völlig unerwarteter Weise für sie sorgte. So hatten sie zum Beispiel niemals den Offizier kennengelernt, dessen Auto einen Motorschaden erlitt, als es am Sonntagmorgen durch Tunbridge Wells fuhr, so daß er es in der Werkstatt lassen mußte. Um sich die Zeit zu vertreiben, ging er in die Kirche, wo Canon Stather Hunt gerade über das neue Unternehmen in Ruanda sprach. Innerlich bewegt, gab der Offizier 500 Pfund Sterling als Dankopfer für die erlebte Gnade Gottes während des Krieges.

Als nächstes galt es, die Einwilligung Belgiens zu erhalten, das nun Ruanda verwaltete. Durch die Vermittlung von Monsieur Anet von der belgischen protestantischen Kirche, der von der Regierung beauftragt worden war, die alten deutschen Missionsstationen zu übernehmen, wurden die Ärzte dem Kolonialminister vorgestellt und erhielten die Erlaubnis, im Süden Burundis zu wohnen. Die Türen waren offen – der Weg war klar, und im November 1920 stachen die vier zusammen mit dem Baby Nora Stanley Smith, das nur wenige Monate alt war, in See. Ihre Hoffnungen waren weit gespannt und ihre Herzen voller Freude und Mut.

Sie waren bis Marseille gekommen, als sie ein Brief der belgischen Regierung erreichte, in dem die Erlaubnis, Ruanda-Burundi zu betreten, zurückgezogen wurde. So war die Tür nun doch noch zugegangen, buchstäblich vor ihrer Nase zugeschlagen. Doch alle vier waren sich darin einig, daß sie nicht umkehren sollten. Sie beschlossen, zunächst nach Uganda zu gehen und dort alle weiteren Entwicklungen abzuwarten. So setzten sie die Segel Richtung Mittelmeer, »unter dem Befehl unseres Führers«.

Kapitel 2

Gründungszeit –
»Das kleine, weiße Kreuz...«

Die Reise von der Küste nach Uganda verlief unter sengender Hitze, und eine ziemlich »geschlauchte« kleine Gruppe kam in Kampala an und fand sich selbst als Gegenstand hitziger Diskussionen. Einige wollten sie nach Kenia schicken, andere nach Teso im Nordosten, um die dort bestehende Arbeit zu unterstützen. Aber eine höhere Macht gab ihnen den Auftrag, sich nach Süden zu wenden. Wenn die Türen des verheißenen Landes jetzt auch noch geschlossen sein mochten, so mußten sie doch für den Moment der Öffnung bereit sein. Und Bischof Willis verteidigte sie wiederum gegen die Andersdenkenden und sandte sie nach Kabale in den südlichen Kigezi-Distrikt – einer wilden, bergigen Region am Fuße der Bufumbirakette. Es lag an der Grenze zu Ruanda, und einige Einwohner kamen von dort auch ins britische Gebiet herüber, so daß echte Hoffnung bestand, hier beginnen zu können. Ein indischer Assistenzarzt unterhielt hier eine primitive Klinik, und eine Reihe gläubiger afrikanischer Freiwilliger ging mit ihnen. Ungefähr 200 000 gesetzesfreie Stammesleute bildeten zu jener Zeit die Bevölkerung.

Das war offensichtlich nicht der richtige Platz für ein englisches Baby, und so brachte Algie seine sich heftig sträubende Frau zu Missionaren nach Mbarara. Len und Esther Sharp begaben sich zusammen mit einem kleinen Hund per Motorrad im Februar 1921 auf eine 418 km lange Reise – eine Gruppe von Trägern im Gefolge, die hoch zu Kopf ihr Gepäck trugen. Esther trug knöchellange Kleider, die über die dicke, rote Erde von Ankole schleiften, und die knatternde Maschine war für die vielen Zuschauer am Wege immer eine echte Attraktion. Es gab keine Straßen, sondern nur Pfade durch die Wiesen, bis das Land hügelig wurde und sie die kahlen runden Hügel vor sich sahen – hier hörten sogar die Pfade auf. Vor ihnen erhob sich ein grüner Berg, und es blieb ihnen nichts anderes übrig, als das Motorrad im Tal zu lassen (nachher wurde es mit einem Seil wieder flottgemacht) und hinaufzuklettern – Len auf seinen Füßen, Esther auf Händen und Knien und der Hund auf seinen vier Klauen. Irgendwie erreichten sie den Gipfel, und hier vergaß zumindest Len seine Müdigkeit.

Der ganze weite Kigezi-Distrikt lag vor ihnen. Die Regenzeit war zwar vorüber, aber man hatte ein herrliches Panorama mit noch saftig-grünen Hügeln. Die Täler waren dicht bevölkert, das konnte man sehen; unzählige kleine Hütten drängten sich inmitten von Plantagen – mit Tausenden Menschen, die nie das Licht des Evangeliums kennengelernt hatten. Nur wenige Kilometer noch, und ihr Lebenswerk konnte beginnen.

Am 24. Februar schlugen sie ihr Zelt auf dem kahlen windigen Gipfel mit Namen Kabira auf, etwas mehr als einen Kilometer vom Regierungsposten von Kabale entfernt. Bestürzung machte unter der örtlichen Bevölkerung ihre Runde. Ein alter Mann, der später auf den Namen Benjamin getauft wurde, war bei der Feldarbeit, als der ungewöhnliche Zug mit den zwei Bleichgesichtern auftauchte. Ihr Zelt wurde umringt und das Mißtrauen noch mehr geschürt, als drei Tage später Algie und Bischof Willis auf Eseln ankamen und mit dem Ausmessen der Grundstücke für die Gebäude begannen. Ihr Team von freiwilligen, gläubigen Helfern kam mit ihnen. Es begann ein geschäftiges Treiben, als die beiden jungen Ärzte mit dem Bauen anfingen. Lehm- und Strohhütten entstanden, und von vierzig Kilometern Entfernung wurde Holz für ein Krankenhaus herbeigeschafft. Die wenigen Christen am Ort (das Ergebnis von H. B. Lewins Arbeit in Ankole) waren voller Freude, als sie begriffen, was geschah, und erwiesen sich als wertvolle Helfer.

Wie waren ihre ersten Eindrücke? Auf Seiten der beiden jungen Ärzte herrschte das Gefühl, eine überströmende Not und gewaltige Möglichkeiten vorzufinden. Die Menschen in diesem Distrikt waren für ihre Trunkenheit und Zauberei bekannt, und es war bei einer Expedition nichts Ungewöhnliches, Dörfer zu betreten, in denen sich alle Kinder wie auch Erwachsene betrunken auf der Erde wälzten. Zunächst erschien niemand, der etwas von ihnen wollte oder ihnen vertraute. Sie hatten kein Geld, um gelernte Arbeiter zum Bauen anzustellen, und so mußten sie alles den Afrikanern am Ort selbst beibringen – und ihre Arbeiter wurden ihr erstes Missionsfeld. Sie predigten ihnen täglich das Evangelium, und eines Tages, nachdem sie über die Liebe Gottes gesprochen hatten, schien ein

Schweigen die am Boden kauernde Gruppe zu erfassen. Sie gingen nach Hause und sagten: »Lobe den Herrn, lobe den Herrn!« – und von diesem Zeitpunkt an bat der eine oder andere den Doktor, bei ihm einen Hausbesuch zu machen. Einige wenige fingen sofort mit Lesen an und begannen auch gleich, die anderen zu lehren. Höflichkeit wurde zu Achtung und diese zu Vertrauen. Sie entdeckten, daß die Medizin des weißen Mannes weder bitter noch schädlich war. Morgen für Morgen huschten nun Gestalten durch den Dunst und schmiegten sich an die Veranda – eine schreckliche Versammlung: sie hatten Sandflöhe (Parasiten, die sich selbst ins Fleisch eingraben), Ruhr, Geschwüre, Insektenstiche, Lepra, Tuberkulose, sie waren verdreckt und hoffnungslos. Es war nicht immer möglich, sie ohne richtiges Krankenhaus zu behandeln, aber die Ärzte taten ihr Bestes. Zum Beispiel bei diesem eingeklemmten Bruch. Es gab weder Betäubungsmittel noch Operationssaal, und so hielt der indische Assistent den Patienten, der bei vollem Bewußtsein war, auf seinem Bett aus Bananenblättern fest, der Arzt operierte und der Mann wurde gesund. Ein langes, aktives Leben lag vor ihm.

Aus der Saat wurden in dem fruchtbaren tropischen Klima schnell Bäume. Wände schossen empor, und in der strahlenden Luft hallte der Schlag von Axt, Hammer und Schlegel weithin wider. Und doch fühlten sich die beiden jungen Männer innerlich hier noch nicht ganz daheim. Das hier, das wußten sie, war nur der erste Schritt zum Ziel, das ganze 50 Kilometer entfernt lag. Zwischen einer Bergspalte streckte der Berg Muhabura sein kegelförmiges Haupt hervor – einer der Vulkane direkt an der Grenze von Ruanda. Wenn man auf einen Gipfel kletterte, konnte man den Baum sehen, der die Grenze darstellte. Niemand weiß, wie oft am Tag sie in Gedanken und Gebeten diese Grenze überschritten.

Es waren harte, frohmachende Tage für sie, doch wahrscheinlich nicht ganz so frohmachend für die junge Frau, die unter solch primitiven Verhältnissen ihre erste Schwangerschaft erlebte. Außer den Schwierigkeiten und der Einsamkeit, weil sie keine andere weiße Frau zum Gedankenaustausch bei sich hatte, fürchtete sie dieses primitive Volk. »Ich hatte große Angst vor den wilden Bakiga«, schrieb sie später. »Sie trugen nur Tierhäute und gaben Laute in einer unbekannten Sprache von sich – ich wünschte, sie würden damit aufhören.« Trotz alledem machte sie aus der Lehmhütte ein rechtes Heim und pflanzte einen Garten an, der sich bald in einen Hügel blühender Schönheit verwandelte: Akazien, Eukalyptus, Kassis und Jakarandas wuchsen schnell, und im Mai kam Constance Watney, um im Behelfskrankenhaus als Oberin zu arbeiten. Jetzt hatte sie zumindest einen Menschen, mit dem sie sich unterhalten konnte. Nur einen Monat später, nachdem sie ein passendes Haus gebaut hatten, kam Zoe mit Nora, und die Leute kamen von fern und nah, um das weiße Baby zu sehen und über seine hellblonden Haare zu streichen. Die beiden jungen Frauen holten jetzt die Kinder zusammen und gaben ihnen Unterricht, indem sie die Buchstaben in den Sand schrieben. Immer mehr kamen hinzu, und die Notwendigkeit eines Lehrers wurde zu einem wichtigen Punkt in ihrem Planen und Beten.

Die Haushaltsführung stellte ebenfalls ein Problem dar. Sämtliche Vorräte mußten 400 Kilometer auf den Köpfen von Trägern von Kampala herbeigetragen werden. Was man brauchte, kam nicht schon gleich am nächsten Tag an. Später erhielten sie einen Karren, der die Einkaufsausflüge auf drei Monate verkürzte, aber auch das hatte seine Nachteile, denn sie waren abhängig von ihren Packern; und wenn das Petroleum in den Mehlsack schwappte, dann mußte man sich halt mit dem ungewöhnlichen Geschmack bis zur nächsten Lieferung abfinden. Auch verdarben einige Artikel auf der Reise. Zum Beispiel hatte derjenige, der den Karren schob, das Sofa, das für die Sharps bestimmt war, Nacht für Nacht auf der Reise von Kampala als Bett benutzt. Als es ankam, war es voller Wanzen, so daß man es nicht ins Haus nehmen konnte.

Im Jahre 1923 kam Constance Hornby an und eröffnete eine Mädchenschule. Sie hatte schon einige Jahre in anderen Teilen Ugandas gearbeitet und entpuppte sich als geborener Pionier; sie lebt heute noch im Kigezi-Distrikt, in Kabale, geliebt und geehrt von vielen Frauengenerationen. Sie eröffnete ihre Schule mit sieben kleinen »Plagen«, bekleidet mit Tierhaut und Dreck, kratzte die Buchstaben in den Sand und schenkte ihnen ihr ganzes Leben und ihre Liebe. Unterstützt von der Girl's Friendly Society in England, schrieb sie lange, lebendige Briefe, in denen sie die Freuden und Leiden der ersten Tage beschrieb. Zuerst war es schwer, die Schüler zum Kommen zu bewegen, aber es war ihr kein Weg zu weit, um ein Kind zu holen. Sie trampte kilometerweit über Berge und Täler durch das von Elefanten bevölkerte Land – afrikanische Träger und eine Gruppe ihrer geliebten Mädchen begleiteten sie. Eines glücklichen Tages überzeugte sie einige Häuptlinge, ihr sechs ihrer Töchter zur Ausbildung und zum Unterricht zu schicken. Den Kindern paßte das am allerwenigsten, aber sie wurden gezwungen, ihr zu folgen. In der Nacht schlugen sie irgendwo ihr Lager auf und legten sich zum Schlafen auf den Boden nieder. Erst am Morgen entdeckte Miss Hornby, daß alle sechs davongelaufen waren. Sie ließ sich nicht entmutigen, sondern kletterte über zwei Berge zurück und fand sie bitterlich weinend in Sichtweite ihrer Häuser. Es gab viel Gerede und Streit, die Häuptlinge waren unwillig darüber, von ihren Töchtern hintergangen worden zu sein, und schickten die Mütter mit, um die Kinder für den Rest der Reise zu begleiten. Und so kamen sie, wie seinerzeit Jeremias Gruppe, nach Kabale zurück – weinend, wehklagend und flehend. Aber Miss Hornby gewann den Kampf. Die jammernden Mütter gingen in ihr Dorf zurück, und die weinenden Kinder blieben bei ihr und wurden frohe Schülerinnen.

Von Natur eine Revolutionärin, nahm sie den Kampf mit Tyrannei, Schmutz, Unterdrückung, Versklavung der Frauen und den Kinderehen auf. Geradezu zornig wurde sie, als ein Mann ihr auf die Frage, warum aus seinem Distrikt keine Mädchen zur Schule kämen, entgegnete: »Würdest du einer Kuh das Lesen beibringen oder sie in die Kirche schicken?«

Die Schule wuchs mehr und mehr, denn sie hatte viele Überraschungen anzubieten. »Mir ist es egal, ob sie Christin wird oder nicht. Ich möchte, daß sie sauber ist«, sagte ein Vater. Es war ihr fast unmöglich, ein bedürftiges Kind wegzuschicken. »Agnesi kam zu mir auf einer Reise – sehr schmutzig, in eine winzige Ziegenhaut gekleidet und mit einem Wassertopf in der Hand. ›Ich komme, um dein Kind zu sein‹, sagte sie, aber das ging natürlich nicht. Ich machte mich auf die Suche nach ihren Leuten und – was für ein Zuhause! Der Vater, ein Invalide, saß draußen vor einer schmutzigen Grashütte, vollkommen ablehnend, und ich konnte nur traurig fortgehen. Drei Wochen später jedoch kehrte sie mit einem Träger zurück, und nun ist sie mein Kind.«

»Ein anderes Mal starb eine Witwe und ließ ihre kleine Tochter von vier oder fünf Jahren zurück. Der Häuptling bat mich, Erbarmen mit ihr zu haben. Sie war ein Bild des Jammers. Nur ein kleines Bündel Knochen. Deshalb entschied ich, man könne sie zu mir schicken, sobald sie aus der Quarantäne sei, und am nächsten Tag kam sie an – ohne Nahrung und Kleidung. Ihr einziger Besitz auf der Welt war ein Stock, der ihrem Bruder gehört hatte. Er gab ihn ihr mit, damit sie damit laufen sollte. Und den ließ sie nicht aus den Händen. Es war Essenszeit, und so bat ich die Mädchen, sie zum Essen herunterzutragen, aber sie kroch zurück, um sich ihren Stock zu schnappen. Später sagte ich den Kindern, sie sollten sie zur Schule bringen. Auch hier nahm sie den Stock mit und hielt ihn fest umklammert. Aber am nächsten Tag brachte ihr Nora Stanley Smith eine Puppe und ein Kleid, und schließlich ging sie mit der Puppe im Arm zu Bett. Ihr Name ist Kaburahona. Sie gehört zu jener Art kleiner Personen, bei denen man das Empfinden hat, mit ihnen sehr zart und sanft umgehen zu müssen.«

Überarbeitet, überlastet und oft von der Hand in den Mund lebend, lernte Miss Hornby zusammen mit ihren Kindern, sich über deren Fortschritte und Streiche zu freuen. Als sie einmal durch ein tiefes Tal wanderten, wurden sie und ihre Mädchen tatsächlich von einer Herde wilder Elefanten bedroht, die die Straße überquerten. Der Wind stand ungünstig und sie kauerten sich betend nieder. Als die Herde krachend im Gebüsch verschwand, atmeten sie befreit auf und wollten gerade losrennen, als eine Kinderstimme sie aufhielt: »Wartet, wartet, wir haben noch nicht danke gesagt!«

»Wofür möchtet ihr denn heute abend um Vergebung bitten?« fragte sie die Gruppe ihrer Kleinsten.

»Neid«, erwiderte eine prompt. »Ich beneide dich jedesmal, wenn ich die Laken auf deinem Bett sehe.« So versuchte sie, noch einfacher zu leben, obwohl ihr Lebensstil im besten Fall als primitiv anzusehen war. Sie schrieb der Girl's Friendly Society und bettelte hemmungslos um Kleider, Seife, Stoff, Puppen, Stifte und Hefte, und sie sandten mehr als sie zu hoffen gewagt hatte. Aber es gab auch Zeiten, in denen sie nicht wußte, wie sie mit ihren recht begrenzten finanziellen Möglichkeiten arbeiten sollte. Am Ende eines Monats rief sie ihre junge Lehrerin zu sich und teilte ihr traurig mit, daß sie ihr ihren monatlichen Lohn von drei Shilling nicht auszahlen könne. Das Mädchen antwortete unbesorgt lächelnd: »Ich brauche es gar nicht. Ich habe alles.« Auch am Ende des zweiten Monats war sie immer noch ziemlich unbekümmert.

Aber am Ende des dritten Monats war Miss Hornby verzweifelt. Sie glaubte, daß Gott verheißen hatte, für ihren Bedarf zu sorgen, und nun sah es so aus, als habe er sie vergessen. Sie rang sich selbst dazu durch, für dieses spezielle Anliegen nicht mehr zu beten. Bald darauf kam ein Brief mit einer 10-Shilling-Note an. Wie freudig konnte sie jetzt den Lohn für drei Monate auszahlen, und das Mädchen freute sich ebenso. Später am Abend lag das Geld wieder an ihrem Bett. »Wofür brauche ich Geld«, meinte die junge Lehrerin, »habe ich nicht alles, was ich brauche?«

Die Mädchen wuchsen nach den neutestamentlichen Richtlinien des Glaubens und der Selbstverleugnung auf. Es hatte sich noch kein Geist der Habsucht eingeschlichen. Jene ersten jungen Lehrer waren glücklich, lediglich für den Herrn und die Kinder arbeiten zu dürfen. Sie sammelten sich um ihre Leiterin und lernten von ihrem Leben und Vorbild. Sie betete ernsthaft um eine Hilfe, aber nichts war in Sicht, als ihr erster Heimaturlaub vor der Türe stand. Sie konnte ihre Kinder einfach nicht in die Sünde, den Schmutz und das Elend ihrer heidnischen Familien zurückschicken. Einigen wurde in der Mbararaschule in Uganda Unterkunft gewährt. So machte sie sich mit 15 ihrer Schüler zu Fuß auf den Weg, das Gepäck auf dem Kopf, um die steilen Kigeziberge und die heißen ankolischen Ebenen zu überqueren. Am Tage marschierten sie und nachts rasteten sie. Zwölf müde Kinder kamen in Mbarara an, drei trampten mit Miss Hornby bis Kampala weiter. Alle zusammen brachten 394 km zu Fuß hinter sich, bis sie Mrs. Cook mit dem Wagen aufnahm und sich auch um die anderen drei kümmerte. Und erst jetzt, da für jedes Kind gesorgt war und sie sie alle in Sicherheit wußte, machte sich Miss Hornby auf den Weg nach England. Bei ihrer Rückreise mietete sie einen Lastwagen und kam mit den Kindern, singend und Gott lobend, wieder in Kabale an.

Aber all dies und noch viel mehr geschah vor dem Hintergrund persönlicher Sorgen und Krankheiten. Constance Warney mußte nach einem Jahr aufopferungsvollen Krankendienstes unter unglaublich primitiven Umständen als Invalide nach Hause reisen. Beatrix Martin war gekommen, um ihre Stelle einzunehmen. Es wird erzählt, daß sie angesichts des Lutoboberges, bei dessen Aufstieg sie von

Miss Hornby begleitet wurde, am liebsten das Leben im Missionsdienst über Bord geworfen hätte. Müde vom Klettern, hielt sie erschöpft in der Mitte des schlammigen Abhanges an. »Ich kann nicht mehr weitergehen«, sagte sie. »Du mußt«, sagte Miss Hornby, »du kannst ja nicht hierbleiben.« So kroch sie über den Gipfel und in das ca. 30 Kilometer weiter entfernte Kabale – völlig erschöpft und nach Luft ringend.

Esther Sharp hatte ihr erstes Kind bekommen und gleichzeitig die Fürsorge für das Baby des Distriktkommandeurs übernommen, nachdem dessen Frau kurz nach der Entbindung an Blutvergiftung gestorben war. Esther behütete die beiden Kinder äußerst gewissenhaft, beinahe überängstlich, während um sie herum Ruhr, Lepra, Blutvergiftung, Tuberkulose und Typhus grassierten. Der kleine Robin Sharp lebte acht Monate lang unter den wachsamen Augen seiner Mutter an diesem harten, einsamen Kampfplatz. Dann nahm ihn Gott zu sich. Dr. Sharp war selbst von der Ruhr befallen, und Esther wurde vor lauter Kummer und Angst krank. Zoe versuchte ihr Bestes, ihr zu helfen und für sie zu sorgen, aber die beiden Stanley-Smith-Babies machten ihr Los nur noch schwerer. Die Arbeit wuchs so schnell in die Höhe wie die Bäume auf dem vorher kahlen Kabirahügel, aber die fünf Mitarbeiter waren nahezu am Ende. Im Jahre 1923 entschloß sich Len Sharp, zurück nach England zu gehen und Verstärkung zu holen.

Kurz vor seiner Abreise wurde sein Krankenhaus fertiggestellt, und Sir Geoffrey Archer, der Gouverneur von Uganda, weihte es offiziell ein. Es war ein Gebäude in ungewöhnlichem Stil; fünf Blocks, verbunden mit überkleideten Korridoren, gebaut mit sonnengetrockneten Ziegeln und einem Papyrusdach. Die Feier war eindrucksvoll. Eine größere Abordnung von führenden Europäern erschien, und die fünf Häuptlinge der Kigezi-Distrikte saßen unter den Augen des Gouverneurs. Das Krankenhaus mit seinen 125 Betten wurde zur Ehre des Herrn dem Dienst aufopfernder Menschlichkeit geweiht. Es war ein wunderbarer und passender Lohn für all das Erreichte, aber vielleicht war das beredteste Denkmal der Liebe, des Kampfes und der Opfer jener ersten Jahre das kleine, weiße Kreuz unter dem Eukalyptusbaum, das die einfache Inschrift trug: »Robin Leonard Sharp, Stammhalter von Leonard und Esther Sharp. Bei Christus.«

Kapitel 3

Jahre der Erfüllung – Bittere Tropfen

»Dieser rasende Fortschritt trug auch den Keim der Gefahr in sich. Wenn europäische und nationale Mitarbeiter jung und unerfahren sind, wenn es Neubekehrte gibt, bevor qualifizierte Leiter geschult und ausgebildet werden konnten, sollte man die Möglichkeit eines plötzlichen Umschwunges nicht außer acht lassen, aber wir dürfen Gott für das getane Werk danken und glauben, daß er das gute Werk, das er begonnen hat, bis auf den Tag Jesu Christi vollenden wird!« So schrieb Bischof Willis.

Und im Rückblick auf diese ersten Jahre der Ruanda-Mission umriß Dr. Sharp die Ziele mit den folgenden Worten:

»Es gibt auf jedem Missionsfeld drei Hauptpunkte zu beachten: Erstens muß eine wachsende Zahl von Freunden in der Heimat vorhanden sein, deren organisierte Bemühungen in Gebet und Gaben Wachstum erst möglich machen.

Zweitens sollte eine genügende Zahl neuer Missionare ausreisen, um jede neue sich bietende Gelegenheit in den verschiedenen Arbeitszweigen, wie Evangelisation, Medizin, Unterricht und Bildung auffangen zu können.

Drittens geht es um den Segen Gottes, der nicht nur an den zahlreichen eingeborenen Gemeindemitgliedern zu sehen ist und auch nicht an der scheinbar wohlhabenden, gut organisierten Eingeborenenkirche, sondern an jenen frohmachenden Zeichen missionarischen Erfolges: an dem Herausgerufensein einer lebendigen Kirche, an Männern, Frauen, Kindern, die Jesus Christus als ihren persönlichen Erlöser von der Schuld und den Flecken ihrer vergangenen Sünden erfahren haben und an der Kraft, die sie Tag für Tag empfangen. Und schließlich geht es um die Tatsache, daß Männer und Frauen in der Gnade wachsen, im fruchtbaren Dienst stehen und Christus ähnlicher werden.«

Nicht allein um Esthers und seiner eigenen Gesundheit willen entschloß sich Dr. Sharp, seinen Heimaturlaub schon 1924 zu nehmen.

Vor drei Jahren hatten er und Dr. Stanley Smith ein Werk begonnen, das zu einer aufsehenerregenden Größe gewachsen war. Es gab viele »frohmachende Zeichen eines missionarischen Erfolges«, aber es gab auch einige wirkliche Alarmzeichen.

Finanziell liefen die Dinge nicht sehr günstig. Die ursprünglich ungefähr dreißig »Freunde von Ruanda« waren nun nahezu ein Familienbund, der von Mrs. Sharp und Mrs. Macdonald geleitet wurde, den Müttern von Len und Esther. Und Norman Sharp war für die Buchhaltung verantwortlich. Aber der Unterhalt der Gebäude, der neuen Missionsstationen, Schulen, Krankenhäuser und der neuen Missionare ging weit über die Mittel dieser treuen, von Liebe motivierten kleinen Gruppe hinaus. Die Bedürfnisse und der Umfang der Ruanda-Mission mußten noch viel stärker bekanntgemacht werden.

Auch konnte es keinen echten Fortschritt ohne neue europäische Missionare geben, denn je weiter die Saat gestreut wurde, desto unmöglicher wurde es, tief zu pflügen. Und sie hatten schon sehr weit gesät. Dr. Stanley Smith war in den Westen bis an die Grenzen des Kongos gereist, hatte kleine Gemeinden gegründet und Lehrer und Katecheten zurückgelassen. Dr. Sharp war bis 250 Kilometer südlich auf Erkundungsreise gegangen. Lehrer von Uganda waren dem Aufruf gefolgt und kamen ihnen in großzügiger Weise zu Hilfe, aber sie wurden hart von Schwierigkeiten und Einsamkeit angefochten und brauchten selbst dringend Schulung und Hilfe, wie dieser ergreifende Brief eines solchen Lehrers zeigt:

»Dies sind die Dinge, die ich hier bis jetzt gesehen habe: Berge und nichts als Berge, die überall emporragen; bittere Kälte, die selbst die von Uganda übersteigt; unsere Nahrung besteht aus Mehl, Erbsen, Bohnen und wenigen Kartoffeln und bietet uns keinerlei Abwechslung. Aber wir suchen auch keine irdischen Freuden, denn unsere Freude ist eine himmlische Freude, die in Jesus Christus liegt. Bitte betet, daß meine Frau und ich in der Lage sind, all das auszuführen, zu dem wir berufen sind. Betet, daß die so sehr steilen Berge nicht zuviel für uns werden; auch nicht die Kälte oder die ungewohnte Nahrung.

Die Menschen jedoch sind wirklich begierig, lesen zu lernen, und jeder, der getauft ist, möchte gerne andere lehren. Und hier ist der

Beweis, daß sie unbedingt lesen lernen möchten: Jeden Tag kommen viele und bitten die Lehrer, sie lesen zu lehren. Andere möchten arbeiten, um sich Shillinge für den Kauf von Trommeln zu verdienen, denn sie möchten in jeder Gemeinde zwei Trommeln haben. Und jeden Tag kommen Töchter von heidnischen Vätern, die christliche Männer heiraten möchten, und viele werfen etwas Geld in den Beutel. Meine Freunde, diese Dinge zeigen, wie eifrig die Leute in diesem Land darum bemüht sind, von Gott zu lernen.«

Und für den tiefer Blickenden zeigen diese Briefe auch, was das Christentum für diese treuen, ernsten, harten, engagierten jungen Lehrer bedeutete: lesen und schreiben können, eine Kirche mit Trommeln, Ehe zwischen denen, die ihr Glaubensbekenntnis und ihren Katechismus gelernt haben, und ein wenig Geld im Beutel. Das heißt, es gab »viele Mitglieder«, aber nur wenige echte, verändernde Bekehrungen. Kein Wunder, daß Dr. Stanley Smith im Jahre 1922 schrieb: »Eine Reise durch die Dorfgemeinden bringt einen auf die Knie, um für eine Erweckung der geistlichen Kraft zu beten. Wenn unsere Lehrer nicht erweckt sind, dann müssen wir, die wir sie führen, an der Kraftquelle sein.« Aber mit dem besten Willen konnten zwei Menschen nicht als Lehrer und Hirte für solch eine weitverstreute Herde sorgen und gleichzeitig noch bei der ständig wachsenden medizinischen und pastoralen Arbeit in Kabale zugegen sein. Ganz sicher würde jemand angesichts dieser einmaligen Gelegenheit den Ruf Gottes hören und kommen.

Dr. Sharp wurde damals von Gott dazu gebraucht, viele hinaus aufs Missionsfeld zu rufen, und als Ergebnis seines ersten Heimaturlaubs schlossen sich fünf der Mannschaft an, alle auf wunderbare Weise zu Persönlichkeiten auf strategisch wichtigen Posten ausgebildet: Captain Holmes, der Pionier; Jack Warren, der Lehrer und Pastor; Miss Davis, die Krankenschwester; Pastor H. E. Guillebaud, der Übersetzer, und seine Frau.

Captain Geoffrey Holmes war Offizier und Leiter des britischen Eishockeyteams. Er gab eine verheißungsvolle Karriere in Armee und Sport auf, um in die Mission zu gehen. Miss Davis schloß sich später Miss Martin in der Arbeit im Kabale-Hospital an und arbeitete dort fünf Jahre lang sehr erfolgreich.

Pastor Jack Warren! Noch 46 Jahre später leuchten in Kigezi bei seinem Namen matt gewordene Augen auf. In einer C.M.S.-Missionarsfamilie aufgewachsen, half er, die Inter-Varsity Fellowship zu gründen, und wirkte segensreich in der Kindermission. Ein Schatten auf der Lunge, der sich während des Krieges entwickelt hatte, zwang ihn zur Ruhe, aber Ruhe war für ihn nie leicht zu ertragen. Sein Wunsch war es schon immer, als Missionar hinauszugehen, und als Dr. Sharp jetzt von einem Land sprach, in dem die Hochgebirgsluft sogar seinem Leiden gut tun würde, bot er sich sofort an und war noch vor Ende des Jahres draußen in Kabale.

Für die müde kleine Gesellschaft war er wie erfrischendes Wasser. Er hatte einen Eifer und eine Energie, die weit über seine eigentliche physische Kraft ging, aber nichts konnte ihn kleinkriegen. Wo er auch ging, überall zog er eine Kindergruppe hinter sich her. Er kam mit der Liebe, den Gaben und den Gebeten von vielen kleinen englischen Kindern, die hinter ihm standen. Selbst seine Reise war voller Anstrengungen. Er führte vor großen Scharen übermütiger belgischer Jungen und Mädchen allerlei Taschenspielertricks vor und predigte ihnen in seinem »extra guten Französisch«. In Kampala suchte er sich sein neues Motorrad zusammen, das mit ihm ausgereist war, bestieg es und bot sich an, Geoffrey Holmes auf dem Sozius mit nach Kabale zu nehmen. Aber es war Regenzeit und die Straßen waren schlammig und glatt. Sie kippten um, wobei sich Geoffrey Holmes seine Schulter brach und das Motorrad zu einem Schrotthaufen wurde.

Und als er dann schließlich nichtsahnend ankam, fand er die Kirche in einer Grashütte vor und eine Handvoll spärlich ausgebildeter Lehrer. Nach einem klaren Konzept führte er Grundsätze für eine Zukunft ein, die er selbst nie erleben sollte. Es muß eine Jungenschule entstehen, um Evangelisten und Lehrer von klein auf auszubilden, damit in die Distrikte auf das Wort gegründete Männer Gottes entsandt werden können. Und es muß eine wetterfeste, schöne Kirche entstehen, in der sich die weitverstreute Gemeinde zusammenfinden kann, um Belehrung zu empfangen und Gemeinschaft zu haben. Er stürzte sich dann so voll freudiger Intensität in die Arbeit, daß er nach wenigen Monaten einen Blutsturz bekam und man ihm Ruhe verordnete. Aber Gebete stiegen für ihn auf, und er wurde wieder gesund. Aber man verbot ihm, weiter zu arbeiten.

Es wurde unverzüglich mit der Jungenschule begonnen. Dr. Stanley Smith erinnert sich schmunzelnd daran: »Ein Fest... als eine Gruppe kleiner Jungen in roten Fezkappen und englischen Kostümen ankam, um eine Ziege vorzuführen!« Jack Warren unterrichtete sie, ohne müde zu werden, bereitete sie für Taufe und Konfirmation vor; er spielte Fußball, hüpfte und schwamm mit ihnen – Aktivitäten, die ihm eigentlich gar nicht erlaubt waren. Innerhalb von drei Jahren legte er so in manchem jungen Leben den Grundstein. »In ihm sah ich zuerst, was die Liebe Gottes ist«, sagte einer seiner Jungen später.

Die Aufgabe, die mit der Leitung der Gemeinde auf ihn zukam, war wirklich übermenschlich. Zusätzlich zu seinem Sprachstudium wurde er zum Aufseher der evangelistischen Arbeit berufen, die in 150 Dorfkirchen geleistet wurde, in einem Gebiet von 120 Kilometern Länge und 75 Kilometern Breite. Außerdem überwachte er den Bau einer großen Zentralkirche in Kabale. Viele englische Kinder, die ihm nahestanden, sandten Geld für diese Gemeinde, und im November 1925 wurde etwas oberhalb des Krankenhauses der Grundstein gelegt. Elf Monate später, am 13. Oktober 1926, wurde unter großem Lobpreis der Kirchturm aufgesetzt. Lindesay Guillebaud, damals neun Jahre alt, hat das unvergeßliche Ereignis beschrieben:

»Das Aufsetzen der Spitze, so weit vom Boden entfernt, so klein dort oben, war eine schwierige Operation, denn man hatte natürlich keinen Kran oder menschliche Hilfe. Ich kann mich daran erinnern, wie Dr. Sharp ein großes Team afrikanischer Helfer mit Baugerüst, Leitern und Seilen leitete. Es war schon eine spannende Sache, als wir sahen, wie der Turm von einer Seite zur anderen schwankte, wenn die Kommandos von Dr. Sharp ausgerufen wurden und man das Bauwerk auf das glitschige Dach balancierte. Aber schließlich war er doch in der richtigen Position, und alle Afrikaner stießen einen Triumphschrei aus.«

Die Afrikaner selbst waren von ihrer neuen Kirche sehr angetan und steuerten großzügig zu den Kosten dieses Gebäudes bei. In den Weihnachtsgottesdiensten wurde in jeder Kirche in Kigezi ein Opfer erhoben; manche gaben einen Cent, andere dagegen ganze Kühe, Ziegen und Hühner. Es war wirklich ein aufopferndes Geben. Ein Gärtner gab zum Beispiel die Hälfte seines Lohnes zurück.

Am 16. Juni 1927 wurde die Kirche von Bischof Willis eingeweiht, und Jack Warrens Becher floß über. »Ich will versuchen, diesen herrlichen Tag zu beschreiben«, notierte er. »Um zehn Uhr morgens, am 16. Juni, als Kirche und beide Nebenräume dichtgedrängt mit 2000 Menschen besetzt waren und noch Hunderte draußen standen, klopfte der Bischof an die Südtür. Sie wurde geöffnet, und der Gottesdienst der Gemeinde begann. Unsere Schulden beliefen sich an jenem Morgen auf 35 Pfund. Zu unserer großen Freude konnte das mehr als beglichen werden. Neun Bullen und Kühe, dreiunddreißig Schafe und Ziegen, über tausend Hühner und 1250 Eier sowie 10 Pfund Sterling in der Kollekte ergaben mehr als 50 Pfund.

Dieser wunderbare Gabentisch fand draußen auf der Wiese seinen Platz. Das Glas der Fenster war glücklicherweise ein Schalldämpfer gegen das Brüllen der Ochsen, das Blöken der Schafe und das Gakkern des Federviehs.«

Es waren frohe Jahre der Erfüllung für Jack Warren, denn er war von Natur aus ein froher Mann, der das Leben und all seine guten Gaben liebte, und manchem schien es so, als wolle er alles, was das Leben an Liebe und Lachen geben kann, in die kurze Spanne pressen, die ihm zugedacht war.

Er schrieb: »Elf Wochen, nachdem ich den Grundstein meines eigenen kleinen Heimes gelegt hatte, zog ich ein, und es gibt sicher nichts Schöneres als ein Zuhause, und ich kann gar nicht aussprechen, wie ich mich freue, endlich in meinen eigenen vier Wänden zu sein. Vor dem Haus ist mein Garten, und er sieht so wunderbar aus mit den Rosen, Nelken, Veilchen, Dahlien und Chrysanthemen, die alle gut wachsen und blühen.« 1927 heiratete er Dr. Kathleen Ardill. Ihre Trauung war der erste Gottesdienst, der in seiner eigenen Kirche abgehalten wurde, und alles verlief im gewohnten fröhlichen Stil. Ein Jahr später wurde ihr Baby, Sheelagh, geboren, und seine Freude war vollkommen.

Aber unter der freudesprühenden Oberfläche verbargen sich tiefer Kummer und Schmerz. Er gab sich bezüglich der geistlichen Qualitäten einiger Evangelisten und Lehrer in seinem weiten Distrikt keinen Illusionen hin. Zu Beginn des Jahres 1926 richtete er einen Appell an seine Freunde in der Heimat: »Wieder und wieder erleben wir durch das Versagen einiger unserer Lehrer in der Arbeit schreckliche Rückschläge, ... deshalb bitten wir euch, mit uns im Gebet zu ringen. Betet, bis es schmerzt, daß die mächtige, bewahrende Kraft des Heiligen Geistes von den Christen erlebt wird. Man sieht manchmal schwache Zeichen des Wirkens in ihren Herzen, aber oft ist gar nichts zu sehen. Aber ohne diese Kraft kann kein junger Lehrer den schrecklichen Versuchungen widerstehen, denen er ausgesetzt ist. Denkt an diese jungen Männer, die keine helfende Botschaft haben, keine Bücher, die sie lesen können – nur die Bibel oder ein Testament, von dem sie nur einen kleinen Teil kennen und den sie nur mühsam lesen können. All das inmitten von Heidentum und Geisteranbetung und praktisch ohne christliche Gemeinschaft. Man kann es ihnen gar nicht verdenken, wenn sie fallen, aber dankt dem Herrn, daß überhaupt welche standhaft bleiben.«

Im Februar 1927 bat er um eine besondere Gebetswoche. »Es gibt nun nahezu 2000 getaufte Christen, aber wir sind uns nur zu bewußt, daß die Zeichen einer wirklichen Herzensveränderung nur sehr vereinzelt da sind. Ein moralischer Fehltritt folgt dem anderen, und die Tragödien jagen einander. Allein in dieser Woche erhielten wir den Beweis, daß einer unserer vertrauenswürdigsten Lehrer das Geld der Gemeindeglieder gestohlen hat. Zwei alte Männer, die im Katechismus unterwiesen werden, dankten mir so rührend, als ich ihnen ihr Geld zurückgab. Ein anderer lange im Dienst stehender Lehrer hatte sehr stark getrunken und mußte entlassen werden. Wir bitten daher jeden Freund Ruandas eindringlich, in den kommenden zehn Tagen eine Zeit zu reservieren, in der er mit uns im Gebet kämpft. Dann wissen wir, daß wir wirklich eine wunderbare Ausgießung des Heiligen Geistes erwarten dürfen, die nicht nur auf Kigezi begrenzt ist, sondern deren Wellen in der Zukunft auch die entlegensten Teile Ruandas erfassen wird.«

Jack Warren lebte nicht mehr lange genug, um die Erhörung seines Gebets zu erleben oder Zeuge der geistlichen Flutwelle zu werden, die, über Ruanda hinwegrollend, die äußersten Enden der Erde erreichte. Im Frühjahr 1928 wurde er sehr krank, und es lag auf der Hand, daß er seine Arbeit in Afrika niederlegen mußte. Am Ostersonntag kurz vor seiner Abreise, gab er in der überfüllten Kirche seine letzte Botschaft über Jesu Wort: »Wer an mich glaubt, wird niemals sterben.« Es war für ihn ein Trost, die Arbeit, die er aufgebaut hatte, in den Händen eines verheißungsvollen neuen Streiters, Lawrence Barham, zurückzulassen. Die letzten Monate seiner Krankheit ertrug er tapfer und froh. Er starb am 20. Januar 1929 in England.

Wie die Gemeinde war auch die medizinische Arbeit in Kabale sehr schnell gewachsen. Das Krankenhaus, das 125 Betten umfaßte, machte unter der geschickten Führung von Dr. Sharp sehr gute Fortschritte. Die Kranken kamen von fern und nah, aber auch hier fehlte das Körnlein Entmutigung und Opposition nicht, da ausgebildete, erfahrene Mitarbeiter wegen Unmoral und Trunkenheit entlassen werden mußten.

Im November 1925 wurde der Besuch von Bischof Willis erwartet, aber am Nachmittag brach ein gewaltiger Gewittersturm aus, und der letzte Block des neuen Krankenhauses wurde vom Blitz getroffen. Das Strohdach ging trotz strömenden Regens in einer Stichflamme auf. Als jene, die an Ort und Stelle waren, die Patienten hinaustrugen (fünfzig kranke Menschen aus dem ersten Block), sah es aus, als ob das ganze Krankenhaus zerstört worden wäre.

Aber sie hatten nicht mit dem Architekten gerechnet. Dr. Sharp hätte schon weg sein sollen, um den Bischof abzuholen, aber sein Wagen sprang nicht an, und so war er durch Gottes Gnade immer noch da.

Die große, gebückte, sonnengebräunte Gestalt schritt den Pfad hinab, als wolle sie sagen: »Was immer auch falsch gemacht worden ist, es kann zurechtgerückt werden« (so schrieb jemand, der zu jener Zeit noch ein Kind war). Dr. Sharp steuerte auf den ersten Block zu, erkannte aber bald, daß sie den zweiten Block mit den Sterbenden und Schwerkranken nicht retten konnten. So befahl er, daß alle in Windeseile herausgebracht werden sollten, während er selbst mit nahezu übernatürlicher Kraft die Stützpfeiler des dritten Korridors aus den Angeln hob und begann, das Dach mit seinen bloßen Händen herunterzureißen. Es war unmöglich, in diesem entsetzlichen Chaos Hilfe zu bekommen, und alle Werkzeuge standen unter Verschluß. Andere konnten nicht mehr rechtzeitig beschafft werden. Aber der dritte Block, in dem sich die wertvollen Krankenhausapparate befanden, war gerettet.

Der Bischof kam an, um eine turbulente Szene vorzufinden: Zwei

Fünftel des Krankenhauses waren rauchende Ruinen, die übrigen Abteilungen überfüllt – auf der Frauenstation, die für 18 bestimmt war, lagen jetzt 70 Patienten. Er fand auch eine Gruppe ziemlich versengter und verräucherter Missionare vor, die jedoch Gott für das Wunder priesen, daß so viel verschont geblieben war. Kein Menschenleben war zu beklagen, niemand war ernsthaft verletzt. Der Konfirmationsgottesdienst fand trotzdem statt; als Festsaal diente der feuchte, matschige Berghang hinter den Trümmern.

Wie so oft, erwies sich auch hier das Unglück als Segen. Während des Gottesdienstes am nächsten Tag beteten die Mitarbeiter, Patienten und Pastoren darum, daß Geld für den Wiederaufbau einginge. Und die Antwort der treuen Freunde Ruandas und der Kirche von Uganda kam unverzüglich. Nach nur sieben Monaten konnten die Stationen wieder benutzt werden. Das gefährliche Dach wurde durch galvanisierte Eisendächer ersetzt, die Fußböden waren nun zementiert. Dr. Sharp schrieb später: »Es ist wirklich eine große Erleichterung, wenn man nicht mehr so viel Zeit für die Überwachung des Baus aufwenden muß. In sechs Monaten werden wir in jeder Abteilung in Kabale mit der Arbeit fertig sein. Diese Gebäude sind zwar nur aus Stein und Mörtel, aber es ist ein Vorrecht, sie für Gott bauen zu dürfen, denn sie allein ermöglichen den Dienst der Liebe und alles Wirken des Geistes, das hier geschieht.«

Und der Geist hatte begonnen, zu wirken. Wie zarte neue Triebe im Frühling unter dem Gewicht toter Blätter, wie keimender Same, der tief in der kalten Erde liegt, aufsproßt, so gab es – nahezu unbemerkt – in der Masse der Glcichgültigkeit, des Namenchristentums und der Heuchelei überall kleine Regungen und Aufbrüche neuen Lebens. So wurde zum Beispiel im Jahre 1922 ein schmutziger Junge, ganz mit Geschwüren bedeckt, in die Männerabteilung aufgenommen. Sein Name war Yosiya Kinuka, und er war von Gott dazu ausersehen, einer der geistlichen Hirten und Führer in diesem Land zu werden.

Kapitel 4

»Gedrucktes Bollwerk«

Ein Jahr nach Ankunft der Familien Sharp und Stanley Smith in Kabale ließ sie eine besondere Nachricht aufhorchen. Die belgische Regierung genehmigte England zum Zwecke der Vermessung einer Eisenbahnlinie vom Kap bis nach Kairo eine ca. 160 Kilometer lange Transferstrecke durch Ostruanda.

Sollten sich etwa diese festverschlossenen Türen bald öffnen? Es schien so. Dr. Sharp verlor keine Zeit, um die Erlaubnis für den Beginn einer Arbeit einzuholen, und erhielt die höfliche Antwort des britischen Provinz-Gebietsleiters, in der dieser vorschlug, daß die beiden jungen Ärzte sich an der Grenze mit ihm treffen sollten, um ihre Pläne zu besprechen. Er sicherte ihnen jede Unterstützung zu.

Es war ein großer Tag, als die beiden zusammen loszogen, um vom Tal aus den Kamm zu besteigen, auf den sie so oft geschaut hatten. Und als sie endlich über die geschäftigen, dicht bevölkerten Hochebenen von Ruanda blickten, fühlten sie sich wie Josua und Kaleb. Sechs Jahre lang hatten sie das Land erkundet, nun war ganz sicher der Zeitpunkt gekommen, es einzunehmen. Und dort zwischen Himmel und Erde beteten sie, es für den Herrn in Besitz nehmen zu dürfen, und sie weihten sich Gott für diese Aufgabe neu.

Neu gestärkt in Hoffnung und Glauben setzten sie ihren Weg fort, um den Distriktleiter zu treffen. Es stellte sich heraus, daß Dr. Sharp ihn schon im Krieg gekannt hatte und daß er ein Christ war. Er bot ihnen voller Freude an, überall herumzureisen und ließ ihnen bei der Wahl eines Bauplatzes für eine neue Missionsstation freie Wahl. Dr. Sharp ging direkt über die Grenze und unternahm eine dreiwöchige Erkundungsfahrt, und überall, wo er hinkam, entdeckte er, daß das Feld schon vorbereitet war. Während sie noch darauf warteten, daß sich die Türen öffnen sollten, hatten Hunderte gebetet, und nun waren die Menschen offen und bereit, das Evangelium zu hören. Die großgewachsenen, athletischen Batusihäuptlinge waren besonders freundlich, und wo er auch hinkam, versammelten sich Menschen zur medizinischen Behandlung und baten um Lehrer. Wie groß war seine Freude, als ihn eines Abends, nach endlich vollendeter Arbeit, ein zwei Meter großer Häuptling beiseite zog. »Ich möchte in den Worten Jesu unterrichtet werden«, sagte er, »aber es muß ein Geheimnis sein. Niemand soll es wissen.«

Es war eine herrliche Rückkehr – um dem Rest der kleinen Gruppe zu berichten, was er angetroffen hatte. Den Ruanda-Freunden schrieb er: »Laßt uns sofort gehen und das Land einnehmen, denn wir können es überwinden.« Aber das erforderte zusätzliche Muskelkraft, afrikanische Evangelisten und Unterstützung durch neue Mitarbeiter aus England. Von Kabale war niemand abkömmlich, und die Missionare waren nicht schnell genug zur Hand. Wieder antwortete die Kirche von Uganda.

In den Kriegsjahren war Dr. Sharp von der Regierung ins Torokrankenhaus in Westuganda gesandt worden, und die dortige Kirche konnte sich sehr gut an ihn erinnern. Als der dringende Appell nach afrikanischen Evangelisten seinen Lauf nahm, kam Ezekieri, ein wirklich außergewöhnlicher junger Christ, um sich seinem alten Freund anzuschließen. Er brachte eine Gruppe von acht jungen Männern aus den verschiedenen Gebieten Ugandas mit. Sie wurden an strategischen Punkten entlang der zukünftigen Eisenbahnlinie postiert, und man kann sie zu den ersten Helden der Mission zählen. Weit weg von ihren Freunden, in einem kalten, unzivilisierten Bergland mit primitiven Gebräuchen und einer fremden Sprache hielten sie durch, lebten und predigten Christus und säten so die ersten Samenkörner in das mächtige Erntefeld.

Aber noch notwendiger als Krankenhäuser, Prediger und Missionare aus Übersee wurde das Wort Gottes in der Ruandasprache gebraucht. Die Lehrer aus Uganda brachten den wilden Gemeinden ihre Briefe, ihr Glaubensbekenntnis und ihren Katechismus bei, aber es gab kein Evangelium, das sie ihnen in die Hand geben konnten, kein Schwert des Geistes, mit dem sie ihre Kämpfe ausfechten konnten, und es war auch niemand für die Übersetzungsarbeit da, obwohl von der belgischen protestantischen Mission ein Anfang im Neuen Testament gemacht worden war. Dieses Problem lag Dr. Sharp sehr schwer auf dem Herzen, als er 1924 nach Hause reiste, um Verstärkung zu holen.

Jack Warren, Geoffrey Holmes und Miss Davis waren schon unterwegs, und Dr. Sharp wollte im folgenden Monat zurückkehren. Auch er war krank, und zu seiner großen Enttäuschung bestand sein Arzt auf weiteren drei Monaten Genesungszeit. Es fiel ihm schwer, Ruhe zu bewahren, denn seine Gedanken eilten zu der offenen Tür im Land seiner Verheißung. Dennoch: Wäre er nicht geblieben, hätte er niemals Rev. Harold E. Guillebaud kennengelernt.

Die Begegnung mit diesem großen, feingliedrigen Mann, mit seiner das Gegenüber im ersten Augenblick täuschenden einfachen Art und seinem fast kindlichen Humor, erschien fast zufällig. Er hatte ihm damals, als die Zukunft der Ruanda-Mission auf dem Spiel stand, bei einer schwierigen Beratung den Rücken gestärkt. Harold Guillebaud und seine Frau hatten sich der C.M.S. für die Missionsarbeit in Uganda zur Verfügung gestellt, aber man lehnte sie aus Gesundheitsgründen ab. Als hervorragender Linguist und Gelehrter wohnte er mit seiner großen Familie in England. Aber zu Beginn des Jahres 1925 unterhielt sich Dr. Sharp mit ihm über die fünf Millionen Einwohner Ruandas und jene acht Lehrer, die kein Buch besaßen, um es weiterzugeben. Und wiederum hörten Harold und Margaret Guillebaud den Ruf, der durch Mark und Bein ging. Sie handelten unverzüglich. Für ihren ältesten Sohn Peter und ihre beiden vierjährigen Zwillinge fanden sie ein Heim, und innerhalb weniger Monate kamen sie mit ihren übrigen drei kleinen Töchtern in Kabale an.

Rosemary (10), Lindesay (8), und Philippa (6) fuhren von Kampala aus in Dr. Sharps Auto mit, und er wurde sofort ihr Schwarm. Wie ihre Eltern mußten sie am Fuß des Lutovoberges aussteigen und ihn auf kleinen, schmerzenden Füßen erklimmen, aber der Anblick von der Spitze entschädigte sie reichlich. Sie betraten ein neues, geheimnisvolles, in Nebel gehülltes Land – »Bohnenstangenland«, wie Onkel Len es nannte, und als sie ankamen, warteten Geschenke auf sie: drei weiche, muhende, graue Kühe. Ganz im Gegensatz zu den landläufigen Unkenrufen lebten sich die Kinder sofort ein, liebten ihr neues Land und wuchsen im Dienst an ihm auf.

Harold Guillebaud lebte sich auch sofort ein. Margaret Guillebaud traf die notwendigen Vorbereitungen für die Sicherheit und Ausbildung der Kinder. Es war furchterregend, jeden Morgen vermummte Gestalten auf ihrer Veranda kauern zu sehen, die im dicken Dunst in Überlebensgröße erschienen. Oft stellte sich heraus, daß sie das Haus der Guillebauds mit dem Krankenhaus verwechselt hatten. So errichtete sie eine Hecke, um solche Besucher abzuhalten, aber Harold Guillebaud war der leutseligste und zugänglichste aller Menschen, und so gingen sie von jetzt an durch die Hecke hindurch. Wie die anderen Missionare in der Welt aus ihrer Generation, waren die ersten Ruanda-Missionare echte Kolonialisten: obwohl liebevoll, selbstlos und voller Hingabe im Dienst an den Afrikanern, waren sie Anhänger der Rassentrennung. Und die Eingeborenen blickten zu ihnen auf und nahmen ihren »geziemenden« Platz ein . . . auf der Veranda. Aber Harold Guillebaud setzte hier einen Präzedenzfall, indem er erst seinen Hausburschen und später seine Freunde zum Sonntagabendsingen ins Haus einlud. Einige Augenbrauen hoben sich zwar, aber was gezogene Augenbrauen anging, war er immer sehr vergeßlich. Also strömten immer mehr erfreute Ruanda sprechende Afrikaner ins Haus. Die Guillebaudkinder wählten die Lieder aus, deren Bedeutung der Vater den Gästen erklärte, und oft, wenn die übrige Familie in Englisch sang, stimmte er selbst aus dem Stegreif in ihrer Sprache an. Anschließend schrieb er es dann nieder, Mrs. Guillebaud vervielfältigte es, und am folgenden Sonntag lernten es dann alle. So entstand aus diesen frohen Sonntagabenden ein Liederbuch für Ruanda und streute vielleicht den Samen für eine neue Idee, die bereits in den Hirnen einiger weniger Wurzel faßte. War echte Bruderschaft mit den Afrikanern wirklich möglich und praktikabel? Und gab es irgendeine gemeinsame Basis, auf der die Menschen vor Gott als gleichberechtigte Wesen stehen konnten? Die Antwort lag noch in der Zukunft, aber die Frage war zumindest gestellt.

Harold Guillebaud begann mit seiner Übersetzung des Evangeliums in Ruanda unmittelbar nach seiner Ankunft. Er reiste nach Remera, um das Projekt mit Monsieur Honoré durchzusprechen, einem belgischen Missionar, der mit der Arbeit bereits begonnen hatte und froh war, das Manuskript einem Experten übergeben zu können. Mit Hilfe von Samsoni Inyarubuga, einem höchst intelligenten Tutsi – dem kleinen, aber dominierenden Stamm –, begann er mit der ungewöhnlichen Methode, eine Sprache durch Übersetzung zu lernen. Er schreibt darüber selbst:

»Was meine eigene Arbeit betrifft, so bekomme ich von Samsoni ständig reines Ruanda zugeliefert und muß dann die Bedeutung und den Aufbau eines jeden neuen Wortes herausfinden. Samsoni übersetzt, und ich prüfe nach, ob er den Sinn des Originals erfaßt hat. Er kann Runyoro und Ruganda und bezieht sich fortwährend auf die Bibel in dieser Sprache, für die er ja in der Tat übersetzt. Anschließend muß ich herausfinden, was er mir durch Erläuterung und Gestik mitgeteilt hat, und wenn er auf einer falschen Spur ist, muß ich ihm die Bedeutung klarmachen. Es ist eine faszinierende Arbeit, besonders wenn man die Entdeckung einer brandneuen Zeitform erlebt, und da die Zahl der Zeitformen unendlich zu sein scheint, werde ich noch viele solcher freudigen Erlebnisse haben, bevor ich fertig bin. Es ist sehr viel Schreibarbeit zu leisten, weil jedes neue Wort in ein Wörterbuch aufgenommen wird und jeder Informationspunkt in der Grammatik und Syntax aufgeschrieben und in einem Register aufgeführt werden muß. Aber es ist Arbeit nach meinem Herzen, und ich liebe jede Minute, die ich dabei verbringe.«

Nur ein Jahr später schreibt er: »Ich freue mich, euch mitteilen zu dürfen, daß das Markusevangelium und ein Gesang- und Gebetbuch (mit 25 Liedern) zum Druck nach England gesandt wurden und daß das Matthäusevangelium fast fertig ist. Als ich vor einigen Tagen einige der Gebete und Lieder vortrug, sagte ein junger Tutsi: ›Es ist gutes Konyaruanda – genau wie wir sprechen.‹«

Er war überaus geduldig und vorsichtig. Wenn irgendwelche Kritik an der Rechtschreibung laut wurde, nahm er das zum Anlaß einer Überarbeitung und Abschrift des ganzen Evangeliums. Im Jahr 1927 wurde ihm klar, daß der dreijährige Dienst, den er der Mission versprochen hatte, nur der Anfang war. »Gott hat uns den klaren Ruf geschenkt, daß er uns gebrauchen will – nicht nur zum kurzen Dienst, sondern ein Leben lang.« Er ging nach Hause, um die Vorkehrungen für einen ständigen Aufenthalt zu treffen, und ließ dabei den folgenden triumphierenden Bericht von weniger als zwei Jahren Arbeit zurück:

»Das Markusevangelium ist übersetzt, gedruckt und versandt. Die drei anderen Evangelien und der Johannesbrief sind übersetzt und werden in Zusammenarbeit mit Monsieur Honoré revidiert.

Der Taufgottesdienst, die Hochzeits- und Beerdigungsgottesdienste wurden zusammen mit dem Abendmahlsgottesdienst übersetzt und am Ort gedruckt.«

Das Übersetzen bedeutete viel mehr als nur am Schreibtisch zu sitzen. Monsieur Honoré, der belgische Missionar, der das ganze Neue Testament revidierte, wohnte in einem sehr abgelegenen Distrikt Ruandas namens Remera, in den Harold Guillebaud mit seiner Frau und seinen Töchtern zwei- bis dreimal im Jahr reiste. Man hatte dort nie zuvor ein Auto gesehen, und so waren die Menschen in höchster Erregung. »Ein Haus, das läuft«, riefen sie, – und dieser Wagen war das erste britische Auto, das mit einem britischen Fahrer direkt durch das Zentrum Ruandas fahren durfte.

Frau Guillebaud war der Chauffeur, und sie schrieb einen anschaulichen Bericht darüber, was diese Übersetzungsexpeditionen wirklich bedeuteten. »Wir sind tatsächlich in einem Auto hierhergekommen, so etwas hat noch nie zuvor jemand gemacht. Der wirklich aufregende Teil unserer Reise begann in Kigale, und Monsieur Honoré war so freundlich, uns abzuholen und uns den Weg zu zeigen. Zuerst einmal mußten wir den Fluß überqueren, und das war keine leichte Angelegenheit. Die Pontonfähre besteht aus zwei Kanus, die mit ein paar Brettern verbunden sind, und wenn man mit dem Wagen da hinauffährt, steht man in der ernsten Gefahr, auf der anderen Seite ins Wasser zu kippen. Dann muß man auch richtig auf die Mitte des Floßes kommen, um nicht ein Übergewicht zu kriegen. Das Floß wird mit der Hand über den Fluß gezogen – eine sehr harte Arbeit, denn der Fluß hat eine furchterregende Strömung und wimmelt von Krokodilen. Das gegenüberliegende Ufer ist eine Sandbank, und die einzige Möglichkeit, da weiterzukommen, ist, den Wagen mit Seilen herauszuziehen. Das Ganze ist eine haarsträubende Sache, aber der kitzlige Teil beginnt 112 Kilometer von Remera entfernt, wo es keine Straße mehr, sondern nur noch einen Eingeborenenpfad gibt. Monsieur Honoré versicherte mir, daß der ganze Weg abgemessen sei, um zu sehen, ob er auch breit genug sei. Aber der Gedanke war wirklich lächerlich, daß hier ein Auto durchkommen sollte. Die Straße war plötzlich zu Ende, und es ging über einen steilen Damm, dann wieder über einen schräg abfallenden Hang, dann landete man in einem schmalen Tal, überquerte den Strom und kletterte schließlich wieder einen felsigen Weg hinauf – dabei hing der Wagen wie eine Fliege am Berghang, und man konnte nur hoffen, nicht abzukippen.«

Der Gipfel von allem war, daß im ersten Jahr in Remera eine Hungersnot herrschte. Während sie arbeiteten, wurden sie von hungernden Massen umlagert, die die Mission um das bestürmten, was ihnen Monsieur Honoré zur Linderung ihrer Not geben konnte. Bei einer anderen Gelegenheit wurde Lindesay von einem Hund gebissen, und hier draußen in der Wildnis, viele Kilometer von angemessener ärztlicher Versorgung entfernt, wurde ihr das Bein brandig. Aber eine Krankenschwester war zu erreichen. Die kleine Mannschaft betete, das Kind wurde geheilt und die Übersetzung ging weiter.

Trotz aller Rückschläge und Schwierigkeiten kam der Tag, an dem er schreiben konnte: »Der 13. Februar 1930 wird immer als der glückliche Tag in meiner Erinnerung weiterleben, an dem ich meine Frau und Rosemary in mein Büro rief, um ihnen die letzten wenigen Verse vorlesen zu können. Nun steht noch die Überarbeitung aus.«

Familienprobleme türmten sich. Die Erzieherin der Kinder wollte heiraten. Ihre Langzeitunterstützung war nicht gesichert. Es schien, als seien sie gezwungen, nach Hause zu gehen – eine Aussicht, der zumindest er nur schwer ins Auge sehen konnte. »Wir haben die Hoffnung noch nicht aufgegeben«, schrieb er, »daß wir unsere vier Jahre, die im Frühling 1932 ablaufen, zu Ende führen können, aber würdet Ihr bitte dafür beten, daß wir bleiben können, wenn es sein Wille ist. Ich hatte gehofft, die Psalmen, die Grammatik und ein Wörterbuch übersetzen zu können, und obwohl es natürlich ein rein persönlicher Wunsch ist, glaube ich, daß Ihr sicherlich verstehen werdet, wie ich mich danach sehne, mit meinen eigenen Augen zu sehen, wie das Neue Testament in Ruanda in den Händen der Menschen ist.« Und Gott öffnete den Weg. Harold Guillebaud war am 27. November 1931 dort, als die Buch-Pakete ankamen, und er nahm sie persönlich mit nach Ruanda.

1932 kehrte er heim und ließ für Ruanda das Neue Testament, Gebete und Lieder, den Katechismus und ein Buch namens »Der eine Mittler« als gedrucktes Bollwerk des protestantischen Glaubens zurück. Noch im Druck waren die Psalmen, »Die Pilgerreise« und eine Ruanda-Grammatik. Man fragte sich, wie das alles von einem feingliedrigen Mann mit einer Familie von heranwachsenden Kindern geschafft werden konnte. Ganz sicher hatte seine Frau großen Anteil daran. Sie war es, die ihn, seine Bücher und seine Kinder über weglose Berge fuhr und das Familienleben auf den Erfolg seiner Arbeit ausrichtete: all seine älteren Kinder lasen ihm in ihren Ferien das Neue Testament laut vor, während er seine Manuskripte mit dem Englischen verglich. Und dann waren da seine Kraft und seine Fähigkeit, jeden freien Augenblick auszunutzen. Als sie einige Jahre später Burundi bereisten, kamen sie an eine zerstörte Brücke. Er würde bei der Reparatur der Brücke nicht viel nützen, schoß es ihm durch den Kopf. Hier war die goldrichtige Gelegenheit, das Bekenntnis des Apostels zu übersetzen. »So packte ich schnell mein Ruanda und meine englischen Bücher aus, rief den Barundi zu mir, und noch ehe die Brücke wieder passiert werden konnte, war es fertig.« Das Lied »Das ist ein frohes Land« wurde übersetzt, als sein Auto auf den Straßen Gitegas mit Benzinkanistern beladen wurde.

Auch zu Hause ließ ihm der Gedanke an die unvollendete Aufgabe keine Ruhe, und 1936 kehrte er allein wieder zurück – für einen so schmächtigen, in sich gekehrten, in praktischen Dingen so sehr von seiner Frau abhängigen Mann, der seine Kinder über alles liebte und so stark an sie gebunden war, ein großes Opfer!

Sein Ziel war die ganze Bibel für Ruanda; und bald entdeckte er, daß die Menschen in Burundi ihre eigene Version brauchten. Doch das gehört in ein späteres Kapitel.

In Zusammenarbeit mit einem Team begann er in seiner unermüdlichen Gründlichkeit mit dem Buch Ruth und dem Pentateuch. Er brachte Stunden mit dem Studium der anatomischen Einzelheiten der levitischen Opfer zu, besuchte das Krankenhaus und eilte sogar aufs Feld, um dem Enthäuten einer Ziege zuzuschauen, wobei er schließlich das richtige Wort für das »Netz der Leber« entdeckte. Weitere Stunden brütete er über Ruanda-Vogelbüchern mit Hilfe seines treuen Samsoni, Monsieur Honorés und einiger adventistischer Missionare. Im Juni 1937 schrieb er voller Freude: »Der Ruanda-Pentateuch ist fertig, und ich bin wieder in Burundi. Es war eine große Freude und ein großes Vorrecht, diese Arbeit in Ruanda tun zu dürfen, und ich habe die schönsten Erinnerungen daran. Zu sehen, wie die Geschichten von der ehernen Schlange und von Baal in der Ruandasprache Form annehmen, zu erleben, wie 1. Mose 11 eine Zuhörerschaft fesselt, wie sie die Undankbarkeit Israels erkennen und von der Majestät Gottes erfaßt werden. Man kann nie aufhören, Gott dafür zu danken, daß man ein Teil solch einer Arbeit sein durfte. Aber der Preis war hoch, denn hätte ich die Zeit, die ich am Ruanda-Pentateuch verbrachte, für Burundi eingesetzt, dann wäre vielleicht schon das ganze Neue Testament vor meiner Rückkehr nach Hause fertig gewesen.«

Es war ein Jahr der Freuden und Sorgen. Seine Frau und Lindesay kamen im Mai zu ihm, aber im August war er wieder auf dem Weg nach Hause – zwischen den Bedürfnissen seiner Familie und denen Burundis hin- und hergerissen. »Noch acht oder neun Monate Zeit hätte die Vollendung des Neuen Testamentes in Burundi bedeutet«, schrieb er, »aber wir fühlten, daß wir hier nichts anderes mehr tun können, und so sind wir auf dem Schiff – sehr traurig.«

»So lehre uns, unsere Tage zu zählen, daß wir weise werden«, lautete sein Gebet immer. Er nahm sich vor, zurückzukehren, aber er schien zu wissen, daß er seine Tage zählen und jede Stunde voll ausschöpfen mußte. »Da ist kaum noch Zeit«, schrieb er. Und dann wieder: »Die Zeit ist sehr kurz für das, was noch getan werden muß. Betet, daß Samsoni und ich gesund bleiben, denn wir haben Krankheitszeit nicht einkalkuliert.«

Kapitel 5

Nur der Himmel ist die Grenze

Zwei Jahre waren vergangen, seit das erste Evangelistenteam die Grenze nach Ruanda überschritten hatte, um am englischen Bufumbirastreifen (östlich) seine einsamen Außenposten zu errichten. Aber die Teilung des Landes erwies sich als unmöglich, und so wurde das Gebiet 1924 wieder den Belgiern übergeben, so daß die noch in den Anfängen stehende Mission nun wieder auf ausländischem Gebiet lag.

Dr. Stanley Smith reiste nach Kigali, der Hauptstadt, um den belgischen Gouverneur um Aufenthaltserlaubnis zu bitten. Der Widerstand von römisch-katholischer Seite war sehr stark, und die Zukunft der Mission stand auf dem Spiel. Er öffnete sein »Daily Light« und las: »Fürchte dich nicht, du kleine Herde! Denn es ist eures Vaters Wohlgefallen, euch das Reich zu geben« – und wurde zuversichtlich. Der Gouverneur war sehr freundlich und befürwortete die Weiterführung der Arbeit und die Errichtung einer ausländischen Missonsstation.

Die Briten zogen sich zurück. Das Eisenbahnprojekt wurde verworfen. Tausende von Pfund waren hinausgeworfen worden, aber Gott hatte dies alles benutzt, um eine Tür für das Evangelium zu öffnen, die seitdem nie wieder geschlossen wurde.

Geoffrey Homes war der geborene Pionier, und so machte er sich mit seinem Motorrad auf den Weg nach Ostruanda. Er blieb dort drei oder vier Monate und besuchte die Evangelisten, die er entmutigt, voller Heimweh, am Ende, aber doch mit erhobener Fahne vorfand.

Er kampierte in seinem kleinen Zelt, und zwischen ihm und den Tutsihäuptlingen entwickelte sich ein Verhältnis, das beiderseitig von großer Wertschätzung gekennzeichnet war. »Wie jemand, dessen Herz erneuert wurde, sich nicht in die Tutsi verlieben kann, ist mir ein Rätsel«, schrieb er. »Es ist eine edle Rasse mit einmalig herrlichem Körperbau, versessen auf Sport und Spiel, aber stolz, arrogant und grausam; verächtlich gegen alles, was nach manueller Arbeit riecht, und doch, trotz ihres großen Intellekts, so abergläubisch und leicht zu betrügen. Man wünscht sich so sehr, daß sie den Blick für den Gekreuzigten bekommen.«

Er fand bald beim Königshof in Nyanza Eingang und hatte guten Kontakt zum König. Der britische Armeesportler forderte die berühmten königlichen Läufer heraus und wurde von ihnen nur um 30 cm geschlagen, was bei Seiner Majestät Eindruck machte. »Ich bat ihn, mir ein paar Sprünge vorzuführen«, schrieb Holmes, »aber der Chap, der mich beim Laufen geschlagen hatte, sprang ungefähr 1, 98 m. Damit konnte ich mich nicht messen.«

Seiner Berufung gewiß, kam er von seinem Ausflug zurück, und im Juli 1925 fuhren Leonard Sharp und Mr. Roome von der »Britischen und Ausländischen Bibelgesellschaft« mit ihm hinab, um den Ort zu begutachten, den er für seine neue Missionsstation ausgewählt hatte. Der Gahinihügel war gut gewählt. Er befindet sich am Ostende des Muhazisees – am Verkehrsknotenpunkt nach Norden, Süden, Osten und Westen und dem See selbst als wichtige Wasserstraße, die mit ihren 40 Kilometern Länge durch die Berge westwärts fließt. Im September hatte er sich niedergelassen. Sein Zelt war das erste Zentrum der Mission in Ruanda.

Die Möglichkeiten des weiteren Ausbaus waren unbegrenzt, und der junge Mann, der darauf brannte, zu bauen, zu erweitern und zu evangelisieren, muß das Gefühl gehabt haben, daß erst der Himmel die Grenze war. Aber finanziell waren sie nicht in der Lage, ein weiteres Zukunftsprojekt zu starten, und so ging Dr. Stanley Smith 1926 nach Hause, um mit der C.M.S. darüber zu verhandeln. Durch von Gott geschenkte Höflichkeit und Takt auf beiden Seiten wurde die allgemeine und medizinische Mission Ruandas eine selbständige, unabhängige Abteilung der C.M.S. Die Geschichte ihres Beginns wird am besten in Dr. Stanley Smiths eigenen Worten erzählt:

»Von den ersten Tagen an wurde die Ruanda-Mission von den Gaben und Gebeten einer opferfreudigen Gruppe namens ›Freunde von Ruanda‹ getragen, aber im Jahre 1926 führten verschiedene Faktoren zur Bildung eines Heimatrates, der die Mission als Abteilung der C.M.S. leiten sollte. Der erste Faktor war die schnelle Ausweitung der Arbeit, die Auflagen mit sich brachte, von denen man nicht erwarten konnte, daß unsere ursprünglichen Freunde sie übernehmen konnten, und für die auch die C.M.S. nicht die Verantwortung oder die Kosten zum weiteren Ausbau tragen konnte. Dennoch war eine Ausweitung nötig. Ein weiterer Faktor war, daß die evangelische Welt in Auseinandersetzungen über fundamentale Glaubensfragen verwickelt war und die Mission von Anfang an die großen fundamentalen Wahrheiten anerkannte, die fast überall in Frage gestellt wurden. Es wurde daher für den Weiterbestand der Arbeit als lebenswichtig empfunden, Schutzmaßnahmen zu treffen, damit das Zeugnis der Mission in einer vereinten Front und unabänderlich erhalten blieb. Die Mission glaubte, daß Nachwuchs und Fonds, die nicht der C.M.S. zugeführt zu werden brauchten, eher gefunden werden könnten, wenn man dem Werk eine gesicherte Grundlage gäbe. Der Vorschlag wurde wohlwollend vom Generalsekretär der C.M.S., Pastor W. Wilson Cash, aufgenommen und vom Exekutivkomitee genehmigt.«

»Rev. W. W. Martin berief in der Emmanuel-Pfarrei, Südcroydon, eine Versammlung ein, bei der sich eine Reihe evangelikaler Führer damit einverstanden erklärten, einen ›Heimatrat der Mission‹ zu bilden. Die erste Versammlung des Rates wurde auf Einladung von Canon Stather Hunt in der Holy Trinity Kirche in Tunbridge Wells abgehalten.

Drei Prinzipien wurden bei der Gründung der allgemeinen und medizinischen Ruanda-Mission festgelegt:

1. Der Ruanda-Rat und die Missionare der R.G.M.M. glauben an die völlige Inspiration der ganzen Bibel. Für sie *enthält* die Bibel nicht Gottes Wort, sondern *ist* Gottes Wort.

2. Ihr Auftrag ist, die völlige und freie Erlösung durch den einfachen Glauben an Christi sühnenden Tod am Kreuz zu verkündigen.

3. Sie sind froh darüber, von der C.M.S. volle Garantie zur Sicherung der Zukunft der R.G.M.M. auf der Basis der Bibel, des protestantischen Verständnisses und der Keswick-Richtlinien erhalten zu haben.

Die ganze zukünftige Entwicklung der Mission hing von Gottes Güte, der treuen Unterstützung und dem Einsatz des Rates, besonders seines beständigen Mitarbeiterstabes, ab. Rev. H. Earnshaw-Smith und Reginald Webster erledigten alle Sekretariatsarbeiten der Mission, bis Mr. Webster 1931 Organisationssekretär des Büros in der Aldermansburystraße 4 wurde.«

Aber all dies geht schon Geoffrey Holmes voraus, der kümmerlich in seinem Zelt auf dem Gahiniberg lebte. Aber er war nicht allein. Er hatte einen Mann bei sich, den Gott für die Arbeit vorbereitet hatte. Vor ungefähr 30 Jahren war eine Familie wegen eines örtlichen Aufruhrs aus dem Gahini-Distrikt geflohen. Sie zogen nach Norden, ließen sich in den Ebenen von Ankole in Uganda nieder und kauften eine Herde langhörniger Rinder. Der kleine Kosiya wäre so gerne zur Schule gegangen, aber man erlaubte es ihm nicht. Stattdessen mußte er die Kühe hüten. Doch er war ein aufgeweckter kleiner Junge, und als er hörte, daß sein Vater zum Premierminister Ankoles gehen mußte, um dem seine Aufwartung zu machen, folgte er ihm und schloß sich der Menge an. Ein siebenjähriger Junge fällt in solch einer Gesellschaft auf, deshalb entdeckte der Premierminister das strahlende kleine Gesicht und rief ihn zu sich. »Warum bist du nicht in der Schule?« fragte er aus Spaß, worauf ihm Kosiya erklärte, daß dies ja sein größter Wunsch sei. Und dem entsetzten Vater wurde sofort der Befehl erteilt, ihn in die Missionsschule nach Mbarara zu geben. Er entwickelte sich gut, und wenige Jahre später fiel er wieder auf – dieses Mal dem Bischof Willis, der seine ungewöhnliche Führungsqualität und seine Zähigkeit entdeckte. Der Bischof bezahlte sein Schulgeld für die Oberschule in Mbarara, und von dort ging er ins King College nach Budo, wo er die beste Ausbildung erhielt, die Uganda geben konnte. Er sprach fließend Englisch.

Kosiya hätte sicher eine bedeutende Karriere machen können, aber 1924 besuchte Dr. Stanley Smith das College und warb um Freiwillige, die sich bereit erklärten, als Missionare nach Ruanda zu gehen. Für die anderen war es der Ruf in ein wildes, fremdes Land, aber für den jungen Kosiya Shalita war es der Rückruf in sein eigenes Land, um das Evangelium in seiner Muttersprache zu verkünden. Er verließ alles, folgte diesem Ruf und schloß sich Geoffrey Holmes in dessen Zelt am Gahiniberg an, der nur 45 Kilometer von seinem

Geburtsort entfernt war, und begann mit einer Schule für Jungen. »Es ist wunderbar, wie Gott Menschen schon viele Jahre, bevor er ihnen sagt, was sie tun sollen, auswählt«, schrieb er. »Wer hätte gedacht, daß ich hingehen würde, um meinem eigenen Volk von Gott zu predigen? Gott wußte es, und er nahm mich aus diesem Grund aus meinem eigenen Land heraus.«

Bei Pastor Herbert S. Jackson, der sich ihnen bald anschloß, schien es, als sei er weniger gut auf das, was ihn erwartete, vorbereitet, zumindest was das Medizinische betraf. Als Soldat im ersten Weltkrieg schockierten ihn die Schrecken der Schützengräben. »Dieses Chaos von Morast, Blut und Tod überzeugte mich davon, daß die Welt Gott brauchte.« So ging er 1919 nach Cambridge und wurde ordiniert. Während seiner ersten Vikarstelle in Eastbourne hörte er von Dr. Stanley Smiths Ruf nach Ruanda, und im Januar 1926 stellte er sein Zelt neben Geoffrey Holmes am Gahiniberg auf.

Er entwickelte höchste Aktivität. Geoffrey Holmes war ein großer Mann, und so wurde auch alles groß aufgezogen. Er hatte eine »große« Stimme, um seine Anweisungen zu geben, und er hatte große Ideen – er baute große Häuser, er liebte es, alles auf eine Karte zu setzen. Er legte einen Garten von einem halben Kilometer Ausmaß an und pflanzte Tausende von Bäumen. Militärische Genauigkeit und äußerste Anstrengung herrschten. Seine Jungen liebten ihn, und seine Arbeiter achteten und fürchteten ihn. Doch Bert Jackson sah auch die Kehrseite der Medaille und war dabei nicht wunschlos glücklich. Welchen Eindruck mußte all diese Aktivität auf die hiesigen Afrikaner machen, die mit wachsender Beunruhigung seinen Kraal und seine Bananenplantage beobachteten?

»Einige dieser Männer sind Freiwillige und wurden von ihren Häuptlingen entsandt«, schrieb er. »Sie würden viel lieber in ihren Kraals sitzen und nichts tun. Ohne Zweifel sind wir für sie ein lästiger Stein des Anstoßes, wenn nicht noch Schlimmeres. Wir kommen und lassen uns auf ihrem Land nieder, wir veranlassen sie dazu, uns Eier und Milch zu verkaufen, wir errichten auf ihrem ehemaligen Weideland Gebäude, pflanzen Gärten an und bauen Straßen. Und wir halten sie zur Arbeit an. Das ist zwar sehr gut für sie, aber äußerst unwillkommen. Unsere Schwierigkeit ist, sie spüren zu lassen, daß wir wirklich zu ihrem Wohl hier sind. Später, wenn wir nicht mehr so in der Arbeit stecken, werden wir ihnen unsere Anteilnahme mehr zeigen können. Bis dahin bekommen sie aber vielleicht einen Eindruck, der später nur sehr schwer wieder zu beseitigen sein wird. Bitte betet, daß wir mit dem notwendigen Takt und mit Weisheit vorgehen.« Sie bildeten ein gutes Team. Der eine mit seinem Unternehmungsgeist, der andere mit seiner Behutsamkeit. Und Kosiya Shalita wirkte als Ausgleich und Übersetzer und glättete oft aufgebrachte Wogen der erstaunten Bevölkerung am Ort. Außer für Ziegel machen, Bäume fällen, bauen, gärtnern, Sprachstudium, das verirrte Nilpferd aus dem Garten jagen, lehren, predigen, dem Vorbereiten der Taufkandidaten und der Aufsicht über die Arbeiter, entdeckte Bert Jackson, daß er auch für eine florierende einfache Apotheke verantwortlich war. Er wurde damit sehr berühmt; und mit sechs verschiedenen Medikamenten, einem Desinfizierungsmittel, einer Zahnzange, Operationsnadeln und Faden und sehr wenig Kenntnis auf medizinischem Gebiet und in der Sprache hatte er bald täglich fast hundert Patienten. Wegen seiner Sprachlücken verlor er oft sehr viel Zeit. »Ich erinnere mich, wie eines Tages ein Mann hereinkam, der sich auf seinen Bauch schlug und vor Schmerzen stöhnte«, schrieb er. »Ich drückte hier und tastete dort, fühlte seinen Puls und maß seine Temperatur, konnte aber nichts finden. Ich wollte ihm gerade eine Dosis Salz geben und sagen: ›Mach den Mund auf‹, da platzte er heraus: ›Nein, ich bin's ja gar nicht, sondern mein Bruder auf der anderen Seite des Berges.‹«

Er kämpfte tapfer mit Moskitos, Fieber, Anfällen, Malaria, Insektenstichen, Lepra und Geschwüren und hatte dazu noch die Betreuung der Gemeinde. Es war ein großer Tag für ihn, als er die erste kleine Gruppe taufen durfte. Später, im Jahre 1926, wurde seine Aufgabe durch ein geschenktes Motorboot erleichtert, mit dem er die Länge und Breite des Muhazisees schneller durchqueren konnte, um die Außenstationen zu besuchen. Dr. Stanley Smith besuchte ihn mit einem Team aus Lehrern und Facharbeitern von Kabale und stellte mit Erstaunen den Fortschritt und die Entwicklung in Gahini und den Außenstationen fest.

»In Gatsibu (einer dieser ›Stationen‹) fanden wir einen Pastor, der mit seiner Frau eine medizinische Missionsarbeit leistet, für die wir Gott preisen konnten. Wir brachten in Erfahrung, daß täglich ca. hundert kranke und verkrüppelte Menschen zur Behandlung kamen. Und anschließend versammelten sie sich alle, um das Wort von der Liebe zu hören, das mit Eifer und Treue verkündigt wurde und ewige Frucht trägt. Durch die Apotheke in Gahini geschieht unter der persönlichen Leitung von Rev. H. S. Jackson und zwei nun ausgebildeten Assistenten aus Kabale, Erisa und Paula, eine wunderbare Arbeit. Über hundert Kranke werden täglich behandelt, und es müßten sicher noch mehr sein, aber das wäre einfach nicht zu verkraften. Ihr werdet euch freuen, zu hören, daß das Fundament für das neue Hospital in Gahini gelegt ist.«

Und weit weg in England hatte Gott wiederum den Arzt vorbereitet, der ankam, bevor das neue Krankenhaus auch nur ein Dach hatte. John Church war der Sohn eines Cambridgepfarrers und in einer Familie mit zehn Kindern aufgewachsen. Als begeisterter Sportler und Segler bekehrte er sich bei einem Strandgottesdienst in Whitby noch während seiner Studentenzeit, aber erst als er von TBC bedroht war, übergab er sein Leben völlig und vorbehaltslos dem Herrn. Bei einer plötzlichen, ernsten Lungenblutung mußte er einem frühen Tod ins Auge blicken. Er schaute auf zu Gott und legte ein Gelübde ab: »Wenn du mich heilst, werde ich dir jedes bißchen meines Lebens weihen.« Gott akzeptierte in seiner geduldigen Barmherzigkeit dieses Gebet, und er wurde geheilt.

Joe, wie er allgemein genannt wurde, erfüllte mit all der Kraft und Begeisterung seiner starken und warmherzigen Persönlichkeit seinen Teil des Versprechens. Er las einmal in einem Buch die Worte: »Wenn das Christentum etwas ist, dann ist es alles«, und sie wurden das Motto seiner Arbeit.

1922 bildeten er und einige Freunde die Missionsvereinigung der Universität Cambridge in den Räumen von Clarence Foster und scheuten keine Mühe, Missionare auf Heimaturlaub zu »kapern«. Nur wenigen dieser müden Geschöpfe wurde bewußt, vor welch erbarmungslosem Prüfungsausschuß sie saßen. Nach Meinung dieser vor Ernst strotzenden, aber auch äußerst unerfahrenen jungen Männer hatten sie »es« oder sie hatten »es« nicht. Und wie oft wäre ein ernsthafter, aufopfernder Missionar erstaunt und bekümmert gewesen, wenn er geahnt hätte, daß sein Einsatz nur eines bewirkt hatte – nämlich, daß die Gruppe voll Inbrunst betete: »Herr, laß mich nur nicht so werden. Erhalte meine Ziele rein und meinen Eifer glühend heiß. O Herr, laß mich niemals erkalten.«

Joe Churchs Ruf trat mit klarer Bestimmtheit im Jahre 1922 an ihn heran, als er Dr. Stanley Smith auf einem seiner berühmten Missionstreffen sprechen hörte. Sein Text war: »Das ist nicht richtig. Dies ist ein Tag guter Botschaft – und du läßt es dir gut gehen. Geh hin und sag es weiter!« Er hörte an jenem Tag von dem Land, das mit seinen fünf Millionen Einwohnern kein Missionskrankenhaus hatte, und traf mit dem ihm eigenen Eifer die Vorbereitungen für die Ausreise. Er unterzog sich einer besonderen Ausbildung für Haut- und Venenerkrankungen am Bartholomäus-Krankenhaus und studierte in Brüssel Tropenmedizin. 1927 führte er den letzten Reisedienst durch und gewann 500 Gebetsfreunde. Seine Unterstützung übernahm die C.I.C.C.U. (Cambridge Inter-Collegiate-Christian-Union), die ihn zu ihrem besonderen Missionar machte. Er verlobte sich außerdem mit Decima Tracey, einer intelligenten jungen Medizinstudentin, die das zehnte Kind eines Arztes in Devonshire war.

1927 kam er in Kampala an und wurde sofort mit Spannungen und Meinungsverschiedenheiten konfrontiert. Alle Elemente, die zur Trennung zwischen der theologisch konservativen »Bibel- und Gemeinde-Missionsgesellschaft« und der C.M.S. geführt hatten, lagen auf dem Tisch, und es gab Anlaß zu echter Bekümmerung. Er stand an den Gräbern von Mackay, Hannington und anderen Pionieren des Glaubens und beobachtete, wie große Massen den Berg zur Namirembe-Kathedrale hinaufströmten. Er hatte jedoch bereits gehört, daß viele dieser getauften Christen aus dritter Generation sich schon wieder der Zauberei und Polygamie zugewendet hatten.

Joe brach mit seinem Motorrad in Richtung Kabale auf und dachte sehr viel nach. Es war ein Lichtblick, nach zwei Tagen um die fast unbegehbaren Kigiziberge einen Bogen machen zu können und seinen alten Freund Len Sharp zu besuchen, der mit einem Trinity Blazer an der Straße stand und von einer Gruppe netter Schulbuben umgeben war. Er wurde einem fleißigen und freundlichen Team vorgestellt, aber trotz aller schön anmutenden Weihnachtsvorbereitungen und aller Freundlichkeit, mit der man ihn überschüttete, blieben die quälenden Fragen.

Er besuchte den Frühgottesdienst am Weihnachtsmorgen und beobachtete, wie sich die vielen hundert Menschen, die in feuchte Ziegenhäute gekleidet waren, durch die Dunstglocke stahlen und in die naßkalte Kirche strömten, wie sie sich bei der Geschichte von den Weisen und den Hirten freuten und wie sie wie glückliche Kinder wieder in den Dunst von Unwissenheit und Aberglauben zurückgingen. War hier eine wirkliche Herzensänderung vonstatten gegangen? Gab es wirkliche Sündenerkenntnis? Die Zahlen waren viel zu groß, um das bei jedem einzelnen annehmen zu können. Und darüberhinaus gab es andere Fragen, die ihm arg zusetzten. Inwieweit konnte die traditionelle englische Weihnacht auf diese Gruppe primitiver Christen übertragen werden? Und inwieweit sollte die volle anglikanische Liturgie in dieser jungen Kirche am Kabaleberg Eingang finden? War es richtig, diese Menschen zu nötigen, an Gott zu glauben und ihr Vertrauen auf Christus zu setzen, von dem sie so wenig wußten?

»Schlag dich nicht auf eine Seite«, sagte jemand am ersten Abend zu Joe, und seine Antwort war die Frucht jener kompromißlosen C.I.C.C.U.-Jahre: »Es gibt nur eine Seite.« – »Das wirst du später verstehen«, sagte der Missionar und ging weiter, aber Joe verstand nichts. Sein frohes Gemüt und sein großes Interesse am Sport und an seiner neuen Umgebung verbarg den in seinem Herzen herrschenden Tumult, und wahrscheinlich merkte am Anfang niemand etwas davon.

»Ich hielt ihn für einen unreifen jungen Mann«, sagte ein älterer Missionar. »Er schien immer Schmetterlinge zu jagen.«

Den ersten Eindruck von Ruanda gewann er auf einer Reise mit Dr. Stanley Smith im April, als sie mit zwei schmalen Einbaumkanus den Bunyonisee überquerten. Sie folgten den Elefantenspuren durch die Bambuswälder, erreichten den Kanabagipfel und hatten von dort aus den atemberaubenden Blick über die Bufumbiravulkane. Aber sein eigentlicher Aufbruch fand am 22. Juni 1928 statt, als er in Gesellschaft zweier Haustiere, eines Affen und eines Airdalehundes namens Cuss, Kabale auf einem Motorrad verließ. Es war das Ende der Regenzeit, alle Welt war grün und golden, die Felder standen voller Sonnenblumen und die Kassienbäume in voller Blüte. Er freute sich, endlich sein eigenes Krankenhaus mit einem hervorragenden Team beginnen zu können, zu dem auch Yosiya Kinuka gehörte, der kürzlich gekommen war. Die Aussichten waren bestens.

Es war eine große Überraschung, daß sie kurz vor Gahini fast mit Geoffrey Holmes zusammenstießen, der in die entgegengesetzte Richtung reiste – ziemlich schmerzgepeinigt wegen eines enormen Geschwürs am Bein. Holmes hatte sich entschlossen, Gahini dem jüngeren Mann zu überlassen – samt dem Vorteil, in seinem eigenen Haus zu wohnen. Er war wieder unterwegs, krank und allein, um sein Zelt in einem neuen Gebiet aufzuschlagen. Und Joe muß sich seltsam verwaist vorgekommen sein, als jene soldatische Gestalt, die wahre Verkörperung von Kraft und Zielstrebigkeit, den Pfad entlangratterte und verschwand. Hinzu kam, daß er über den Schmutz, das Elend und den entsetzlichen Hunger der Menschen, an denen er unterwegs vorbeigekommen war, erschrocken war. Steil und kahl tauchte der Gahiniberg vor ihm auf, und der Gedanke schoß ihm durch den Kopf: »Warum bin ich an diesen wüsten, einsamen Flecken Erde gekommen?« Dann sah er, wie Kosiya Shalita den Berg herunterlief, um ihn zu begrüßen, und war erleichtert.

Seine ersten Stunden in Gahini bestätigten seine schlimmsten Befürchtungen. Der Regen war in Ruanda ausgeblieben. Die Trokkenzeit begann, eine Hungersnot war sicher. Die Vorräte gingen zu Ende, und Bert Jackson, hager und übermüdet, brachte in seinem Motorboot, in einzelnen Ladungen, Bohnen vom anderen Ufer herüber. Um die ganze Missionsstation herum kampierten Flüchtlinge in Grasschuppen, und während er sich nach seiner 160 Kilometer langen Fahrt völlig verstaubt den Berg hinaufquälte, warteten innerhalb seines noch nicht einmal halb fertigen Krankenhauses schon die Kranken auf ihn. Kurz nach seiner Ankunft operierte er in seinem eigenen Zimmer einen alten Häuptling an mehreren Abszessen.

Diese ersten Monate waren ein Alptraum. Joe Church und Bert Jackson, zusammen mit ihren treuen afrikanischen Helfern, hatten immer Dienst, weil es einfach unmöglich war, je Feierabend zu machen. Die Hungersnot drohte das östliche Ruanda auszulöschen, und viele Hunderte schleppten sich zur Grenze nach Uganda oder starben unterwegs.

Innerhalb von 14 Tagen nach seiner Ankunft hatte Joe fünfzehn Patienten in sein unüberdachtes Krankenhaus aufgenommen und predigte ihnen mittels eines Übersetzers – aber er fühlte sich fast am

Ende. Die Gebäude zerfielen, sein Fuß und sein Knie waren ernsthaft entzündet, seit zwei Monaten hatte er keinen Brief mehr von Decie erhalten, und das Schlimmste von allem war, daß die Hungersnot mit jedem Tag drückender wurde.

Im November kam Dr. Stanley Smith mit Frau und Familie herunter, um eine Zeitlang in diesem von Hungersnot heimgesuchten Land zu leben. Man kann nur ahnen, was seine Gegenwart den beiden erschöpften und verstörten jungen Pionieren bedeutete, vor allem, da beide kürzlich auch noch von Leoparden verletzt worden waren und Joes Leben nur durch den Mut von Kosiya Shalita gerettet wurde. Das ganze Team konzentrierte sich auf die medizinische Arbeit unter den Flüchtlingen. Die unfertigen Krankenhausräume waren bis zum Platzen vollgepfropft. Die Regierung antwortete auf ihren Hilferuf, und so wurden sie sehr schnell zum Versorgungszentrum.

»Es ist mir unmöglich, das schreckliche Spektakel zu beschreiben, das von den hungernden Kranken veranstaltet wird, die zum Krankenhaus strömen«, schrieb Joe. »Sie kriechen auf allen vieren viele Kilometer zu uns, und wenn sie mit ihren runzligen Körpern bei uns ankommen, haben sie kaum noch Kraft, ihre Hände auszustrecken und zu sagen: ›Die Hungersnot tötet mich, Essen, Essen.‹ Viele sind voller Geschwüre, unglaublich schmutzig, zwischen ihren Zehen und Fingern haben sich die Sandflöhe zusammengerottet. Und wenn sie da auf dem Boden liegen und die Fliegen über sie hinwegkrabbeln, dann bricht einem fast das Herz, wenn man denkt, daß Christus für diese fast nicht mehr Menschen ähnelnden Geschöpfe gestorben ist. Gestern kam ich auf eine Frau zu, die mitten im Geröll und in den Ziegelsteinen kauerte, fast tot. In welche Richtung man auch einen Schritt tut, überall liegen Leichen am Wege; die Verhältnisse sind grausig und nur schwer in den Griff zu bekommen. Wir mußten unsere Türen einer Flut hungernder, kranker Menschen öffnen. Die Büros sind Vorratslager und die Stationen und Verandas voller verzweifelter Menschen, die bei uns bleiben oder weggehen müssen, um entweder zu stehlen oder zu sterben. Es ist unmöglich, das Haus sauber zu halten. Die Ruhr ist ausgebrochen, und die Menschen sterben schon durch die Sandflöhe. Diese graben sich in die Finger, Zehen, Ellenbogen, Knie und ins Gesäß, bis die Kinder vollkommen hilflos sind und selbst nicht mehr richtig Nahrung zu sich nehmen können. Wir brauchen Hunderte von Sicherheitsnadeln, um sie diesen geplagten und elenden Menschen zu geben, damit sie sich die Sandflöhe herausziehen können. Bitte sendet mir welche!«

Es waren Monate unauslöschlichen Schreckens, als die verzweifelten, stehlenden, hungernden Horden in Richtung Uganda taumelten und den Gahiniberg unterwegs zu ihrem Rasthaus machten – um dort entweder zu rasten oder zu sterben. Der Boden war zu hart und zu ausgedörrt, um die Toten aufnehmen zu können, und so trug der Wind ständig den penetranten, ekelhaften Geruch mit sich. In der Nacht heulten im Garten die Schakale, und das Team wachte morgens voller Furcht auf, was sie wohl finden würden: es war eine halbverzehrte Leiche und ein winziges, hungriges Kind, das am leblosen Leib der Mutter hing.

Joe war benommen, erschöpft, schockiert. Die Stanley Smiths mußten vor Weihnachten abreisen, und die Hungersnot war immer noch auf ihrem Höhepunkt. Er hatte sich stark an Algies zuversichtlichen Glauben und an seine Erfahrungen gelehnt, und weil er auch gemeinsam mit ihm die Last der medizinischen Verantwortung getragen hatte, bedeutete ihm diese Freundschaft – und das sollte für immer so bleiben – sehr viel. Mit versteinertem Herzen sah Joe zu, wie der Wagen den Berg hinunterfuhr, wie er in den klaffenden Tälern um den Muhazisee verschwand. Von schlechter Gesundheit und mangelnder Ernährung geplagt, mit der Last der gewaltigen Verantwortung für die ganze Situation, innerlich am Boden, geplagt von Angst vor der Zukunft, tief bekümmert über die widrigen Verhältnisse in der Kirche und mit dem Gefühl, ein Versager zu sein. »Sicher«, schrieb er, »muß es eine noch tiefere Ruhe in Jesus geben, die feste Gewißheit eines sieghaften Lebens.«

Es war die dunkelste Stunde vor der Morgendämmerung.

Kapitel 6

Vom »Anstandshalber« zum Leben im Geist

Trotz der Abreise der Stanley Smiths mußte Joe nicht unversorgt zurückbleiben. Einige Wochen vorher war Mrs. Wilkinson, die Mutter Rev. L. F. E. Wilkinsons, der später Vorsitzender des Ruandarates wurde, in Gahini angekommen. Man kannte sie überall unter dem Namen »Mrs. Winnie«. Ohne sich viel von der Hungersnot, den zusammenfallenden Gebäuden, den Sandflöhen und ihrer völligen Unkenntnis der Sprache abschrecken zu lassen, faßte sie sofort Fuß und tat mit ihrer Liebenswürdigkeit, ihrer praktischen Art und ihrem gesunden Menschenverstand, was sie konnte.

Sie bemutterte die beiden mitgenommenen Junggesellen, schaffte Tonnen von Lebensmitteln herbei, wurde mit den Kühen fertig, besorgte Milch für die hungerleidenden Babies und nahm eine Reihe der kleinen sterbenden Waisenkinder bei sich auf und sorgte für sie wie für ihre eigenen. Nach einer gewissen Zeit war sie selbst gesundheitlich am Ende, so daß sie 1931 nach Hause gehen mußte. Aber gerade für diese Zeit war Mrs. Winnie mit ihrem liebenswürdigen, gläubigen Herzen und ihrem unerschütterlichen Temperament ein Geschenk Gottes für Gahini gewesen.

Die schrecklichen Trockenmonate zogen sich dahin, und der Tod lag Tag und Nacht auf der Lauer. Im März war Joe so verzweifelt, daß er nach Kampala reiste, um zu versuchen, die Aufmerksamkeit der Welt auf Ruandas Not zu lenken. Unterstützt von Bischof Willis und Dr. Albert Cook schrieb er einen Artikel an die »Ugandapress«, beschrieb die Schrecken des Hungers und forderte zur Hilfe auf.

Es war, als ob er ein Streichholz in trockene Holzspäne geworfen hätte. Außerstande, die Feuersbrunst durchzustehen, die durch diese Aktion ausgelöst wurde, eilte er zurück nach Ruanda, um dort die ersten Ergebnisse zu sehen: einen sehr ärgerlichen belgischen Gouverneur, dessen Entlassung aus dem Dienst von der Zentrale in

Brüssel zurückgenommen worden war mit dem Befehl, den Skandal zu prüfen und sofort Bericht zu erstatten. In der Tat war die ganze belgische Bevölkerung über die indirekte Kritik an ihrer lokalen Regierung aufgebracht, und so kam es, daß zu dem Alptraum der Hungersnot noch die Furcht kam, aus dem Land gewiesen zu werden, was wie eine schwarze Wolke über Joe hing. Die Berichte, daß die »Times« einen Hilferuf für die Hungernden veröffentlicht hatte und die Situation in Ruanda nun in der Weltpresse Schlagzeilen machte, schenkten ihm wenig Trost. Er war am Ende. Es hatte zwar begonnen zu regnen, aber es konnte ja noch nicht geerntet werden, und so starben an manchen Tagen bis zu zwanzig abgemagerte Flüchtlinge am Hunger und seinen Begleiterscheinungen. Er schrieb an Decie:

»Ich bemühe mich jeden Tag darum, alle Versuchungen und Sünden zu überwinden, die mein Verhältnis zum Herrn trüben können. Hier draußen ist der Teufel zweimal so stark und spitzfindig wie zu Hause.«

Er sehnte sich nach Algies fröhlichem Mut und dessen Nüchternheit. Und als er ihn bat, zu ihm zu kommen, machte dieser sich sofort auf den Weg.

Algie kam, sie kampierten in jener Nacht in einer zugigen Hütte am Wegesrand – etwa 160 Kilometer nördlich von Gahini –, und wie bei Jonathan und David stärkte Algie »seine Hände in dem Herrn«. Algie brachte Trost und gute Nachricht. Das Geld zur Linderung der Not in Ruanda traf aus allen Teilen der Welt ein. Materiell gesehen waren die Aussichten bestens. Und auch der geistliche Kampf schien durch das gemeinsame Gebet nicht mehr so niederdrückend zu sein. So kehrte Joe gestärkt und freudig nach Gahini zurück. 250 000 Pfund waren vom Kolonialminister gespendet worden; als Ergebnis des Aufrufs in der »Times« strömten die Gaben nur so, und in ungefähr einem Monat wurde das Land auf den Kopf gestellt. Ingenieure aus der Schweiz und Italien entwarfen Pläne für den Bau von Straßen durch Ruanda und Burundi, um den Transport der Hilfsgüter zu gewährleisten, und die Füße der Botschafter des Herrn folgten ihnen bald – Gottes Stunde des Aufbruchs stand kurz bevor. Dort in der Wüste wurden die Autostraßen vorbereitet.

Aber Joe begriff zu diesem Zeitpunkt noch nicht, was das alles mit sich brachte. Er war zu sehr mit seinen eigenen, quälenden Problemen und Konflikten beschäftigt. »Im Moment«, schrieb Bert Jackson, »müssen alle unsere wunderbaren Pläne für die Kirche und die Wasserversorgung zurückgestellt werden, da wir an nichts anderes als ans Essen denken können. Jedes Gramm Kraft wird zum Anbau von Nahrungsmitteln verwendet. Essen zu können, ist der Anfang und das Ende der menschlichen Existenz. Sogar diejenigen, die täglich eine Essensration erhalten haben, werden manchmal dabei erwischt, wie sie unsere ärmlichen kleinen Kartoffelgewächse ausgraben, bevor sie reif sind.«

Im Juni war das Land wieder grün. Die Hungersnot war tatsächlich vorüber, die Menschen faßten wieder Mut. Doch das Team in Gahini, das so heldenhaft und selbstlos in den Monaten der Krise gearbeitet hatte, war an seinem tiefsten Punkt. Sie waren körperlich und geistlich ermattet. Sie brauchten unbedingt ein wenig Ruhe und Entspannung, aber Joe duldete keine Entspannung. Obwohl er selbst kein Sprachexperte war, sollte weiter gepredigt werden. Er war zu ihnen genauso rücksichtslos wie zu sich selbst und erwartete von ihnen, daß sie Maßstäbe und Ideale setzten, für die sie selbst noch nicht geistlich reif waren. Sein Traum, nach dem »jeder Mensch ein Evangelist« sein und Gemeinde und Krankenhaus als frohes Team Hand in Hand arbeiten sollten, war zwar ideal, aber die Mitglieder des Teams waren hungrig, mißmutig und erschöpft. Die Dinge spitzten sich zu, als eines Tages eine Gruppe afrikanischer Helfer mit zusammengefalteten Uniformen, ihre Habseligkeiten sorgfältig auf dem Kopf gebündelt, vor ihm erschien. »Wir gehen«, kündigten sie an.

Es war wahrscheinlich eine Drohung, eine Geste, ein Versuch, ins Gespräch zu kommen, aber ihr Anführer war genauso angespannt, erschöpft und geistlich ausgedörrt wie sie selbst. »In Ordnung, auf Wiedersehen«, antwortete er verbittert, und sie gingen genauso schweigend fort, wie sie gekommen waren. Es war eine Niederlage erster Ordnung.

Aber es gab auch Ermutigungen. Als Joe eines Tages das Gefühl des Versagens und der Ohnmacht fast zu schwer geworden war, wanderte er 32 Kilometer am Ufer des Muhazisees entlang. Er verbrachte die Nacht bei einem Freund, erklomm bei Tagesanbruch den Berg, saß eine Zeitlang im Schatten eines Akazienbaumes und beobachtete, wie sich die Morgennebel über dem See auflösten. Nach und nach verschwanden die Schleier, und einzelne Gegenstände, Farben und Vorgänge wurden sichtbar und stachen deutlich und scharf hervor: das Karmesinrot des Erythrinabaumes; eine drahtige, schwarze Gestalt, die rhythmisch ihre Hacke schwang; ein Kanu, das sanft über den glatten See fuhr. Schließlich lag das Land im Sonnenschein gebadet da. Er aber betete voller Inbrunst um das Auflösen der Nebel des Aberglaubens und der Sünde und das Leuchten des Lichtes des Evangeliums. Und so war ihm, als sei der Platz unter dem herrlich verzweigten, sich ausbreitenden Akazienbaum heiliges Land, das Gott geweiht werden sollte. Er verlor keine Zeit, die 16 Kilometer nach Kigali, der Hauptstadt, zu radeln, um die notwendigen Dokumente zu unterschreiben und den Streifen Land zu kaufen. Die Christen bauten um den Baumstamm in der Mitte eine Kirche, so daß die mächtigen Zweige das strohbedeckte Dach beschatteten. Und so wurde Nderaberg der erste Brückenkopf in der Nähe der Hauptstadt.

Irgend etwas war mit ihm unter dem alten Akazienbaum passiert. Er ging mit einem tiefer gewordenen Bedürfnis, Gott besser kennenzulernen, und dem sehnlichen Wunsch, daß auch andere ihn kennenlernen sollten, von dort weg und setzte sich persönlich zum Ziel, von jetzt an weiter in den geistlichen Bereich vorzustoßen. »Man kann sich auf den medizinischen Bereich spezialisieren, in der Chirurgie – oder auf die Sprachforschung«, schrieb er, »aber was hat die Priorität vor allem? In welcher Beziehung steht das Reich Gottes, nach dem wir zuerst trachten müssen, zu all den Dingen, die uns außerdem auferlegt werden? Laßt uns an die Dinge denken, die wir wirklich am meisten lieben, und dann Gott bitten, sie mit seiner Liebe zu übertreffen.«

Überall um sie herum gab es Zeichen neuen Lebens. Das Land war wieder grün und die Früchte reiften heran. Mrs. Winnies kleine Waisen aus der Zeit der Hungersnot begannen wie gesunde Kinder auszusehen, und die Jungen- und Mädchenschulen füllten sich langsam wieder. Als hätte sie irgendein neuer Geist dazu motiviert, trafen die Christen schon beim Morgendämmern zum Gebet zusammen. Sie kauerten sich auf Joes Veranda zusammen, wenn der Himmel noch sternenbesät war. Zudem war ein bis jetzt unbekannter Hunger nach dem Wort des Lebens vorhanden. An jedem Nachmittag wurde die Arbeit niedergelegt, und ungefähr hundertfünfzig bis zweihundert Menschen – Schreiner, Maurer, Krankenschwestern, Patienten und Verwandte – versammelten sich stillschweigend zum Bibelstudium. Die Andachten aus dieser Zeit wurden später in einem Buch mit Namen »Jeder Mensch ein Bibelschüler« veröffentlicht. Die Auflage erreichte ca. 70 000 Exemplare.

Aber der Teufel lauerte auf Schritt und Tritt, und Joe, der sich verzweifelt darum bemühte, seine neuen Vorsätze auch einzuhalten, hatte arg mit Selbsthaß, Verzweiflung und Angst zu kämpfen. Er war durch seine Sprachprüfung gefallen, und Decie war nicht gesund. Konnte er sie überhaupt jemals bitten, zu kommen und mit ihm zusammen all die Unbequemlichkeiten auf sich zu nehmen, die er gerade durchgestanden hatte? Und selbst wenn, würde das Gesundheitsamt sie überhaupt lassen? Im September schrieb er ihr: »Ich glaube, daß dies aus mehreren Gründen der schwerste, dunkelste Augenblick meines Lebens ist. Der Herr ist so nahe wie immer, aber ich kann keinen Zentimeter weit vorwärts sehen. Ich meine oft, mein Zeugnis für Christus gleiche einer absoluten Null. Ich versuche immer mehr, dem Herrn absolut alles zu geben und dann auf seine leitende Hand zu warten. Ich kann dir nichts weiter als meine Liebe, meinen Schutz und die Arbeit anbieten und dich bitten, meinen Einsatz für den Meister zu teilen.«

Zum Glück war es Zeit, daß er seinen Urlaub nahm, und ausgemergelt, wie er war, kam Joe mit dem einen Wunsch nach Kampala, das wahre Geheimnis des Sieges über die Sünde zu finden. Und hier griff Gott ein. Er stieg gerade den Namirembeberg hinauf, um in die große Kathedrale zu gehen, als ihn ein junger Afrikaner namens Simeoni Nsibambi anhielt. »Ich habe dich gehört, als du im März hier während einer Bibelwoche über die völlige Übergabe an Jesus sprachst«, sagte er. »Das habe ich getan und bin darüber sehr froh im Herrn geworden, aber seit dieser Zeit wollte ich immer mit dir sprechen. In mir und in der Gemeinde in Uganda fehlt irgend etwas. Kannst du mir sagen, was das ist?« Joe kannte Simeoni, denn sein jüngerer Bruder Blasio war ihr Lehrer in Gahini. Und Simeoni, ein reicher Mann im Regierungsdienst, hatte ihn zum Glauben geführt. Nun gingen die beiden Männer nach Hause und sannen viele Stunden über ihren Bibeln nach. Mit Hilfe der Anmerkungen von Scofield verfolgten sie die Lehre über den Heiligen Geist und ein richtiges Leben durch die ganze Schrift hindurch. Und plötzlich erschienen all die Antworten, die Joe schon so lange theoretisch wußte, im Lichte völliger Realität. Er schrieb das Erlebnis der C.I.C.C.U.: »Mir ist kürzlich klargeworden, daß im Moment nichts anderes eine wirkliche Ausgießung des Heiligen Geistes in Ruanda aufhalten kann als unsere eigene, unzulängliche Heiligung als Mitglieder der Mission. Es könnte eine Erweckung in der Kirche von Uganda geben, wenn eine mit dem Geist erfüllte Person kommen würde, um diese Tausende von Namenschristen zu einem sieghaften Leben zu führen. Betet um echte Sündenerkenntnis, dann wird die Ausgießung des Heiligen Geistes von selbst erfolgen. Gott ist mir begegnet. Er gab mir keine besondere Gabe. Die einzige besondere Gabe ist diese neue Sicht des auferstandenen Jesus.«

Beide Männer waren buchstäblich umgekrempelt worden. Nsibambi konnte die Freude seiner neuen Entdeckung nicht für sich behalten, und Joe wurde kritisiert und gerügt. »Was hast du mit Nsibambi angestellt?« fragte ihn jemand aufgebracht. »Er rennt herum und fragt alle, ob sie errettet sind. Gerade war er bei meinem Gärtner.« Andere gaben zwar zu, daß es sich um ein Werk des Heiligen Geistes handle, aber man betrachtete es im allgemeinen als für Uganda nicht »passend«. Es sei viel zu aufwühlend und revolutionär. »Geh zurück nach Ruanda«, rieten einige Joe. »Die Afrikaner sind jetzt noch nicht für solch eine Sache reif.« Bestürzt und niedergedrückt suchte er Algie auf, und wiederum stärkte ihn der einfache, geheiligte, gesunde Menschenverstand des älteren Mannes. »Wenn dies sich ereignete, als du Gott um eine neue Erfüllung mit dem Heiligen Geist batest«, sagte Algie, »dann mußt du vertrauen, daß das, was du jetzt anstrebst, auch sein Wille ist.«

Joe ging als neuer Mensch nach Gahini zurück – in der Gewißheit, daß Gott für sie wirken würde. Er wurde nicht enttäuscht. Fast schlagartig ereigneten sich drei bemerkenswerte Bekehrungen im Krankenhaus. Die eine erfaßte einen Häuptling, der früher einmal sein Leben Jesus übergeben hatte und jetzt plötzlich fragte: »Wie lange muß ich warten, bis ich getauft werden kann?« – »Du kannst jetzt getauft werden«, war die Antwort, und auf dem Gras kniend, betete der stolze Häuptling: »Herr, ich habe dein Wort gehört und ich habe geglaubt. Ich bin wie ein blinder Mann. Öffne mir die Augen, daß ich sehen kann.« Auf einer Nebenstelle des Krankenhauses geschah als Erhörung vieler Gebete eine weitere Bekehrung, als ein alter Karakezi, ein hochgestellter Tutsi, dessen Sohn als gläubiger Christ im Krankenhaus gestorben war, aus dem Heidentum heraustrat und Christus annahm.

Etwas war geschehen. Vergangen war die alte Selbstzufriedenheit und jene angenehme, äußere Anpassung an die Mentalität des weißen Mannes, während man hinter den Kulissen sein Eigenleben weiterführte. Die Wahrheit war plötzlich wichtig geworden. Menschen lagen in der Nacht wach, trauerten über ihre Sünden und ihre Heuchelei; gestohlene Güter wurden nach und nach zurückgebracht: kleine Summen Geld, eine Sicherheitsnadel, eine Rasierklinge. Einige wenige blieben gleichgültig, und denen, die sich nicht dem Licht des Geistes Gottes aussetzen wollten, wurde ganz elend und sie wären am liebsten davongelaufen – wie zum Beispiel Yosiya Kinuka, Joes treuer Krankenhausbursche.

Wie bereits erwähnt, hatte Yosiya als vierzehnjähriger Junge zum ersten Mal das Evangelium gehört, als er, bedeckt mit Entzündungen und Geschwüren, im Krankenhaus in Kabale behandelt wurde. Das Christentum hatte ihm Barmherzigkeit, Gesundheit, Freundschaft und später eine Ausbildung und einen guten Job bei Joe gebracht – bei einem Mann, den er liebte und achtete. Das Christentum war offenbar eine ganz tolle Sache, und er wechselte von Herzen gern zu ihm über und wurde getauft und konfirmiert. Er nahm christliche Grundsätze und Praktiken an und packte tapfer und tatkräftig während der Hungersnot zu. Aber nun wurde ihm langsam klar, daß es auch noch eine andere Seite des Christentums gab, eine wühlende, ihn etwas kostende Seite, die ihm mehr abverlangte, als er zu geben bereit war, und er kam nicht zur Ruhe, auch wenn er sich noch so sehr dagegen auflehnte.

Dieser Zwiespalt vergiftete ihn, und er fing an, seinen Chef zu hassen. Warum sollte er zu diesem ewigen Predigen gezwungen werden, wenn er nichts zu sagen hatte und sein eigenes Leben dem, was er lehrte, nicht standhalten konnte? Er tyrannisierte seine Frau und zankte mit seinen Kollegen und Untergebenen. Da war zum Beispiel Paulo. Sie haßten sich gegenseitig, und ihr Haß wirkte sich auf die Atmosphäre im ganzen Krankenhaus aus. Joe, Blasio und Kosiya Shalita beteten täglich für ihn, aber es gab zunächst keine sichtbare Besserung. Schließlich kam sein Urlaub heran, und er entschloß sich, zu gehen, um nie wiederzukommen.

Obwohl Joe seine Reise nach Uganda unter der Bedingung bezahlt hatte, daß er Nsibambi besuchen sollte, teilte Yosiya ihm seine wahren Absichten nicht mit. Freilich hatten sie das Krankenhaus aufgebaut und waren während der Hungersnot zusammen gewesen. Ihre Bande waren stark. Aber er dachte, Gahini für immer den Rücken zu kehren, als er über die Berge nach Uganda wanderte.

»Doch wohin soll ich vor deinem Geiste fliehen?« Er war zwar Joe entkommen, aber nicht seiner eigenen inneren Unruhe. »Alle Dinge offenbaren ihn, der mich offenbar gemacht hat.« Und Yosiya fand nirgendwo das, was er suchte. Schließlich reiste er voller Verzweiflung nach Kampala, setzte sich mit Nsibambi in Verbindung und schüttete ihm sein Herz aus – daß man ihn schlecht behandelt, unterbezahlt, das Krankenhaus vernachlässigt habe, daß der Doktor unmöglich sei. Aber er fand kein Gehör. Nsibambi war unerbittlich. »Mit dem Krankenhaus stimmt es nicht, weil es mit dir nicht stimmt«, behauptete er freiweg. »Du mußt dein Herz Jesus öffnen.«

Ärgerlich und enttäuscht verließ Yosiya ihn und erwischte für die Nacht einen Fernlastzug, der ihn mitnahm. Und als er während der dunklen Stunden am Boden kauerte und wachend dort saß, schienen die Räder auf den roterdigen Pfaden hundertmal denselben Vers zu wiederholen: »Mit dem Krankenhaus stimmt es nicht, weil es mit dir nicht stimmt. Du mußt dein Herz Jesus öffnen.«

So, das war also das Geheimnis. Nicht einfach das Akzeptieren der Religion des weißen Mannes und eine entsprechende Veränderung des Benehmens, sondern ein Herz, das weit für den Herrn geöffnet ist und vom Licht, der Liebe und der Lieblichkeit des Wesens Jesu umgeformt wird. In all den mühevollen Jahren hatte er das nie gewußt, aber nun erlebte er es. »Der Herr hat mir vergeben«, verkündete er seiner Frau. »Kannst du mir auch vergeben?«

Strahlend vor Freude über die Vergebung kam er nach Gahini zurück. Es mußte noch viel vergeben und in Ordnung gebracht werden, aber Joe, Blasio und Kosiya nahmen ihn als Bruder auf. Diese Afrikaner waren nicht länger nur Diener, sondern ein Team von Brüdern, die alle zusammen dem gleichen Meister, Christus, dienten, die von ihrer alten Unterwürfigkeit und Heuchelei befreit wurden, um wirklich ihre eigene Identität zu finden. Es war eine neue, bisher unbekannte Beziehung und führte zu einiger Kritik. Aber das Team war sich dessen bewußt, daß die neuen Bande von Jesus geknüpft worden waren, und freute sich darüber.

Es war ein zarter geistlicher Frühling. Yosiya ging sofort zu seinem alten Freund Paulo, und Paulo war, überwältigt durch so viel Demut, fassungslos. »Gib mir hundert Streiche mit der Nilpferdpeitsche für all meine Sünden und meinen Haß«, rief er und weinte bitterlich. Und auch er öffnete sein Herz Jesus.

Die Freude war unbeschreiblich groß. Sie konnten nicht anders als es überall erzählen. Einer nach dem anderen gingen sie wie Gottes Herolde hinaus und verkündeten im ganzen Land die Vergebung und die Liebe. Paulo ließ seine Frau in der Mädchenschule zurück und bat um Erlaubnis, Christus in der Nähe seiner alten Heimat am Markt von Kigali zu predigen. Erifazi ging nach Osten in die gefürchtete, moskitogeplagte Grenzgegend des damaligen Tanganyikas, und der Segen Gottes begleitete ihn. Und wo sie auch hinkamen, wurden Menschen von einer göttlichen Unzufriedenheit erfaßt. Unter den toten Blättern der Heuchelei, des »Anstandshalber« und der Formalität sprossen die lebendigen Triebe der Ernsthaftigkeit, Realität und Wahrheit. Die äußerlich erfolgreiche Zeit des Namenschristentums war vorüber. Überall begannen Menschen nach dem lebendigen Gott zu hungern und zu dürsten.

Kapitel 7

Lepra

Um das Jahr 1930 hatten sich eine Reihe neuer Missionare der Ruanda-Mission angeschlossen. Miß Forbes, Miß King und Rev. E. Lawrence Barham ließen sich in Kigezi nieder. Miß Cecil Verity und Miß Dora Skipper waren zum Mitarbeiterstab in Gahini hinzugekommen. Gott hatte sie finanziell gesegnet, und von 1929 an konnte sich die Ruanda-Mission völlig selbst tragen. Der Geist neuen Eifers und der Freude, der in Gahini eine Neubelebung geschenkt hatte, begann auch in anderen Gemeinden aufzukeimen. Die Zeit war reif zur Ausweitung.

Im Krankenhaus in Kabale war die Abteilung für Leprakranke völlig überbelegt, und viele mußten abgewiesen werden. Ihre Not war es, die die Sharps auf ihren Reisen durch die Dörfer am meisten bekümmerte. »Die Mehrheit war arm, schmutzig und hilflos, und einige kleine Kinder lebten mit Ungeziefer und Sandflöhen. Zwei waren von Kopf bis Fuß mit Geschwüren bedeckt, ihre armen kleinen Beine verdoppelten sich buchstäblich, so daß sie niemals laufen konnten. Sie fürchteten sich vor ihren eigenen Leuten, deshalb kann man sich ihre schreckliche Angst beim Anblick einer weißen Person vorstellen. Ein anderer hatte von Kopf bis Fuß große Lepra-Flekken, einem anderen war das arme alte Gesicht zur Hälfte weggefressen.«

Zwei Jahre vorher hatte Dr. Sharp auf dem Gipfel eines 1600 m hohen Berges, der einige Kilometer von Kabale entfernt liegt, gestanden und auf den tief unter ihm liegenden Bunyonisee geschaut – mit seinen in die Felsbuchten hineingehenden Einschnitten. Nicht weit vom Festland lag eine einsame Insel – die Insel seiner Träume. Aber es war nicht Dr. Sharps Art, sich mit einem Traum zufrieden zu geben. Er umriß einen praktischen Plan:

1. Wir werden die Bwamainsel kaufen, die vor der Küste des Bunyonisees liegt. Sie liegt nur 10 Kilometer von Kabale entfernt, und eine gute Autostraße verbindet sie mit dem See.

2. Auf dieser Insel werden wir ein Leprakrankenhaus mit stationärer Behandlungsmöglichkeit für 50 Patienten und einer ambulanten Station für die Behandlung vieler Patienten bauen.

3. Angegliedert an das Krankenhaus soll ein Modelldorf oder eine Kolonie entstehen, wo die meisten Patienten leben werden und zur ambulanten Behandlung kommen können.

4. Ein Missionarshaus wäre notwendig – für zwei dort wohnende Frauen, von denen zumindest eine ausgebildete Krankenschwester sein muß. Diese würden dann zusammen mit den afrikanischen gläubigen Mitarbeitern für die Kranken sorgen und so die einzigartige Möglichkeit haben, in den Dörfern Reichgottesarbeit zu betreiben.

5. Die Leprakranken würden nach völliger Erfassung aller gefährdeten Familien in Kigezi ausgewählt werden. Allen Patienten, die kommen möchten, würde zudem erlaubt, mit ihren Familien zu kommen, und bei anderen Fällen, die geheilt werden könnten oder eine Gefahr für die anderen bedeuteten, würde man das gleiche empfehlen.

Wie kam es, daß diese herrliche Insel zugewachsen und wüst war, ja, einem wilden Urwald glich? Ihre Geschichte war schrecklich und von Gewalt gekennzeichnet, und die meisten Menschen fürchteten diesen Ort. Sie war jahrelang ein Platz der Anbetung eines weiblichen Geistes mit Namen Nyabingi und eines mächtigen Zauberdoktors, der auf der Insel lebte und vorgab, Regen, Feuer, Krankheit und Tod bestimmen zu können. Wenn er die Trommel schlug, sammelten sich die Einwohner von den umherliegenden Hügeln und trugen Geschenke zusammen, um den bösen Geist freundlich zu stimmen: Schafe, Ziegen, Bier und total verängstigte Mädchen. Bis weit in die Nacht hinein konnte man noch das Schlagen der Trommel hören und das Stampfen der Füße, wenn die Trinkorgie ihren vom Wahnsinn gepackten Höhepunkt erreichte. Jener Zauberdoktor verbreitete so viel Furcht und Schrecken, daß 1929 die Regierung eingriff, ihn gefangennahm und seinen Anhängern untersagte, auf die Insel zurückzukehren. So wurde sie ein verlassener Flecken, behaftet mit Furcht und schlechten Erinnerungen – von allen Menschen gemieden.

Aber unserem Gott gefiel es, zerstörte Mauern wieder aufzurichten und Gärten in der Wüste zu bauen, um »das Tal Achor zu einer Tür der Hoffnung« zu machen – und das war die Insel, die die Regierung an Dr. Sharp verpachtet hatte. 1930 begann man mit dem Bau, und die Bunyonisee-Leprasiedlung begann Formen anzunehmen. Die Regierung von Uganda gab weitere Zuschüsse. Buschwerk und Dschungel wurde gerodet, Pfade angelegt. Während man für die ersten Patienten eine Anzahl Hütten errichtete, wurde der Bau des Krankenhauses in Angriff genommen. Für die englischen Krankenschwestern Miß Langley und Miß Horton entstand ein Bungalow. Ziemlich schnell wurden 25 Patienten aus dem Krankenhaus in Kabale – zum Teil recht unwillig – in ihre neuen Unterkünfte umquartiert. Dr. Sharps Traum war Wirklichkeit geworden.

Bwama! Obwohl hier eine schreckliche Krankheit Unterschlupf gefunden hatte, war das Ganze ein Platz der Schönheit und Hoffnung. Es war nie eine Institution im eigentlichen Sinn des Wortes, und außer den stationär behandelten Krankenhausinsassen lebten die Patienten in ihren eigenen Hütten, gebaren ihre Kinder und bewirtschafteten ihre eigenen Grundstücke an den Hängen der Insel, wo sich erstklassiger Boden fand, nachdem er so viele Jahre brachgelegen hatte. Der Friede der Berge überdeckte auch die Insel. Die Landzungen und Buchten waren mit lila- und rosafarbenen Wasserlilien überdeckt, und die zarten Farben spiegelten ein unbeschreiblich schönes Bild wider. Niemand wurde zum Bleiben gezwungen. Sie kamen, weil sie gesund werden wollten. Und obwohl jedes Jahr der Tod seinen Tribut forderte, konnten dreißig »abgeschlossene« Fälle entlassen werden. Aber viele gingen nicht gern, weil sie hier auf der Insel eine Liebe, Fürsorge und Sympathie erhalten hatten, die sie niemals mehr draußen in der Welt finden würden.

Miß Langley und Miß Horton waren die ersten in einer Reihe mutiger weiblicher Missionare, die Jahre ihres Lebens dem Dienst an denen hingaben, die an dieser so gefürchteten Krankheit litten. In unseren Tagen, in denen viele Missionare mit durch Kulturschock, Abgeschnittensein vom gesellschaftlichen Leben, Einsamkeit und Überarbeitung ausgelösten Nervenzusammenbrüchen wieder nach Hause zurückkehren, ist es gut, wenn man einmal an Evelyn Longley, Grace Mash, Janet Metcalf und Marguerite Barley denkt. Sie blieben jahrelang an diesem isolierten Ort, und außer den Sharps, die später auf der Nachbarinsel wohnten, hatten diese Frauen keinerlei Kontakt zu Europäern. Sie trugen enorme medizinische, geistliche und organisatorische Verantwortung, sie hatten mit dem Gestank und dem Schrecken der Lepra fertig zu werden und trugen die Last der Bedrückung des hoffnungslosen, unheilbaren Leidens und des nahenden Todes. Doch hatten sich alle auf der Insel wohnlich eingerichtet und behielten über die Jahre eine gute körperliche Konstitution, nüchternen Verstand, fröhlichen Humor und ein geheiligtes Leben in der Gemeinschaft mit Gott. Vielleicht überschlägt auch jemand, der sein Leben den Kranken widmen will, vorher gründlicher die Risiken und geht ohne irgendwelche Vorbehalte oder Blicke zurück vorwärts. Dann gibt es auch keine Enttäuschungen.

Unter Dr. Sharps unermüdlicher Leitung teilten sie die Insel in zwei Dörfer auf. Bethanien und Samaria waren für die besonders schweren Fälle, die aus dem einen oder anderen Grund nicht nach Hause gehen konnten. Um die Bethanienschule herum wurde Ackerbau betrieben, so daß die Kinder die besten Methoden der Landwirtschaft lernten. In Bethlehem bauten sie ein Haus für die gesunden Babys der Kranken, in dem sie auch von den Eltern besucht werden konnten. In Jericho und Nazareth waren die Patienten mit ansteckenden Leiden untergebracht. Hier gab es auch eine eigene Schule für infizierte Kinder. Jeder, der irgend konnte, versorgte sich selbst. Wer nichts anbauen konnte, lernte ein Handwerk: Korboder Mattenflechten, Töpferei, Netzflechten, Nähen, Stricken, Bildhauerei. Alle, außer den Schwerkranken, kochten sich auch selbst ihr Essen.

Zwei Gebäude bildeten schließlich die Hauptpunkte der Insel: das architektonisch sehr schöne Ziegelsteinkrankenhaus, das bald noch durch weite Grünflächen und Bäume verschönert wurde, und als Triumph der Architektur auf dem höchsten Punkt der Insel: die Kirche, kreuzförmig gebaut mit ihrem 12 Meter hohen Turm und einer Spitze, die man aus auf der Insel hergestellten Ziegeln errichtet hatte. Die Fenster und Türen sind gewölbt und statt eines Fensters nach Osten befindet sich hinter dem Abendmahlstisch ein wunderschöner eingesetzter Bogen. In silbernen Buchstaben auf Holz lautet der Text im Torbogen in der Rukigasprache: »Glaube an den Herrn Jesus Christus und du wirst errettet werden«, und auf dem

Bogen selbst: »Immanuel, Gott mit uns.« Die es miterlebten, werden nie den großen Tag vergessen, an dem die Kirchturmspitze aufgesetzt wurde – mit ihrem in den Metallball eingeschweißten Kreuz, das aus zwei Emailleschüsseln geformt ist. Die Spitze war im Turm gebaut und mit einem starken Gerüst verschalt worden, um sie beim Hochziehen zu schützen. Der Augenblick war gekommen. Dr. Sharp gab den Befehl, daß niemand außer ihm selbst sprechen durfte, und das Team der Männer arbeitete schweigend.

Einige Minuten lang herrschte große Spannung, aber alles ging gut. Die Zuschauer sahen zu und beteten, und die Spitze wurde still auf ihren Platz gezogen. Sie war so, gleichsam auf Gott weisend, ein Markstein für den ganzen See.

Aber wir sind schon wieder vorausgeeilt. Als May Langley und die Sharps die ersten Patienten aufnahmen, gab es lediglich ein Krankenhaus mit zwei Räumen, einen Bungalow für die Krankenschwestern und ein paar Hütten. May Langley erinnert sich, daß die ersten Operationen unter einem Baum vorgenommen wurden. »Ich wünschte, ich könnte dieses Bild beschreiben, als die furchtbar verstümmelten Menschen hinaufkamen, um sich Stücke toter Knochen von ihren kranken Füßen entfernen zu lassen... Ich bin so froh, daß diese armen Geschöpfe sich so sehr auf Christus beriefen, denn er hat uns ein Beispiel gesetzt, und ich bin sicher, daß alle jene, die für sie arbeiten, es für ihn tun und er sie dafür belohnen wird. Wir helfen oft mehr durch unser Mitgefühl als durch unsere Arbeit, denn kommt nicht mitfühlende Liebe zur Erfahrung hinzu? Ich habe in euren Briefen von der Selbstaufopferung gelesen, die einige in der Unterstützung für uns geübt haben. Aber vergeßt nicht, daß er es sieht, daß unser Erlöser den langen, langen Weg wählte, der auch der Weg zum Himmel ist, den Weg, der von Tränen naß war, mit Schwierigkeiten und Sorgen bedeckt, den Weg, der durch liebevollen, menschlichen Dienst zur Dornenkrone und den durchstochenen Händen führte. Aber am Ende gibt es Lohn – sein ›Wohlgetan, du guter und getreuer Knecht‹.«

Sie wurden durch ihre ersten afrikanischen Kollegen gesegnet. Einige begeisterte, gesunde Christen kamen freiwillig vom Festland herüber, um in den Schulen und Krankenhäusern zu helfen – ein Akt tiefer Hingabe in Tagen, in denen die Krankheit noch viel bedrohlicher und eine noch größere Geißel war als heute. Unter ihnen war Ernesti, der sein Zuhause und seine Familie verlassen hatte, um erster Assistent am Krankenhaus zu werden, obwohl er und seine Frau mit einer Infizierung durch die Krankheit rechnen mußten. Er gewann das Vertrauen aller Patienten und wurde ein guter Bakteriologe. Dann war dort Nekimiya, ein sanfter, in seiner Lebensweise Christus ähnlicher Junge. Seine Hütte war immer voll von Kranken – keine Leprakranken –, für die es keine Aufnahme im Krankenhaus gab. Anstatt sie wegzuschicken, öffnete er ihnen sein Heim, und seine Frau versorgte sie – manchmal sechs auf einmal –, während sie ambulant behandelt wurden. Als er einmal gefragt wurde, warum er das tat, antwortete er: »Ist das nicht die Lehre Jesu?«

Weiter war dort Mary aus der nördlichen Provinz Toro, die direkt von der Schule als Lehrerin kam. Als die Vorsteherin dort erwähnte, daß die Möglichkeit bestünde, selbst Lepra zu bekommen, entgegnete sie: »Ich habe daran gedacht und die Risiken überschlagen. Ich bin bereit, um Jesu willen zu gehen. Es macht mir überhaupt nichts aus, weil ich glaube, daß Jesus bald kommt, und dann werden alle Menschen gesunde Leiber haben.«

Aber die Mehrheit der Mitarbeiter kam aus den Reihen der Leidenden selbst. Einige von ihnen waren geheilt, oder ihre Krankheit hatte zum Stillstand gebracht werden können, andere kämpften weiter, bis die letzten Stadien der Krankheit sie überwanden. Samwiri, der Lehrer in der Jerichoschule, war eines der Jammerbilder dieser schrecklichen Krankheit. Seine Augen wässerten ständig, die Nerven zuckten in seinem Gesicht. Er hatte seine Finger verloren, doch er versuchte, mit den Stümpfen seiner Hände schön an die Tafel zu schreiben. Wenn jemand einem Kind, dessen Verstand durch Krankheit, Hunger und das furchtbare Gefühl, ein Ausgestoßener und von allen gemieden zu sein, stumpf geworden war, Wissen vermitteln konnte, dann war es Samwiri. Er war der geborene Lehrer.

Es mag psychologisch unklug sein, Kinder von solch einem verkrüppelten, mißgestalteten Menschen unterrichten zu lassen, aber die Not erforderte es. Es gab nur wenige auf der Insel, die die Fähigkeit zum Unterrichten besaßen, und von außerhalb kamen nur wenige Freiwillige. Aber vielleicht nahm Samwiri auch einen Platz in der Erziehung der Kinder ein, den ein gesunder Mann gar nicht hätte ausfüllen können. In den Klassen gab es viele, deren Hände und Füße sich langsam verunstalteten. Wenn diese Kinder dann zu denken begannen: »Wie soll ich noch den Stift halten, wenn meine Finger alle gekrümmt sind«, dann stand ihnen da Samwiri als lebendiges Beispiel eines Menschen vor Augen, der sein Handicap überwand. Wie es ein gläubiger Patient einmal ausdrückte: »Wenn es schlimm kommt, kann einem Leprapatienten am besten von einem Mitpatienten geholfen werden, der ein echtes Leben im Herrn führt. Er weiß aus Erfahrung um alles Leiden, das durchgestanden werden muß, wie langsam der Fortschritt ist und wie die anderen wegen dieser Krankheit einen Bogen um ihn machen, weil sie eben an den Flecken zu sehen ist. Sonst haben nur Tiere Flecken – aber er weiß auch, daß mit Jesu Hilfe ›alle Dinge möglich sind dem, der glaubt‹.«

Da sind andere, die diese Geißel mit Danken annehmen und beide Hände, dem Ruf Gottes gehorsam, zu seinem Dienst gebrauchen. Dr. Adney erzählt, wie – als er in späteren Jahren seine Außenpatienten besuchte – ». . . einer meiner besten Lehrer mich sprechen wollte. Er leistete eine segensreiche Arbeit, war eine sehr starke Persönlichkeit und ein echter Mann Gottes. ›Was ist los?‹ fragte ich ihn. ›Ich fürchte, ich habe Lepra‹, war seine Antwort. Bei der Untersuchung mußten seine Befürchtungen bestätigt werden. Ich sagte ihm das. Er antwortete: ›Als Junge in der Schule hat mich der Herr erlöst. Ich wurde als Lehrer ausgebildet, und er gab mir Gelingen für meine Prüfungsarbeiten – und zwei Monate später gab er mir eine gläubige Frau. Nun hat er es zugelassen, daß ich diese Krankheit habe, weil er mich in den Dienst der Kinder stellen möchte, die leprakrank sind.‹«

Er ging froh davon. Später schloß sich seine Frau ihm an. Er war derselbe geblieben, umgeben von vielen Patienten im fortgeschrittenen Stadium dieser Krankheit. Gott hatte ihm Freude, Kraft und Mut gegeben.

Da waren Schwierigkeiten, Kummer und Enttäuschungen, aber wohl in keiner anderen Abteilung der Ruanda-Mission gab es größeren Triumph über Schmerzen, Verzweiflung und Tod als in Bwama. Das Krankenhaus war trotz des herzzerbrechenden Anblicks und ekelerregender Gerüche ein Ort der Freude. Im Anfang bestand die Behandlung aus Injektionen mit Hydncarpusöl und lokalen Verbänden der Geschwüre und offenen Wunden, aber später wurden Sulfonamide mit ermutigenden Ergebnissen verwandt. Trotzdem gab es viele, für deren körperliches Leiden nichts getan werden konnte.

Aber eine große Anzahl von ihnen fand Frieden, Ermutigung und Ruhe in Jesus. Da war ein Gemeindelehrer, der mit Leprafieber im Sterben lag, jeder Teil seines Körpers geschwollen, unfähig, sich zu bewegen infolge großer Schmerzen, aber sein Gesicht leuchtete, als er sagte, daß die Gesunden den Frieden gar nicht verstehen können, den Jesus den Leidenden gibt. »Mein Körper ist voller Schmerzen«, sagte er, »aber mein Herz ist voller Frieden.«

»Ich sehe einen faltigen alten Mann«, schreibt Miß Mash, als sie die einzelnen Stationen beschreibt. »Er hat immer ein Lob auf den Lippen, und obwohl er keine Hände und Füße mehr hat, schleift er sich durch die Stationen, um mit seinen Mitpatienten über den Erlöser zu sprechen. Ich sehe eine blinde, entstellte Frau, die treu ihren Herzensfrieden bezeugt, den sie ständig in Liebe und Freundlichkeit ausstrahlt, und noch eine andere, die während eines Liedes oder bei einer sieghaften Evangeliumsbotschaft ihre fingerlosen Hände über den Kopf hebt. Und ich sehe einen Gemeindelehrer, der mit leuchtendem Gesicht, aber heiserer Stimme und verbogenen Fingern, von denen man gar nicht meint, daß sie die Bibel halten können, dasteht und die Frohe Botschaft weitergibt. Die meisten dieser Fälle sind unheilbar, aber auch das ist kein Grund zu großer Sorge. ›Auch wenn es mir nicht besser geht‹, sagte einer, ›ich bin gläubig, und am Ende werde ich beim Herrn Jesus sein, und dann habe ich einen neuen Körper.‹ Und wenn ein gläubiger Patient stirbt, dann ist das Begräbnis eines verseuchten Körpers ein Anlaß zu großem Lob, weil seine Freunde sich über seinen neuen Leib unterhalten. ›Es ist noch nicht offenbar, was wir sein werden, aber wir werden sein wie er.‹«

»Wir werden verwandelt werden.« Kann es noch eine schönere Antwort geben? Und die vernarbten, übel zugerichteten Gesichter leuchten voller Freude, wenn sie sich an den stillen Ufern des Sees um ein offenes Grab scharen und ihre Lieblingslieder singen. »Wir werden uns an jenem herrlichen Ufer wiedertreffen«, und »Da ist ein glückliches Land«.

Aber viele wurden gesund und leben, um dem Herrn zu dienen. Yona, der Lehrer, lebte in Burundi, und die, die ihm »Auf Wiedersehen« sagten, erinnern sich an sein strahlendes Gesicht, als er sich auf den Weg nach Bwama machte, wo die Einsamkeit eines Leprakranken auf ihn wartete – ein 644 Kilometer langer Marsch in ein unbekanntes Land. »Bemitleidet mich nicht«, sagte er. »Ich bin reich, Jesus ist bei mir.« Und dann fügte er noch hinzu und hielt dabei sein Testament hoch: »Das sind meine Reichtümer.« Fünfzehn Monate später war er zurück, strahlend wie immer, und pries Gott für seine Heilung.

Große Freude und großes Leid. Die Gnade und der Sieg Gottes standen gegen das Leid, die Furcht, das Heimweh und die Trennung, die diese Krankheit mit sich bringt. Einer der härtesten Augenblicke war die Trennung der »reinen« Babies von ihren Müttern. Die Kinder lebten in einem Heim, und ihre Mütter konnten zusehen, wie sie zu gesunden, schönen Kindern aufwuchsen, die sie jedoch nie selbst versorgen und in ihren eigenen Armen halten durften. Anfangs war der Widerstand gegen dieses Vorgehen ungeheuer groß, und eine Schwester war entsetzt, als vier Mütter, denen bei der wöchentlichen Besichtigung mitgeteilt wurde, daß ihre Kinder sich mit Lepra infiziert hatten, vor Freude in die Hände klatschten. Das war für sie eine herrliche Nachricht, denn nun würde ihnen niemand ihre Babys wegnehmen können. Allmählich wurden jedoch immer mehr kleine Kinder vom Festland gebracht, die diese Krankheit hatten, und man begann den Wert dieses Heims zu erkennen und gab die Babys, wenn auch unter Tränen, bereitwillig her.

Dann ist da der Schrecken des Geächtetseins, unberührbar zu werden, ein Ausgestoßener, der, auch wenn er für symptomfrei erklärt wurde, gemieden und verachtet wird. Das schnitt tief in ihre Gedanken- und Gefühlswelt ein, und nur die geduldigste, beständige Liebe und das Mittragen seitens der Mitchristen, die mit ihnen zusammenleben wollten und sie Brüder und Schwestern in Christus nannten, konnten diese Narben verschwinden lassen. Manchmal konnte diese Arbeit unermeßlich vorangetrieben werden nur durch eine verstehende Berührung, wie an dem Tag, als der Erzbischof von Sydney, Dr. Howard Mowll, kam, um das neue Krankenhaus einzuweihen.

Miß Metcalf schrieb: »Es war ein regnerischer, feuchter Tag, und alles mußte um zwei Stunden verschoben werden, aber es war ein unvergeßlicher Tag in der Geschichte der Insel. Der Erzbischof schüttelte jedem einzelnen Patienten die Hand, jenem ohne Finger, jenem mit verbundenen Händen – auch dem am schlimmsten Infizierten. Sie waren sehr still, als jeder mit absolutem Staunen darauf wartete, dranzukommen. Sie reden immer noch davon. ›Denkt euch, weil die Liebe Jesu in seinem Herzen wohnt, berührte er uns alle. Jemand aus unserem Stamm hätte uns, die verachteten Menschen, nicht angefaßt, aber er, der große Mann der Kirche, tat es. Nicht aus ihm selbst heraus, sondern weil Jesus Christus in seinem Herzen ist.‹ Anschließend hatten wir einen herrlichen Gottesdienst mit begnadeter Verkündigung, aber jene Berührung ist es, die in den Herzen der Menschen weiterlebt. ›Und Jesus streckte seine Hand aus und berührte ihn und sagte: Ich will, sei gereinigt.‹«

Die Insel Bwama ist längst nicht mehr ein Aufnahmezentrum für leprakranke Menschen. Und man betrachtet die Lepra auch nicht mehr als solch schrecklich ansteckende Krankheit wie ehedem. Die jüngsten Bemühungen gehen dahin, die Patienten in gewissen Zeitabständen in den Kliniken zu behandeln und sie zu Hause zu besuchen. Pat Gilmer, eine Krankenschwester aus dem Middleessex-Krankenhaus, fährt mit ihrem gut ausgerüsteten Wagen umher, sucht sie aus und unterzieht sie einer regelmäßigen Behandlung. Aber Bwama existiert immer noch als Zufluchtsstätte, in der ältere Patienten, die zu verkrüppelt oder zu alt sind, um ein neues Leben zu beginnen, versorgt werden. Sie werden von Pat besucht und von afrikanischen Gläubigen liebevoll umhegt. 1968 wurde die Insel ein weiteres Mal auf Lebenszeit in Pacht genommen. Sie soll verstümmelten Menschen als Stätte dienen, ein Handwerk zu erlernen, um sich selbst zu versorgen.

Kapitel 8

Nach Norden – nach Süden

Doch während Dr. Sharp von seiner Leprasiedlung träumte und persönlich ihren Bau überwachte, hatte er Ruanda nicht vergessen. Sein unermüdlicher, staatsmännischer Kopf plante bereits im voraus und wollte weiter. Im Frühjahr 1929, nach der Rückkehr aus dem Heimaturlaub, schrieb er: »Nach vielen Überlegungen sind wir zu der Überzeugung gekommen, daß zwei neue Missionsstationen für die Evangelisierung Ruandas erforderlich sind, eine im Norden und eine im Südwesten. Mit den dreien in Burundi sollten wir dann fünf Missionsstationen haben. Laßt es uns zum Ziel setzen, so Gott will, zu Beginn des Jahres 1930 eine neue Station zu eröffnen.«

Sie hatten eine genaue geographische Skizze angefertigt und dabei drei Missionszentren (oder »Stationen«, wie man sie damals nannte) gefunden, von denen eine von belgischen Protestanten und zwei von Adventisten geleitet wurden. Sie befanden sich jeweils in der Mitte Ruandas, jedoch der Norden und der Süden waren zu diesem Zeitpunkt noch völlig unmissioniert. Monsieur Mazoratti, der Gouverneur, hatte ihnen die Erlaubnis zum weiteren Ausbau gegeben, aber ein neuer Gouverneur hatte nun seinen Platz eingenommen, und so mußte die Zustimmung von ihm bestätigt werden. Zwischen Dr. Sharps Rückkehr aus England und Dr. Stanley Smiths Abreise lag nur wenig Zeit. Die beiden planten nun eine Erkundungsreise für den 8. Juli, aber es war noch keine Antwort auf ihren Brief vom Gouverneur gekommen. Wie bei anderen Gelegenheiten machten sie sich dennoch im Glauben auf den Weg.

Sie blieben zwei Nächte in Gahini, um den Bau einer Mädchenschule zu besprechen. Während ihres dortigen Aufenthalts besuchte sie der Manager einer Firma in Kampala. Er erwähnte, daß der neue Gouverneur das Gebiet gerade bereiste und ausgerechnet an diesem Tag auf seiner Rückreise von der Hauptstadt sehr nahe an Gahini vorbeikommen würde. Da sie sofort aufbrachen, war es ihnen noch möglich, den Gouverneur auf der Straße zu entdecken. Er erwies sich als äußerst freundlich und ermunterte sie, weitere Schritte zu unternehmen. »Wer war es wohl«, schrieb Dr. Stanley Smith, »wer plante es, daß der Gouverneur 483 km aus dem Süden, der Geschäftsmann aus Kampala 483 km aus dem Norden kam, und auch wir selbst, die wir viele hundert Kilometer vom Westen angereist waren, uns an jenem Tag an diesem Punkt trafen und so den Weg unserer Erkundungsreise mit hochoffizieller Genehmigung fortsetzen konnten?«

Sie folgten der Spur einer neuen Autostraße, die in den Nordwesten Ruandas führte, aber es war anstrengend genug, denn die höchsten Gipfel des Ruanda-Plateaus mußten überquert werden. Auf der anderen Seite erhob sich das Nordgebirge, durchsetzt von vielen Tälern und Hügeln, die dicht bevölkert waren. Sie schliefen in primitiven Ruhelagern zwischen den hohen Bergen, und nur ein einziger kahler Berggipfel schien für ihr Vorhaben geeignet zu sein.

Sie wandten sich gen Süden auf den roten Erdstraßen durch die Berge, bis es nicht mehr möglich war, mit dem Auto weiterzufahren. An einem Punkt zwischen Butare und Nyanza erklommen sie die Hänge zu Fuß. Als die rasche tropische Dunkelheit über sie hereinbrach, baten sie bei einer Häuptlingshütte um Schutz und beteten, daß der Häuptling sich nicht als feindselig erweisen würde.

Sie entdeckten sehr schnell, daß er der Bruder eines vielgeliebten Patienten und Freundes war, der sich in Gatsibu bekehrt hatte und später an TBC gestorben war. Und wegen seines Bruders war der Häuptling bereit, ihnen alles zu geben, was sie forderten. Bei dem schwachen Schein der Laterne lasen sie zusammen aus »Licht für den Tag«, bevor sie sich zum Schlafen niederlegten. Gottes Verheißung strahlte so hell wie die Sterne über ihnen: »Ich gehe hin, euch die Stätte zu bereiten.« Am nächsten Tag fanden sie einen weiteren leeren Berggipfel und gingen voll Vertrauen und Freude nach Hause, um den Antrag an die Regierung zu stellen.

Für beide Grundstücke wurde ohne triftigen Grund die Erlaubnis verweigert. Heute, im Rückblick, erkennen wir, daß Gott etwas Besseres bereit hatte, aber zu jener Zeit war das noch verborgen. Die offizielle Genehmigung wurde jedoch immer noch aufrechterhalten, und Dr. Sharp hatte Gottes Ruf schon vorweg gehört. So brachen die Sharps und die Guillebauds im November zu ihrer zweiten Expedition auf. Sie trennten sich bald zu weiteren Erkundungen – die Guillebauds wandten sich nach Norden, während die Sharps westwärts zogen.

Ein Wort gebührt auch jenen ersten Pionierfrauen. Sie waren schon ziemlich robust. Sie brachten auf dieser zweieinhalb Wochen dauernden zweiten Reise über 1600 km hinter sich. Durch den Regen und Schmutz war die Straßenoberfläche glitschig und glatt wie Eis und die Straßenränder abschüssig. Decie Church war im sechsten Monat schwanger, aber zusammen mit den anderen lief sie die kräfteraubenden 48 km bis zu dem Camp, wo sie schliefen. Die Frauen hatten auch die Energie, noch am selben Abend die Häuptlingsfrauen zu besuchen, die sie bestens unterhielten, indem sie ihr langes, volles Haar herunterließen.

Sie verbrachten die Nacht am Fuße des Shyriaberges, und am Morgen kletterten sie die 300 m auf den Gipfel. Sie schauten auf die anderen Berge um sie her, die eine grüne Mauer bildeten, und wußten, daß dies die »bessere Sache« war, die Gott bereit hatte. Weiter südlich schien die Führung Gottes genau so klar zu sein. Ein kleiner Überrest des Urwaldes, 1235 m hoch, war gerade von der neuen Straße erfaßt worden, die bis an die Grenzen des Kongos, 25 km von Butare entfernt, gebaut wurde. Auf einem nackten Bergrücken, gerade über der Straße, mit Blick über das weite Tal, stand eine Baumgruppe. Und wiederum wußten sie, daß der Kigemehügel von Gott ausersehen war.

Aber auch hier wurde die Erlaubnis für beide Plätze verweigert. Warum? Zumindest Dr. Sharp war sich sicher, daß es sich hier nicht um einen Fehler, sondern nur um eine Verzögerung handelte. »Ich habe keinen Zweifel daran, daß wir zu Gottes Zeit die richtigen Plätze für unseren so erbetenen weiteren Ausbau erhalten werden. Bis uns dies genehmigt wird, muß sehr viel Vorbereitungsarbeit geleistet werden. Wir alle müssen durch eine neue Ausgießung des Heiligen Geistes vorbereitet werden. Wir fühlen hier vermehrt die Notwendigkeit zu neuer Kraft aus der Höhe, einer größeren Anbetung und Hingabe zu Christus und mehr Gebetsfreudigkeit. Es kann sehr gut sein, daß diese Wartezeit Gottes Absicht ist, um uns mehr denn je in Buße, Bekenntnis und Vervollkommnung auf unsere Knie zu bringen.«

Sieben Monate lang beteten und warteten sie. Langsam und widerstrebend wurden, als sie beteten, die Schranken niedergerissen, und im Juni bot ihnen die Regierung in einem Schreiben die beiden Plätze an, um die sie gebeten hatten, wenn auch räumlich etwas verkleinert.

Dr. Stanley Smith in England war hocherfreut. »Die Krise liegt hinter uns«, schrieb er. »Sollen wir weiter ausbauen oder in unseren zwei Stationen bleiben, wenn zwei Drittel Ruandas unevangelisiert sind? Wir haben die notwendigen Mitarbeiter, um zwei neue Stationen zu besetzen. Die Lokalitäten wurden uns von den Gouverneuren zugestanden. Für die Sache Christi in Ruanda ist es notwendig, daß wir vorangehen. Es bleibt nur noch ein Problem offen, und das sind die Gelder.«

Draußen in Ruanda verloren die Sharps und die Guillebauds keine Zeit. Sie machten sich auf eine tausend Kilometer lange Reise über die weichen Erdstraßen, um Besuche zu machen und für beide Seiten zu verhandeln. Es war Trockenzeit und das Unternehmen so weniger riskant. Frau Guillebaud's Auto fiel durch eine morsche Brücke, aber niemand war verletzt. Der Vorfall fand deshalb in ihren Briefen kaum Erwähnung.

»Ich werde meinen Boten senden und er wird den Weg bereiten«, war das Wort, das Dr. Sharp bei dieser Gelegenheit erhielt. In Shyria nahm sie die Bevölkerung mit offenen Armen auf. Die Massen kranker Menschen, die noch nie einen weißen Arzt gesehen hatten, hielten Dr. Sharp und die Frauen bei der Arbeit, und Herr Guillebaud setzte sich ein wenig abseits und las Abschnitte seines kostbaren, kürzlich übersetzten Ruanda-Testaments einer Zuhörerschaft vor, die überhaupt nicht müde zu werden schien. In Kigeme herrschte bei einem unfreundlichen Häuptling mehr Feindseligkeit und Mißtrauen, aber viele sagten ihnen privat, daß sie willkommen seien. Freudig reisten sie heim. Wie damals Josua und Kaleb, versammelten sie ihre Mitarbeiter. »Laßt uns hinaufgehen und das Land in Besitz nehmen.«

Wieder forschten, beteten und warteten sie. Am 12. Oktober 1931 war der Text der Schriftlesung im Bibellesebundheft, dem viele Missionare folgten, 5. Mose: »Ihr seid lange genug an diesem Berg gewesen; wendet euch und zieht hin, . . . auf dem Gebirge und in dem Hügelland . . . und nehmt's ein.«

Als die meisten noch diese Stelle lasen, marschierte der Postbote Kigali die Straße herauf mit einem Telegramm aus der belgischen Hauptstadt in seiner Hand: »Vous pouvez occuper ce terrain immediatement« (Ihr dürft jetzt über das Land verfügen).

Und dann kam ein Telegramm vom Missionskomitee aus der Heimat, welches das ganze Jahr hindurch die volle finanzielle Verantwortung der Ruanda-Mission getragen hatte, in dem es hieß, daß wegen der fehlenden Fiananzen nur Shyria in Besitz genommen werden sollte.

Aber den Missionaren draußen war klar, daß eine Verzögerung der Übernahme in Kigeme einen sicheren Verlust bedeuten würde. Sie waren eine kleine Gruppe, eine Reihe nun junger Eltern, und alle stellten die eigenen Interessen um ihrer Arbeit willen zurück und entschieden einstimmig, ehe sie Kigeme verlieren müßten, wollten sie lieber ein Jahr lang auf ein Siebtel ihres Monatslohnes verzichten.

Wie immer, verloren sie auch jetzt keine Zeit. Der junge Jim Brazier, der erst ein gutes Jahr draußen war, machte sich im Dezember von Kabale aus auf, um oben auf dem einsamen Shyriahügel in einer kleinen Grashütte zu leben und den Posten zu halten, bis die Jacksons ankamen.

Es war ein riskanter Treck durch das überflutete Tal des Nyabarongoflusses. Anschließend mußte 5 km geklettert werden auf einer sich windenden Straße, die man aus dem Felsen gehauen hatte. Und das alles mit einem Troß von dreißig Trägern, die Jims ganze Ausrüstung trugen. Die Nächte waren kalt und einsam, aber am Tage gab es viel zu tun. Hunderte kamen, um ihm zu helfen, das Fundament einzuebnen, und sehr bald kamen zweihundert Patienten täglich in seine – wie man es nennen muß – Amateur-Apotheke. Er war Pastor und kein Arzt, aber das störte niemanden. Bei der Weihnachtsfeier, nach nur vierzehntägiger Arbeit, versammelten sich hundert Menschen, um von der Geburt des Erlösers zu hören.

Das waren herrliche, arbeitsreiche Tage, in denen dem Dienst, den dieser starke, engagierte junge Mann für Gott tun konnte, keine Grenzen gesetzt zu sein schienen. So tat es Jim Brazier von Herzen leid, daß er seinen Berg und seine Grashütte verlassen mußte, als

Bert Jackson und seine junge Frau Frances 1932 ankamen – und die Arbeit wuchs wie Pilze im Sommerregen.

Als Ende des Jahres das Baby Ruth geboren wurde, gab es ein nettes kleines Heim für sie, eine Kirche daneben und eine Apotheke, die sich rasch vergrößerte. Um 1933 fingen die Leute an, um Lehrer und Kirchen für ihre eigenen Dörfer zu bitten, und die erste kleine Gruppe Christen, die aus dem Heidentum herausgekommen war, konnte getauft werden.

Muriel Barham, die später Dr. Goodchild heiratete, schloß sich dem Team 1933 an. Der Unterricht in der Jungen- und Mädchenschule begann.

Weil siebzig bis achtzig Schüler sonntags den steilen Berg erklommen, mußten die Klassen Lehrern anvertraut werden, die wenig geistliche Erfahrung hatten. Der erste Arzt, Norman James, kam 1934 und heiratete im September 1935 in Afrika Dr. Catherine Mackinlay. Ein Brief, der ungefähr um diese Zeit geschrieben wurde, offenbart die Probleme: »Kein Krankenhaus, eine unglaubliche Menge Männer und Frauen, die zwar die Geborgenheit der Gemeinde suchen, aber wenig Vorstellung von der wahren Bedeutung des Christentums haben. Dazu das Unding, daß so wenige so viel lehren sollen. Ich habe einmal die Apotheke gründlich durchforstet und einen kleinen Minioperationssaal geschaffen – mit einem Raum, in dem ich hoffe, geistliche Gespräche führen zu können. Im Moment liegt ein erster Patient mit einem großen Abszeß am Oberschenkel auf dem Boden. Ein solcher Fall reicht pro Station. Vielleicht beginnen wir Ende des Jahres mit dem Bauen (er mußte dann bis 1938 auf sein neues Krankenhaus warten). Unsere Patienten kommen aus einem großen Gebiet, es umfaßt einen zwei- bis dreitägigen Fußmarsch in allen Richtungen. So wird aber auch der tägliche Dienst am Wort von Bewohnern eines beträchtlichen Gebietes gehört. Inwieweit sie es wirklich aufnehmen können, ist schwer zu sagen. Die meisten von ihnen haben eine sehr langsame Auffassungsgabe, und das Wort braucht eine gewisse Zeit, bis es von ihnen begriffen wird. Aber ständig kommen Menschen zu uns, die sagen, daß sie eine Stationsschule möchten, einen Lehrer; oder sie möchten mit uns gemeinsam lesen, was bedeutet, daß sie als Protestanten gelten möchten und den Heilsweg gelehrt haben wollen. Natürlich sind die Motive sehr unterschiedlich.«

Als sich die Menschen zum protestantischen Glauben wandten, gab es einigen Widerstand von römisch-katholischer Seite, aber es war auch oft ein großer Gewinn für die Menschen. Sie schritten aus Gebundenheit, Furcht, Schmutz und Gleichgültigkeit heraus in Reinheit, medizinische Betreuung, in die Begeisterung des Lernenkönnens und die freudige Gewißheit der Erlösung. Die großen, kompromißlosen Anforderungen, die Jesus an seine Jünger stellt, dämmerten vielen zuerst nicht, denn es gab nur sehr wenige, die das erkannt hatten oder sie gar belehren konnten. So standen die Missionare in Shyria unter derselben großen Belastung wie in Kabale, Gahini und Kigeme. Hesekiels Gleichnis wurde in ihrer Mitte erlebt. Die trockenen Totengebeine waren zu den Formen eines Menschen zusammengerückt, aber es gab kaum Lebensatem.

»Das geistliche Leben der Christen war manchmal sehr tief«, schrieb jemand, »und die Dinge spitzten sich vor Weihnachten zu, als Herr Jackson und Herr Verity einige Gespräche mit Christen führten und einige Problemfälle glätteten. Gewisse Sünden wie Diebstahl und Trinken wurden geortet, aber wir erkannten, daß eine bleibende Veränderung nur durch die Kraft des Geistes geschehen konnte.« Es war der Herzensschrei der ganzen Gruppe, die so weit gesät hatte und solch überfließende äußere Ergebnisse erreicht hatte und sich doch so tief der Flachheit des Ganzen bewußt war. »Komm, o Wind, und wehe, damit diese lebendig werden.«

In der Zwischenzeit schlug die Mission auf dem herrlichen Berggipfel in Kigeme Wurzeln. Geoffrey Holmes hatte sich eine Frau mit Namen Ernestine genommen, und sie ließen sich zusammen in einer kleinen Grashütte in einem Gebiet nieder, das längst nicht so freundlich war wie Shyria, sondern bekannt für seine phänomenalen Regenfälle! »Als ich zur Schule ging«, schrieb Geoffrey Holmes, »fiel es mir schwer, zu verstehen, woher all das Wasser kam, das den Nil so regelmäßig ansteigen ließ. Die Erklärung ist einfach. Es kommt von Kigeme. Unser kleines Grashaus hielt brav eine Zeitlang durch, aber nach ein paar Tagen merkten wir, daß wir nur trocken bleiben konnten, wenn wir Ölzeug über das Dach deckten.« Dennoch: Die Umgebung war unbeschreiblich schön, das Land stand im fettesten Grün, das man sich vorstellen konnte, und Ernestine war ein geborenes Hausmütterchen. »Sie wohnten in der entzückendsten kleinen Grashütte, die man sich vorstellen konnte«, berichtete Dr. Stanley Smith, »und ich müßte schon ein Dichter sein, um die Atmosphäre und die Gemütlichkeit zu beschreiben, mit der Frau Holmes ihr einfaches Heim ausgeschmückt hat.«

Sie paßten ausgezeichnet zusammen. Vielleicht wäre es niemand anderem als Geoffrey Holmes mit seiner militärischen Disziplin und seinem Pioniergeist gelungen, angesichts solch massiven Widerstandes ein Missionszentrum zu bauen. Der Verwalter verbat den örtlichen Häuptlingen, ihm Holz zu verkaufen. So machte er sich auf die Suche und entdeckte, 112 km im Wald entfernt, ein Tal. Und hier wurden die Bäume geschlagen und kurzerhand zur Mission transportiert. Die Arbeiter fürchteten und achteten ihn, und der Bau ging allmählich voran.

Zuerst ein Raum für Unterricht und Gottesdienst, dann ein Haus für die Missionare und endlich, um 1933, die Grundmauern für das dritte Missionskrankenhaus. Frau Holmes leitete die Frauen durch ihre sanfte Art und ihr freudiges Ja zu Schwierigkeiten, und wiederum strömten die Leute ins Missionszentrum. Mitte 1932 versammelten sich ungefähr zweihundert Personen zu den Sonntagsgottesdiensten, und die Menschen kamen von drei bis acht Kilometer entfernt liegenden Dörfern und baten um Lehrer. »Gestern«, schrieb Geoffrey Holmes, »sah ich am äußersten Ende des Tales winzige Figuren in meine Richtung kommen, und als sie sich näherten, entdeckte ich, daß es sich um junge Leute handelte, die zum Unterricht zur Mission wollten. Im Durchschnitt betrug ihr Alter sieben Jahre, und alle, außer dem Anführer, hatten sich mit ihren Geburtstagsanzügen ausstaffiert.« Wie gewöhnlich war es unmöglich, mit den Massen fertigzuwerden, aber 1932 besetzten zwei tüchtige junge Lehrer, Filipo und Erisa, die Außenstationen und unterrichteten treu die wachsende Gemeinde.

Kigeme war mit einem Team afrikanischer Christen gesegnet, die von Gahini zu ihnen kamen: Männer, die überzeugt und erneuert waren und in der Liebe Christi brannten. Bei ihrer Ankunft gegen Ende 1931 wurden sie vielleicht durch das rauhe, unfreundliche Klima verängstigt und vermißten die herzliche Gemeinschaft von Gahini. Dazu standen sie der bitteren Opposition ihres eigenen Volkes gegenüber, das sich weigerte, ihnen Nahrung und Brennholz zu verkaufen. So versammelte sich an ihrem ersten Sonntagnachmittag in einem alten Ziegelverschlag im Tal eine verängstigte, entmutigte kleine Gruppe und begann zu beten.

Sie zweifelten nie daran, daß ihnen Bekehrungen geschenkt würden, aber es war die geistliche Qualität jener Bekehrten, die sie bekümmerte. An jenem Nachmittag offenbarte Gott ihnen, daß, wie sie gesät hatten, sie auch ernten würden. Wie sie das Fundament legen würden, so würde der Bau wachsen. Wenn sie selbst in ihrer Lebensweise gleichgültig wären und einen kleinen Maßstab anlegten, würden alle Bekehrten in Kigeme ihrem Beispiel folgen, und die Gemeinde wäre von Anfang an korrupt. Und dort, in diesem Ziegelverschlag, übergaben sie ihr Leben zur völligen Hingabe all dessen, was den Kindern in Christus zum Anstoß sein könnte.

Sie kamen als Maurer und Arbeiter, aber einige fühlten den Ruf, dort zu bleiben. Einer, der gehen wollte, um sich eine Frau zu nehmen und eine Hütte zu bauen, wurde ermahnt, dies sorgfältig zu überlegen. »Möchtest du wirklich dein Zuhause in Gahini aufgeben?« wurde er gefragt. »Das Klima ist rauh und der Bau wird bald fertig sein, dann hast du keinen Job mehr! Was machst du dann?« »Ich habe mich entschlossen«, entgegnete er. »Schon vor langer Zeit habe ich mich entschieden, nach Jesu Willen zu leben. Wenn ich Lohn kriege, schön und gut, aber wenn Gott will, daß ich arm sein soll, dann ist es mir auch recht. Ich werde für Jesus hier unter den Leuten leben und versuchen, sie für ihn zu gewinnen.«

1933 kamen die Stanley Smiths herüber zu den Holmes, und mit der Ankunft eines Arztes entwickelte sich die medizinische Arbeit schnell. In den nächsten Jahren kamen Patienten von ganz Süd- und West-Ruanda, und das Evangelium wurde in Hunderten von Dörfern verkündigt. In Nikodemo Gatozi fanden sie einen guten Pastor, der, bevor er in Gahini das Evangelium hörte und Namenschrist wurde, ein rücksichtsloser, brutaler führender Mann in der Regierung war. Aber eines Abends las er während der Familienandacht den Vers: »Sei nicht unter den Säufern und Schlemmern« – und konnte nicht mehr weiterlesen. Er goß sofort sein Bier aus und zertrümmerte seine Tonpfeife. Von diesem Augenblick an brannte er für Gott und wurde einer der ersten, die sich für Kigeme anboten. Später wurde er ordiniert.

Unter der Fürsorge dieser liebevollen, einfachen Afrikaner wuchs eine Gruppe wahrhaft gleichgesinnter Christen auf, und 1934 kamen Jim Brazier und seine Frau zurück, um in der Organisation der wachsenden Gemeinde zu helfen. Die Vision einer völlig vereinten rassischen Bruderschaft war noch nicht völlig realisiert worden, aber Gott wirkte stark in den Herzen der Missionare. »Wir sind sehr normale Menschen«, schrieb Dr. Stanley Smith, »Mißverständnisse kommen auf und Gefühle werden verletzt. Als wir zum Gebet zusammentrafen, empfanden wir, daß es nach den Richtlinien von Matthäus 5, 24 erforderlich sei, daß wir Gott im Geist einer ungetrübten Gemeinschaft suchen sollten, ohne die das Gebet nutzlos sein würde. Es gilt der Grundsatz, daß, wenn wir uns mit unserem Bruder entzweit haben, alles stoppen muß, bis wir wieder in Ordnung sind. Das wurde uns zumindest gezeigt. Es hängt alles von dem Geist ab, in dem diese Dinge getan werden. Es ist nutzlos, sie in einem Geist der Selbstrechtfertigung zu tun. Der einzige Weg ist, herauszufinden, was in uns selbst die Ursache der Probleme ist, und dies um jeden Preis in Ordnung zu bringen.

Ich weiß nicht, ob Euch das wichtig erscheint, aber Gott hat uns gezeigt, daß es darauf ankommt.«

Und dort in Kigeme lernten sie weiter an dieser lebenswichtigen, harten und einfachen Lektion, und der Berg wurde Gottes Schule für viele. 1937 stießen Dr. Hindley und seine Frau zum Team. Dr. Hindley erinnert sich, wie er nach Buhiga fuhr, um Dr. Stanley Smith in Ngozi zu treffen. Sie saßen in einem Graben, und Dr. Stanley Smith »übergab das Kigeme-Krankenhaus«. Die Zeremonie bestand aus der Übergabe eines kleinen Notizbuches mit zwei oder drei Notizen und einer Seite Stempel.

Die Hindleys waren prachtvolle und fähige junge Missionare, und die medizinische Arbeit florierte unter Dr. Hindleys Leitung. Gegen Ende ihrer Zeit in Kigeme kamen zwei Afrikaner 160 km weit gelaufen, um die Botschaft von der Kraft des Blutes Christi zu erzählen. Dr. Hindley und seine Frau wunderten sich über ihre ernsten und traurigen Gesichter. Kurz danach erkannten sie, daß sich deren Sorge und Kummer um sie selbst drehte, und das brach ihre stolzen jungen Herzen. Ihre letzten Tage in Kigeme verbrachten sie mit Loben und Danken, als sie in wahrer Demut mit Gott und den Menschen in ihrer Umgebung in Ordnung kamen – und in ihr neues

Aufgabengebiet in Shyria mit einer revolutionären Botschaft aufbrachen; aber nun war es Gottes eigene Botschaft. »Gott ist Licht und in ihm ist keine Finsternis . . . Wenn wir im Lichte wandeln, wie er im Lichte ist, so haben wir Gemeinschaft untereinander, und das Blut Jesu Christi, seines Sohnes, macht uns rein von aller Sünde.«

Kapitel 9

Burundi – Trommeln statt Glocken

Im Jahre 1929 sprach Dr. Sharp zum ersten Mal von seinem Traum, nach Süden vorzustoßen und in Burundi drei Zentren zu errichten. Aber erst sechs Jahre später wurde sein Traum verwirklicht. In diesen sechs Jahren waren unsichtbare Kräfte am Werk, verborgene Vorbereitung wurde geleistet. Zu Beginn des Jahres 1932 kam der Ruf von einer dänischen baptistischen Missionsgesellschaft, herüberzukommen und zu helfen, denn die Möglichkeiten seien überwältigend, aber es war weder Geld noch Personal vorhanden, um diesem Ruf folgen zu können.

1934 geschah etwas Bedeutsames. Ein junger Bekehrter mit Namen Abednego von Gahini kam eines Abends zu Dr. Church und bat ihn um Fürbitte, da er ihm etwas sehr Wichtiges zu erzählen habe. Sie beteten in der Stille des dunklen Gartens, und der Junge erzählte, wie Gott ihn vor ungefähr einem Monat berufen habe, das Evangelium in Burundi zu verkündigen.

Im Februar – noch im selben Monat – begutachtete Dr. Sharp Burundi und beschloß, daß sie im Norden, Süden und Osten Missionsstationen eröffnen und den Westen den Baptisten überlassen sollten. Um dies erfolgreich tun zu können, berechnete er, daß sie passendes Land für die drei Plätze brauchten, zwanzig neue Missionare »der richtigen Worte« und über 35 000 Pfund für die nächsten fünf Jahre. Dr. Sharp nahm ein Problem nach dem anderen in Angriff. Im Juni 1934 brachen er und Dr. Stanley Smith zusammen mit Kosiya und Samsoni auf, um nach den Plätzen Ausschau zu halten – im Glauben, daß Geld und Personal folgen würde. Im Gegensatz zu dem Kampf um Shyira und Kigali hatten sie keine Schwierigkeiten, zwei schöne Plätze zu bekommen; Matana im Süden und Buhiga im Nordosten. Sie trafen »zufällig« Mwambutsa, den König von Burundi, der an ihrem Projekt äußerst interessiert war, sie persönlich nach Matana begleitete und die erforderliche Erlaubnis gab. So leicht war das. Mit glühenden Herzen und Gesichtern kamen sie nach Ruanda zurück und sandten ein Telegramm nach Hause, das die Situation umschrieb: »Wenn der Herr an uns Wohlgefallen hat, wird er uns in dieses Land bringen und es uns geben.«

Ende 1934 wurden zwei Pioniere ausgewählt, mit ihnen die Grenzen zu überschreiten und in das Land der Verheißung einzudringen. Der erste war Dr. Bill Church, der Bruder von Joe Church, der 1931 aus Cambridge kam. Über seinen Ruf in die Mission schrieb er: »Damals wurde in der Christian Union von jedem erwartet, daß man als Missionar ging, es sei denn, man hatte einen guten Grund dagegen. Wir verloren keinen Gedanken an die Unsicherheit, Gefahr, keine Rente usw. Das waren für uns keine Argumente. Solche Dinge hatten zu diesem Zeitpunkt einfach keinen Platz in unseren Gedanken.« Es war gut, daß er so vorbereitet war, sonst hätte er nie die schmerzliche Einsamkeit und die Enttäuschung des ersten Jahres in Burundi überlebt. Der zweite Pionier war Kosiya Shalita, der ganz am Anfang zusammen mit Geoffrey Holmes nach Gahini gegangen war.

Es war eine herrliche Aussendung. Eine Prozession mit siebzig Trägern, von denen viele wahre Evangelisten waren, verließ Gahini am 27. Dezember. Ihre Hoffnungen waren hochgesteckt und ihr Glaube fest, und sie überquerten den Akanyaru-Grenzfluß in ein geheimnisvolles, neues Königreich mit lautem Singen. Und die hohen Berge gaben das Echo der Lieder wie »Jesus liebt mich« und »Da ist ein glückliches Land« wieder.

Dr. Bill Church und Kosiya, die mit Dr. Stanley Smith im Auto folgten, wurden voll Freude von drei anderen gläubigen Familien auf der Straße begrüßt, die die Ruanda-Mission mit offenen Armen willkommen hießen: die Chilsons von den American Friends, die Haleys von der Freien Methodistischen Mission und die Hans Emmings von der Dänischen Baptistischen Missionsgesellschaft. Da sich alle im Ziel einig waren, hielten sie an diesem Abend, obwohl ihnen das nicht bewußt war, die erste Versammlung der evangelischen Allianz, die eine starke Basis für die Missionsarbeit der Zukunft sein sollte. Aber davon wurde an jenem Abend nur andeutungsweise gesprochen. Es genügte Dr. Church, daß Hans Emming ihnen Bücher in Kirundi, der Sprache in Burundi, und die Zusage gab, daß das Holz gesägt sei – und bereichert durch die Gebete und die Freundschaft ihrer Mitmissionare zogen sie weiter.

Dem Land, in das sie kamen, fehlte die kolossale Majestät der großen Berge von Ruanda, aber es hatte seine eigene Schönheit. Die Erdstraßen führten oft durch sehr tief gelegene Täler, saftig grüne Berge erhoben sich in gewaltiger Entfernung, Wolkengebirge zogen sich hinter den weit entfernt liegenden Kämmen der schwarzen Berge zusammen. Aber die Täler waren wunderbare Orte für Vögel: Adler mit Kamm, rotgefiederte Hühner und der langfedrige Wiedehopf flitzten über die Straße oder hausten in den Büschen. Der Buhigaberg, das endgültige Ziel, fiel zu einem 64 km langen Tal ab, in dem sich ein Fluß in vielen Wasserfällen ergoß. Hier, auf dem kahlen Bergland, schlug Bill Church sein Zelt auf und begann, eine Grashütte zu bauen, und hier sagte Dr. Stanley Smith ihm ›Auf Wiedersehen‹ und überließ ihn seinem Team afrikanischer Helfer.

Es gab Entschädigungen und unerwartete Großzügigkeiten. Der Besitzer einer großen Farm, fünf Kilometer weiter, sandte ihm Hunderte Bäume zum Bauen und Jim Brazier, der ohne Zweifel seine eigenen Erfahrungen auf dem Shyariberg nicht vergessen hatte, kam mit seinem Motorrad und ließ es zur Unterstützung der Arbeit als Geschenk da.

Es gab aber auch viele Schwierigkeiten. Ein römisch-katholischer Priester ließ sich auf demselben Berg nieder, um die Leute vor dieser neuen Lehre zu warnen, und so entstand Unruhe. Es wurde erzählt, Bill habe kannibalistische Tendenzen. Zuerst mieden die Afrikaner deshalb seine Hütte. Er litt an Malaria, und die ersten Briefe zeichnen das Bild eines sehr einsamen Mannes. Die Zeit war noch nicht da, in der ein Missionar hin und her mit seinen afrikanischen Brüdern Kontakt hatte und etwas unternehmen konnte.

»Pionierarbeit hört sich in England unheimlich gut an, aber ich finde es ziemlich niederdrückend. Pionierarbeit beginnt mit dem Zusammenkratzen eines Berges nassen Grases in einem vollgepackten Zelt.

Gekocht wird in einem Ameisenloch, die medizinische Ausrüstung wird in Seifenkisten aufbewahrt. Anstatt einer großen Schar freundlicher Christen ist eine Menge fremder Heiden da, und fast jede Nacht kommen Diebe. Zur Gesellschaft hat man niemanden außer Myriaden von Moskitos, die einen jede Nacht besuchen. Ich fürchte, meine Manieren werden in diesem Jahr ganz verderben. Bitte denkt nicht, daß ich mich beschweren will. Im Gegenteil, ich genieße die neue Erfahrung. Ich glaube, daß Gott möchte, daß ich ihm hier diene, und darauf kommt es an.«

Die medizinische Seite macht ihm Mut. Obwohl er aus seinen Seifenkisten arbeitete, erlebte er bald die innere Freude, bei entsetzlichen Leiden Erleichterung schaffen zu können, wo bisher Gleichgültigkeit und traditionelle Rezepte herrschten. Er erinnert sich an eine Frau mit einem Gebärmutterleiden. Die »Hebamme« hatte so sehr an der Nabelschnur gezogen, daß der ganze Uterus von innen nach außen kam und mit Kuhdung beschmiert war. Er kratze den Kuhmist ab, drückte den Uterus zurück, und sie wurde wieder gesund. Und dann wurde ein Junge hereingebracht, der schon ganz blau im Gesicht und leblos war, weil eine Bohne in seinem Hals steckte. Der Doktor ging mit einem Messer in seine Luftröhre, worauf der Junge plötzlich husten mußte, und die Bohne herausschoß, daß sie fast bis an die Decke sprang. Der Junge holte tief Luft und schien guter Dinge zu sein. Durch solche Begebenheiten gewann er langsam das Vertrauen und die Achtung der örtlichen Bevölkerung, und bald wurde er von der enormen Resonanz auf seine Botschaft überwältigt.

Am Ende des Jahres gab es außer der Kirche und der Apotheke in Buhiga fünf Dorfkirchen und zehn Evangelisten, und andere Orte baten um Lehrer.

Aber Bill Church war Realist. Die großen Zahlen beeindruckten ihn nicht besonders. »Ich weiß, was diese Hunderte in Burundi anzieht«, schrieb er. »Es ist unsere Medizin und unser Geld. Der Burundi ist viel zu höflich, irgend etwas abzulehnen, was der weiße Mann und seine Helfer lehren. Sie sind mit allem einverstanden, singen gern die Lieder und wiederholen gern die Gebete. Wenn ich diejenigen bitten würde, die Jesus nachfolgen wollten, in unserem Sonntagsgottesdienst aufzustehen, dann würden wahrscheinlich alle vierhundert von ihren Sitzen aufstehen. Warum? Wenn ich sie bitten würde, sich beim Beten auf den Kopf zu stellen, dann würden sie ihr Bestes versuchen, um mir zu gefallen. Nein, bloßes Nachmachen täuscht uns nicht. Das bedeutet wenig oder gar nichts, und solche Menschen werden bei der ersten Verfolgung, die auf uns zukommt, umkippen. Wir beten, daß die Burundi über unsere Botschaft nachzudenken beginnen und Beweise und Zeichen geistlichen Lebens zeigen – jene sicheren Zeichen der Überzeugung von Sünde, des Bereuens der Sünde und des Wunsches, sie zu besiegen. Wenn wir Hunger nach Gerechtigkeit sehen, das Verlangen, zu beten und das Verlangen, anderen Zeugnis zu geben, dann wissen wir, daß das Evangelium in Buhiga Fuß gefaßt hat.«

Das Jahr war vorüber, und er wußte von keiner Person, die wirklich »wiedergeboren« war. Die örtliche Bevölkerung bestand in der Hauptsache aus Landwirten, klein und untersetzt und von sehr geringer Intelligenz, ihre Gedanken drehten sich lediglich um die materiellen Dinge. Aber wie auch an anderen Orten drängten sie sich in die christliche Gemeinde und Bill führte das in klarsichtiger Demut größtenteils auf die Gläubigen aus Gahini zurück. »Ihre Hilfe war nicht zu ermessen«, schrieb er. »Sie helfen nicht nur beim Bauen, sondern sie lehren auch ständig die Burundi, besuchen sie auf ihren Bergen und laden sie zur Unterweisung ein. Wir erkennen nun ganz klar, daß der Erfolg unserer Arbeit größtenteils von der Qualität der afrikanischen Christen abhängt. Wenn sie wiedergeborene, mit dem Geist erfüllte Menschen sind, werden die Burundi auch auf ihre Botschaft hören. Wenn sie andererseits heimliche Diebe, Trinker, Lügner und Ehebrecher sind, dann ist unsere Sache verloren und wir können genausogut heimgehen.«

Er setzte seinen Mitarbeitern hohe Maßstäbe, und daher ging die Arbeit zwar langsam, aber doch auf solidem Fundament weiter. »Für den Afrikaner ist es schrecklich einfach«, schrieb er, »sich in allem auf den weißen Mann zu stützen ... Wir fühlen, daß die evangelistische Arbeit auf den Bergen von den Afrikanern selbst unterhalten und bezahlt werden müßte – im Gegensatz zu dem Evangelisten, der von europäischen Geldern unterstützt wird. Andernfalls werden sie niemals echtes Interesse daran zeigen. Wir fangen in Buhiga an und möchten auf einer gesunden Basis weiterarbeiten. Unsere sämtlichen zehn Evangelisten werden von den monatlichen Gaben der Buhigachristen bezahlt, und die Kasse wird von einem älteren Gläubigen verwaltet. Die Burundi entdecken allmählich ihre Sympathie für diese Idee und haben für ihre Dorfkirchen das meiste selbst bereitgestellt.

Betet um Geistesleitung in dieser bedeutenden und wichtigen Sache.«

Wenn es für Bill Church schon hart war, in einem Zelt auf dem Gipfel des Buhigaberges zurückgelassen zu werden, so muß es für Kosiya Shalita, der mit seiner kleinen Gruppe ausgezogen war, um Matana in Besitz zu nehmen, vielleicht noch schwerer gewesen sein, auf einem beißend kalten Plateau, 145 km weiter südwestlich, allein gelassen zu werden. Kosyia hatte seine Frau und seine Familie in Gahini zurückgelassen, und sein Herz sehnte sich nach den Kleinen, Janet, Noel und dem Baby. Er vermißte auch den »Reiz der Neuheit«, den ein weißer Missionar nun mal mitbrachte. Die Leute dort waren zuerst einmal feindselig und rauh. Sie weigerten sich, ihnen Nahrung und Brennholz zu verkaufen oder für sie zu arbeiten, und so mußte die kleine Gruppe mit ihren eigenen Händen die Lehm- und Strohkirche und die Schule bauen. Sie besaßen nur sehr geringe medizinische Kenntnisse und nichts Aufsehenerregendes – außer der Qualität ihres Lebens und der Liebe, die sie ausstrahlten. Kosiya hatte aber kurz vorher das Geheimnis der Ausdauer gelernt und war für die Prüfung bereit. Er war in Gahini eigentlich nicht glücklich gewesen, sein Herz war nicht völlig in der Arbeit aufgegangen, und so war er mit der Absicht, nie wieder zurückzukehren, in den Urlaub gegangen. Als er seinen alten Schulfreund Budo besuchte und, als wäre es das erste Mal, das bunte Fenster mit dem Kreuzigungsmotiv und die darunter eingravierten Worte: »Alles das tat ich für dich. Was tust du für mich?« sah, bekannte er: »So oft hatte ich während der Schulzeit dieses Fenster geputzt, und es hatte mir nichts bedeutet; plötzlich bedeutete es mir an diesem Tag alles.«

Und weil es ihm nun alles bedeutete, wuchs er in diesem kalten, einsamen Jahr über sich hinaus und fand Inspiration und große Ermunterung in der Biographie Hudson Taylors. »Wir können nicht alle Hudsons sein«, schrieb er, »wir müssen sein, was wir sind und tun, was wir können, und uns vom Herrn gebrauchen lassen, wie es ihm gefällt. Es kommt nicht auf die Arbeit, sondern auf die Arbeiter und auf die Motive an, aber das Leben anderer kann uns helfen, selbst weiterzukommen.«

Und dazu war ihr Leben auch da. Gegen Ende des Jahres hatte Kosiya eine Schule für Jungen und verschiedene Außenstationen errichtet und unterwies eine Reihe Wißbegieriger.

Er wurde von allen geschätzt und geachtet – vom belgischen Beamten bis zum einfachen Hüttenbewohner. Feste und bleibende Grundlagen wurden gelegt, als Dr. Sharp und Frau gegen Ende des Jahres mit Schwester Berthe Ryf aus der Schweiz und einem Team von Evangelisten aus Kabale kamen.

Nun gerieten die Dinge in Bewegung. Gebäude wuchsen empor. Bäume wurden gepflanzt, Rasen und Blumenbeete wurden angelegt, die Matana, zusammen mit dem weiten, blauen Panorama der Berge, bald zum schönsten Missionszentrum des Landes werden lassen sollte. Viele Gaben wurden zur Weiterentwicklung der Arbeit aus England gesandt, aber die erste Gabe für das neue Krankenhaus kam von zwei sehr kleinen Mädchen, die zu Beginn des Jahres 1936 persönlich in das Londoner Büro kamen und drei und vier Schillinge extra für das »neue Krankenhaus in Matana« übergaben und dann ganz ernst und würdevoll mit zwei Empfangsbescheinigungen abzogen.

Und die Postanweisung über sieben Schillinge wurde auch extra abgesandt, als Versprechen für die kommenden Dinge, als Unterpfand dafür, daß die erforderlichen 1000 Pfund bald folgen würden. So erschien dann auch am 14. Juni der Gouverneur von Ruanda-Urundi in Matana und weihte feierlich das neue Krankenhaus ein.

»Dr. Sharp hatte die wunderbare Gabe, Dinge zu vollenden«, schrieb ein Mitarbeiter. »In Matana baute er in fünf Jahren ein Krankenhaus, eine Kirche, Schulen, eine Ausbildungsstätte für Evangelisten und drei Missionshäuser, und zusammen mit Kosiya Shalita errichtete er in einem weiten Gebiet ca. siebzig Außenstationen. All diese Orte mußten besucht werden, es mußten Kontakte mit den Häuptlingen aufgenommen und Landkarten gezeichnet werden. Darüber hinaus baute er die Krankenhausarbeit auf und war ein fähiger, mutiger Chirurg. Er schien nie in Eile zu sein.« Aber er hatte in diesen ersten fruchtbaren Jahren ein feines Team von Afrikanern und Europäern. Gegen Ende des Jahres 1939 war die herrliche rote Ziegelsteinkirche fertiggestellt, die tausend Menschen fassen konnte, und die großen Eingeborenentrommeln, die im Turm installiert waren, dröhnten über dem Tal und versammelten Hunderte von Gottesdienstbesuchern.

Aber vielleicht gilt die kostbarste Erinnerung des Matanazentrums den Guillebauds: Harold Guillebaud, eine vielgeliebte Persönlichkeit, trug gewöhnlich einen Mantel, ging nach dem Tee immer einige Schritte an die Luft – wobei er wie der Rattenfänger von Hameln aussah. Hinter ihm ein Schwarm großäugiger Kinder, die den in ihre Sprache übersetzten Kinderreimen zuhörten.

Und in der stillen Stunde des Sonnenuntergangs, wenn die Männer von den Feldern kamen, lehrte er jeden, der zuhörte, sein neu übersetztes Lied.

1936 war er nach Afrika zurückgekehrt – hin- und hergerissen zwischen der Notwendigkeit, die fünf Bücher Mose in Ruanda oder das Neue Testament für Burundi zu erstellen. Er entschloß sich zum letzteren. Er kam nach Matana und lernte Kirundi, fand eine praktikable Form, um die vielen Dialekte, die im Land gesprochen wurden, unter einen Hut zu bringen, und erstellte in Zusammenarbeit mit der dänischen Mission die vier Evangelien, verschiedene Apostelbriefe und einen Teil des Gebetsbuches. 1937 kamen seine Frau und Lindesay zu ihm, bevor er wieder gehen mußte. Das Hin- und Hergerissensein zwischen Familienpflichten und seiner Übersetzungsarbeit war für ihn eine Qual, aber in beidem leistete er für Ruanda einen unschätzbaren Beitrag, denn Peter und Frau, Rosemary und Lindesay gingen alle aus der Ruanda-Mission hervor. Es war in Matana, wo Lindesay als zwanzigjähriges Mädchen beim Besuch ihres Vaters einen klaren, persönlichen Ruf in den Dienst erhielt, und es war auch Matana, wo Harold später starb und Rosemary die Übersetzung der Kirundi-Bibel abschloß.

Das dritte Zentrum in Burundi, das Dr. Sharp geplant hatte, wurde nicht vor 1936 eröffnet. Und wieder ließ sich der erfahrene Pionier Geoffrey Holmes, zum dritten Mal, in einem Zelt auf dem Berg nieder und teilte es mit Graham Hyslip, einem Angestellten, der kürzlich aus England gekommen war. Man nannte diesen Hügel Buye, und er befand sich direkt dem Tal gegenüber, in dem der Regierungsposten Ngozi lag.

Buye sollte gleichzeitig als Hauptquartier der Mission und als Sitz des kürzlich dazu berufenen Erzdiakons Arthur Pitt-Pitts dienen. Er befindet sich auf einem hohen Plateau, von dem aus man das Tal überschauen kann, das Ruanda und Burundi teilt, und bei klarem Wetter sieht man von hier aus die hundert Kilometer weiter nördlich liegenden Gipfel der Bufumbirabergkette herausragen.

Der Erzdiakon hätte trotz angegriffener Gesundheit gern die Beschwerlichkeiten des Pionierlebens ertragen, aber er erkrankte an Typhus, und so dauerte es einige Zeit, bis er sich der sich rasch vergrößernden, zunächst aber noch kleinen Kolonie anschließen konnte. Denn hier war der Widerstand geringer als in den anderen Zentren; und als Lawrence Barham und seine Frau 1938 zu ihnen kamen, fanden sie eine Schule für Jungen, elf Dorfkirchen und die spärlich bedeckte Kirche bis zum Bersten gefüllt vor. Julia Barham und Irene Copeland (die später in Kabale Gregory Smith heiratete) verloren keine Zeit und begannen mit einer Mädchenschule. Die Ankunft von Dr. K. L. Buxton und Frau, die zuvor in Äthiopien gearbeitet hatten, brachte dann 1939 den Beginn der medizinischen Arbeit.

Wie bei allen Anfängen ermutigten glühende Berichte mit überwältigenden Zahlen die Gebetsfreunde, aber die Kämpfer an der Front erkannten die Gefahren und schrien zu Gott um echtes Wirken des Geistes. Dr. Bill Church sprach die Gefühle aller aus, als er am Ende seines ersten Jahres in Buhiga schrieb: »Am letzten Sonntag hatten wir eine Gemeinde von ca. sechshundert Gottesdienstbesuchern, und es gibt sehr vieles, was uns ermutigt; aber das macht uns nicht gegenüber der Tatsache blind, daß wir nicht von einer einzigen Person wissen, die wiedergeboren ist, nicht von einer, die das Evangelium und seine Botschaft wirklich verstanden hat. An unserem letzten Gebetstag erinnerte uns Bischof Stuart von Uganda daran, daß wir in der Hauptsache ausgesandt wurden, um Ungläubige zu bekehren. Das müssen wir uns ständig vor Augen halten, denn allein darauf kommt es an. Ohne das wird unsere Arbeit in Gottes Augen wenig Wert haben.«

Aber er konnte nicht in die Zukunft sehen, in der die vielen schmutzigen, mit Lumpen bekleideten Kinder, die täglich um ihn und sein Gebäude herumstreunten, zu echten, bezeugenden Christen heranwachsen würden. Er ahnte nicht, daß gerade in der Horde übermütiger Bälger, die seine Arbeit so behinderten, der zukünftige Bischof von Burundi aufwuchs.

Kapitel 10

Leben aus dem Tod

Während neue Zentren eröffnet wurden und das Evangelium sich in entfernt liegende Gebiete des Landes ausbreitete, gingen die zuerst errichteten Stationen Kabale und Gahini durch aufregende und aufrüttelnde Zeiten.

Der Aufbruch neuen Lebens und einer neuen geistlichen Liebe in Gahini hatte seine eigentlichen Wurzeln wahrscheinlich viel früher, als wir es möglicherweise verfolgen können – nämlich in den Gebeten der Gläubigen, Missionare und Märtyrer, die schon seit langer Zeit beim Herrn waren. Aber im Jahre 1926 hielten sich Dr. Norman Grenn und seine Frau beim C.M.S.-Sekretär in Kenia, Rev. Arthur Pitt-Pitts, auf, von dem wir wissen, daß er später als erster Erzdiakon zur Ruanda-Mission übersiedelte. Während ihres kurzen Besuches waren sie bei einer der wöchentlichen Gebetsversammlungen in seinem Haus zugegen, wo sich eine Gruppe von Männern und Frauen versammelte, in Kraft und Glauben um eine große Ausgießung des Heiligen Geistes betete und gelobte, weiter zu beten, bis sie eine Antwort bekämen. Diese Gebetsversammlungen wurden bis 1930 fortgeführt, als Herr Pitt-Pitts heim nach England ging; aber zu diesem Zeitpunkt wurde Gottes Antwort auf zweierlei Art in ganz Ruanda und Uganda sichtbar: in einer tiefen, göttlichen Unzufriedenheit in den Herzen von vielen Gläubigen und in einem neuen Bewußtsein der Bedeutung und der Kraft des Gebets.

Aus Kabale schrieb Lawrence Barham 1931: »Es ist uns kürzlich bewußt geworden, wie unterentwickelt der geistliche Stand hier im Bezirk Kigezi ist. Einer nach dem andern sind wir zu der Erkenntnis des Standes der Dinge gekommen und suchen das Angesicht Gottes, um herauszufinden, wo das Versagen liegt. Wir glauben, daß er dieses Verlangen in uns hineingelegt hat, weil er selbst es stillen möchte. Wir glauben, daß Gott uns einen neuen großen Segen und ein wachsendes Sehnen nach göttlichen Werten geben wird.«

Mit dem Mut der Verzweiflung wurde 1932 ein ernster Versuch unternommen, die moralischen Probleme der Kirche zu lösen und sie zu bereinigen. Nachdem man notorische Sünder vergeblich ermahnt hatte, wurden sie öffentlich exkommuniziert und aus dem Kirchenbezirk hinausgebracht. Doch diese Bemühung, obwohl ernst gemeint, bewirkte wenig. Man konzentrierte sich auf ein oder zwei greifbare Sünden wie Ehebruch und Trunkenheit und ging an verborgenen Sünden wie Stolz, Neid und heimlichem Diebstahl vorbei. Einige Früchte wurden beseitigt, aber die Wurzel blieb unberührt. Die Zeit bewies, wie fehlbar und irrig die Missionare oft in ihrem Urteilsvermögen waren, wie lange sie ihre Augen verschlossen und wie schwer sie sich im Erfassen des Bösen taten, das in ihren »speziellen« Bekehrten lauerte. Solange der Heilige Geist nicht jeden selbst dahin brachte, sich zu richten, konnte es keine echte Reinigung geben.

Nein, die Erweckung kam nicht durch menschliche Anstrengung, sie kam durch diesen weitgestreuten Hunger und Durst nach Gott und seinem Segen, der die Menschen auf ihre Knie brachte und sie ohne Rücksicht auf die Kosten Gottes Bedingungen erfüllen ließ. Im Frühjahr 1932 war Joe Church in England und forderte die Studentenkreise zum Gebet auf. Eines Tages verbrachte er einige Zeit im Gebet mit Paget Wilkes aus Japan. Dieser Gottesmann und Kämpfer übte einen großen Einfluß auf ihn aus, denn Paget's Ansichten über ein geheiligtes Leben waren kompromißlos und sein Ziel war klar und einfach. »Die größte Notwendigkeit in der heidnischen Welt«, sagte er gern, »ist meine persönliche Heiligung.«

Dann wurde im September 1933 die erste Missionskonferenz in der herrlichen Landschaft beim Bwamasee abgehalten. Rev. A. St. John Thorpe und Rev. Arthur Pitt-Pitts waren die Redner, und es drohten Tage starker Kontroversen zu werden. Ob es ratsam sei, die ganze Eigenart der Kirche von England der in den Kinderschuhen steckenden afrikanischen Kirche aufzuzwingen, darüber waren die Meinungen ebenso stark geteilt wie in der Frage, welche Rolle die nicht ordinierten Laien in der Gemeinde spielen sollten.

Die Emotionen erreichten den Siedepunkt, und die üblichen Schriftlesungen und Gebetsversammlungen glichen einer Farce. Nur ein Mann mit dem geistlichen Format eines Arthur Pitt-Pitts konnte mit dieser Situation fertig werden. Er strich sein ursprüngliches Programm, und der ganze Morgen wurde damit zugebracht, in einem Geist der Demut mit den anderen in Einklang zu kommen. In vielen Fällen erkannte nun ein eifernder Missionar, der gekommen war, um seine oder ihre Prinzipien um jeden Preis zu verteidigen, wie viele von diesen sogenannten »Prinzipien« ihre Wurzel in Stolz, Starrsinn und Neid hatten, wieviel Liebe und Vernunft durch diese verborgenen Riffs ruiniert worden war. Gebet nahm nun die Stelle des Streitgesprächs ein, und die Punkte wurden ohne persönliche Angriffe und Groll durchgesprochen. »Ich glaube, Gott hat uns bei dieser Konferenz eine tiefschürfende Frage gestellt«, schrieb Dr. Stanley Smith. »Seid ihr eine betende Mission? Ehrlicherweise mußten wir ›nein‹ sagen. Das bedeutet, daß Gebet nicht unsere erste Kraftquelle war, sondern eine Zugabe, eine Gelegenheitshilfe, aber nicht das Allerwichtigste, bei dem wir uns selbst in Gottes Hände legen können, damit er sein Werk in den Herzen der Menschen tun kann. Ich glaube, daß wir sagen können, daß es nun nicht mehr so ist. Gott tut eine neue Arbeit unter uns. Bittet, betet, daß sie sich vertieft und wächst, bis Gott uns bedenkenlos mit der Fülle seiner Kraft betrauen kann«.

»Gebet ist entweder Force (Kraft) oder Farce«, schrieb Joe Church. »Ich glaube, daß das Gebet auf geheimnisvolle Weise, die uns nur in Zukunft geoffenbart wird, eine greifbare Möglichkeit ist, durch die unsere Leiber mit Gott in Übereinstimmung gebracht werden können und zu Kanälen seiner Kraft, die durch den Menschen fließt, werden. Wir können wie ›verrückt‹ arbeiten, Sprachen lernen, organisieren und bauen, aber es wird alles leeres Stroh sein, wenn wir nicht innerlich in Harmonie mit ihm und untereinander sind. Gebet ist eine Haltung der Sinne, nicht des Leibes. Wir müssen jeden Augenblick des Tages in der Gemeinschaft mit Gott leben. Bei einer Gebetsversammlung zu knien kann genauso ein Ritual sein wie das Ableiern eines Rosenkranzes.

›Könnt ihr nicht eine Stunde mit mir wachen?‹ Die Jünger schliefen, weil die Last des Gebets noch nicht auf ihren Herzen lag. Sie hatten das Kreuz noch nicht gesehen.«

Draußen in Gahini nahmen sie die Last des Gebets auf sich – heiß ersehnt, aber auch heiß umstritten. Das Team bestand aus Pat Walker,

Yosiya Kinuka und Joe Church im Krankenhaus; Dora Skipper leitete die Frauenarbeit; Kapitän Holmes hatte die Aufsicht über die Kirchen und Blasio war verantwortlich für die Evangelistenschüler. Unter solch starken und verschieden gearteten Persönlichkeiten waren Einheit und Harmonie schwer zu erreichen. Die extremen Unregelmäßigkeiten in der Stationsarbeit kamen daher, daß die eben erweckten Afrikaner sofort in ihre Häuser rannten, um dort Zeugnis zu geben; und der durch länger dauernde Zusammenkünfte um Stunden verschobene Schulzeitplan bedeutete für Joe Church zwar eine Belebung, für Pat Walker und Dora Skipper aber Chaos und Verwirrung; das galt erst recht für den soldatischen Holmes.

Aber am Ende triumphierten Gnade und Demut, und es entstand dadurch etwas Neues und sehr Kostbares, das ein Eckstein der Erweckung sein sollte. Zwei wieder Versöhnte baten bei ihren afrikanischen Brüdern um Vergebung – zum Erstaunen der Letzteren.

»Noch nie haben wir einen weißen Mann zugeben hören, daß er nicht Recht habe«, sagten sie verwundert, und danach war das gemeinsame Gebet leichter. Ungefähr zur selben Zeit kam auch der Gedanke der Zweierteams auf.

Lawrence Barham kam nach Gahini zu Besuch, baute einen Hühnerstall und blieb zehn Tage. Sein Schlafzimmer wurde für ihn und Joe zu einem Heiligtum, als sie in eine tiefe und bleibende Gebetsgemeinschaft eintraten und um Erweckung baten. »Wenn zwei von euch in einer Sache eins sind ... wird sie geschehen« – und wirklich, es geschah in der Weise um sie herum, daß die Gebetssehnsucht sich ausbreitete. In der Frühe des Weihnachtsmorgens 1933, um vier Uhr, war die dunkle Veranda vor Joes Haus voller dicht gedrängter Menschen, die nicht schlafen konnten, weil sie beten mußten; die am gemeinsamen Gebet festhielten, bis der Nebel sich hob, die Sonne silbern über dem Muhazisee aufging und die Menschenmassen von den außerhalb liegenden Kraals und Dörfern zusammenströmten, um sich über die Geburt Christi zu freuen.

Die Konferenz für afrikanische Evangelisten und Lehrer, die am 27. Dezember begann, verlief, um es vorweg zu nehmen, nicht anders als sonst: gute orthodoxe Lehre, gespannte Aufmerksamkeit und viel Gebet. Aber einige erwarteten mehr, und so waren sie sicher, daß noch ein besonderer Segen kommen würde. – So luden sie ihre Gäste ein, noch zu einem weiteren besonderen Gebetstag zu bleiben.

Es war drei Uhr nachmittags an diesem letzten Tag und bald Zeit, sich in die weit verstreuten Häuser zurückzubegeben. Ein Mann nach dem anderen erhob sich, um formelle, korrekte Gebete nach Missionarsmuster zu sprechen, Gebete, die nicht weiter als das Dach zu gehen schienen und nichts von den eigentlichen Nöten des Betenden offenbarten. Kosiya Shalita empfand diese Atmosphäre als steif, tot und vernichtend, schlüpfte nach draußen unter den offenen Himmel und schrie voller Verzweiflung zu Gott. Und während er weinte, stand ein Mann in der Kirche auf – aber statt die erwartete Liste von Bittgebeten vorzutragen, begann er zu weinen und seine Sünde zu bekennen.

Der Geist war über ihn gekommen. – Zweieinhalb Stunden lang standen die Menschen auf, manchmal mehrere zu gleicher Zeit, überwältigt von Sündenerkenntnis. Hemmungslosem Weinen und Schreien folgte überströmende Freude und brennende Liebe. Einer nach dem anderen bot sich an, die Botschaft von der Erlösung in die entferntesten Teile des Landes zu bringen. Es war plötzlich so herrlich, so wunderbar geworden, daß sie einfach nicht schweigen konnten. Nacheinander zogen sie los, was in der Schul- und Krankenhausroutine zwar den Plan auf den Kopf stellte und bei einigen mehr Ordnungsliebenden auf heftigen Verdruß stieß. Sie »gingen wirklich aus mit Freuden und wurden im Frieden geleitet«, während in ihren neu geöffneten Augen die hohen Berge von Ruanda in Gesang auszubrechen und die Bäume in den Tälern in ihre Hände zu klatschen schienen.

In Gahini wirkte der Geist weiterhin, aber auch der Widerstand wuchs. Mitten im Kampf nahmen die Menschen immer mehr eine herausstechende, geisterfüllte Figur wahr: Blasio Kigozi, der wie ein Felsen in der Brandung stand. Paget Wilkes Worte hätten in dieser Zeit für ihn gelten können: »Die Menschen wenden sich immer wieder zu den wenigen, die das geistliche Geheimnis erfaßt haben, deren Leben mit Christus verwoben ist, wie die Nägel mit dem Kreuz verhaftet sind.«

Blasio war der jüngere Bruder von Simeoni Nsibambi und von ihm in Kampala aufgezogen worden. Simeoni brachte Stunden in der Unterweisung des Jungen und im Gebet für ihn zu und führte ihn schließlich zum Herrn. »Meine Erstlingsfrucht in Jesus« nannte er ihn. Blasio hatte zunächst den Gedanken, sich dem legendären Evangelisten Apolo in den Pygmäenwäldern des Kongo anzuschließen. Das erwies sich aus politischen Gründen als unmöglich; aber er hatte auch keine Freimütigkeit, sich irgendwo niederzulassen und irgendeine der guten Lehrerstellen anzunehmen, die ihm angeboten wurden. Denn er wußte um den Ruf an ihn, über die weite Grenze Ugandas hinauszugehen, deren purpurnen Horizont er von der Spitze des Namirembehügels sehen konnte. Als dann 1929 die Bitte von Gahini um einen Lehrmeister erging, der die Schule für Jungen aufbauen sollte, war Blasio sofort bereit. Er war sich seines Rufes so sicher, daß er Simeoni sagte, er sei bereit, nie mehr in sein Heimatland Uganda zurückzukehren, wenn das erforderlich sei. Er wolle sein Leben für Ruanda hingeben, damit das Volk dort errettet würde. 1929 kam er zu einer sehr kritischen Zeit in Gahini an und arbeitete zusammen mit Cecil Verity sehr hart. 1932 ging er zurück nach Uganda, um sich bis zur Ordination ausbilden zu lassen; und 1934, ein Jahr, nachdem der Geist Gottes begonnen hatte, auf neue Weise zu wirken, wurde Blasio als ordinierter Diakon zurückerwartet. Er schloß enge Freundschaft mit Yosiya Kinuka und eröffnete im Januar 1935 die Ausbildungsstätte für Evangelisten. Es stand ihm ein sehr schwieriges erstes Schuljahr bevor. Die siebzig jungen Evangelisten waren Blasios Eifer gegenüber apathisch und abweisend; und im April, nachdem sie viele Stunden »Worte gehört« hatten, packten sechs ihre Habseligkeiten, nahmen ihr Bündel auf den Kopf, gingen weg und ließen Blasio voller Gefühle des Versagens und der Unzulänglichkeit zurück. In einer Weise, wie er es noch nie vorher getan hatte, wandte er sich an Gott und rief wie Jakob aus: »Ich lasse dich nicht, du segnest mich denn!«

Vor einiger Zeit hatte er sich eine kleine, runde Gebetshütte gebaut. Nun zog er sich dorthin zurück, blieb eine Woche lang, erschien nur selten und aß sehr wenig. Nur wenige Menschen wußten, was vorging, aber innerhalb einer Woche empfing er die Kraft, um die er gebetet hatte, und kehrte als der gleiche nette, freundliche Blasio an seine Arbeit zurück, aber doch mit einem Unterschied: Es war ein neuer Eifer da, eine neue Dringlichkeit, eine neue Freiheit und Gewißheit, und er sprach und schrieb öffentlich von dem Erlebnis, das er gehabt hatte. Die folgenden Auszüge eines Briefes an Lawrence Barham sind typisch für viele andere, die er zu jener Zeit schrieb:

»Wir hatten einige Schwierigkeiten, ähnlich wie Ihr sie in Kabale hattet, und das führte sechs Jungen dazu, einfach wegzugehen. Dieses Problem ließ mich sehr eingehend über mein Leben nachdenken. Ich habe herausgefunden, daß ich mit Gott nicht in Ordnung bin – und das machte mir zu schaffen. Ich legte deshalb geradewegs alle Sünden, die Gott mir offenbarte, zu Jesu Füßen und schreibe Dir nun, um Dir davon zu berichten. Es waren keine sehr großen Sünden, einige hatte ich gar nicht bemerkt. Zu jener Zeit war ich über eine christliche Bibelklasse bedrückt, bei der ich nicht eine einzige Person entdecken konnte, deren Leben verändert worden war, obwohl ich schon drei Monate Unterricht hielt. Für diese beiden Dinge betete ich ganz ernstlich, und nun erhielten wir den Segen – neun Personen kamen am Pfingsttage zu mir. Die ganze Atmosphäre ist nun völlig umgewandelt. An mein Bett, auf dem ich zwei Wochen lang liege, kamen drei Jungen und bekannten offen ihre Sünden; und nun sind mehr als ein Dutzend wiedergeboren. Das hat den Ton in der ganzen Schule verändert. Neuerdings kommen sie zu mir als zu ihrem Freund und bitten mich in ihren Problemen um Rat. Das ist eine Freude, die ich noch nie erfahren habe, seit ich meinen Dienst für Christus begann.

In den letzten beiden Monaten habe ich mit dem Fleisch gekämpft. Es meldet ständig sein Recht an und möchte meine Seele bestimmen wie in den vergangenen Jahren, und manchmal unterliege ich. Ich schaue in die Weite und sehe, daß Christus auf mich zukommt, um es zu kreuzigen. Er schaut mich an, steht vor mir, aber manchmal schaue ich weg. Ich wünschte, er würde mich bestrafen, denn es ist ja nur Stolz. Bete für mich in meiner Schwachheit und in meinem Sehnen nach tiefer geistlicher Erfahrung.«

Blasio war in seiner Predigt über Sünde und Buße furchtlos, und viele ärgerten sich über die schonungslose Anprangerung ihres Versagens. Aber er strahlte Liebe und den Geist Jesu aus, und wo er auch hinging, erkannten die Menschen ihre Sünde und wurden zum Erlöser gezogen. Von Gahini bis in die entfernten Bezirke breitete sich die Flamme der Erweckung aus – bis nach Kabale, als ein Team unter der Leitung von Blasio nach Norden fuhr, um von den großen Dingen zu erzählen, die Gott für sie getan hatte.

Auf die einzelnen Geschehnisse dieser Reise werden wir in einem späteren Kapitel eingehen, wenn wir die persönliche Geschichte Blasios weiterverfolgen.

Zwischen dem jungen Schulleiter Joe Church und Yosiya Kinuka hatte sich eine Freundschaft und eine geistliche Einheit entwickelt, die bis zu dieser Zeit wohl zwischen Schwarz und Weiß unbekannt war. Sie verbrachten viele Stunden im Gebet und Bibelstudium miteinander. Ungefähr zu dieser Zeit war es auch, daß sich die Worte eines Spruches, der an Joes Wand hing, in Blasios Herz einzubrennen schienen:

»Ich werde predigen, als wenn ich nie wieder predigen könnte. Wie ein Sterbender unter Sterbenden.«

Man fand ihn oft, wie er diese Worte anstarrte, und in den Schlußmonaten des Jahres 1935 wurde er von einer neuen Dringlichkeit erfaßt – wie ein Mann, der weiß, daß seine Stunden gezählt sind. Er schien sich selbst auszubrennen, und jeder war froh, daß sein Urlaub heranrückte. Er plante, heim nach Kampala zu gehen. Seine geliebte Frau Catherine und das Baby James waren schon vor Weihnachten abgereist – in der Erwartung, daß sie in drei Wochen wieder mit ihm zusammen sein würden.

Dann folgte ein eigenartiges Drama. Am 19. Dezember fuhr Joe Church hinauf nach Mbarara in Uganda, um Weihnachtseinkäufe zu erledigen. Er rechnete damit, noch am gleichen Tag zurück zu sein. Aber er hatte eine Autopanne, und die Ersatzteile waren nicht bei der Hand. So fand sich Joe am Heiligen Abend die langen, mit Eukalyptusbäumen umsäumten Straßen auf- und abgehen, die zur Kathedrale führten, und fühlte sich dabei bitter enttäuscht und verärgert.

Draußen in Gahini würden Decie, John, David und das Baby Robin Weihnachten ohne ihn verbringen, und er mußte die herrliche Feier der Geburt Christi mit seinen lieben Afrikanern verpassen, die gerade durch Christi Kommen im Geist mit so viel Freude, Liebe und Kraft erfüllt worden waren. Die orthodoxe Atmosphäre der konventionellen Gottesdienste der C.M.S.-Mission in Mbarara war ihm zuwider, und er machte kein Hehl daraus, dies zu zeigen. Man hatte ihn gebeten, den Weihnachtsgottesdienst zu halten, aber er wußte, daß viele dem, was in Gahini und Kabale geschehen war, kritisch gegenüberstanden, und so fühlte er sich ganz elend.

Aber dort, unter einem Eukalyptusbaum, schien jemand zu ihm zu sprechen. Nur die Worte: »Wenn ihr in mir bleibet.« Sie machten sein Aufbegehren und sein Selbstmitleid zunichte und ließen ihn ruhig werden. Er entschuldigte sich bei Herrn Clarke, dem Missionsleiter, und dieser mutige und verständnisvolle Mann unternahm plötzlich etwas. Kurz bevor Joe mit der Predigt beginnen sollte, kam er zu ihm und flüsterte: »Darf ich ankündigen, daß ihr in ungefähr drei Wochen hier eine Evangelisation haltet?« Joe sagte sofort: »Ja«.

Zwei Tage später war Joe in Gahini und legte die Einladung Blasio und Yosiya vor. Ihn dünkte, das war eine wunderbare, von Gott geöffnete Tür, aber Blasio zögerte. Er war erschöpft, und vielleicht hatte niemand gemerkt, wie sehr er mit seinem Urlaub gerechnet hatte. Catherine und das Baby James warteten so sehnsüchtig daheim in Kampala auf ihn. Er stand da und überlegte, bis Yosiya plötzlich das Schweigen mit diesen seltsamen, prophetischen Worten brach: »Blasio, das ist vielleicht die allerletzte Arbeit, die Gott dir aufträgt. Wissen wir denn, wann wir sterben?«

Das überzeugte ihn, und vierzehn Tage später machten sich Blasio, Yosiya und Paulo von Shyria in Richtung Norden auf den Weg. Es war etwas völlig Neues in Uganda für Afrikaner, selbst lehrende Missionare zu sein, und Clarke hatte einen wichtigen Schritt nach vorn getan, als er sie einlud. Eindrücke von dem, was geschah, werden am besten mit Blasios eigenen Worten in diesen Auszügen aus langen Briefen geschildert, die er an Dr. Church sandte:

»Es war Gottes Plan für uns, nach Mbarara zu kommen. Dafür gibt es viele Zeichen. Es ist alles Gottes Plan und Gottes Wille. Betet und betet! Gestern abend wurde mir der Zustand des Verderbens und die Abgestumpftheit der Leute in Mbarara so bewußt, daß ich meine Tränen nicht zurückhalten konnte; so nehmen wir das Thema ›kurimbuka‹ (Verderben) in unser Programm auf. Sie werden verderben und umkommen, aber sie wissen es nicht.«

»Gott hat mir in meiner Stillen Zeit offenbart, daß jeweils immer alle drei sprechen müssen. Es kommt nicht darauf an, wie lange wir es machen. Hauptsache ist, Menschen werden errettet. So beginnen wir zu dritt, jeder hat dreißig Minuten und vor jeder Rede kommt ein Lied.«

»12. Januar 1936. Wir haben den letzten Tag unserer Evangelisation erreicht. Ich schreibe dies aus Yosiyas Unterkunft bei einem Mann, dessen Leben errettet ist. Lobt den Herrn! Lobt den Herrn!

Ich schrieb Dir von unserem Programm, welches ›Verderben‹ beinhaltete. Yosiya sagte, daß er noch nie enger mit dem Herrn lebte als in dieser Woche. Paulo ist wunderbar gewachsen.«

»Heute abend kamen alle Lehrer, und die Menschen wurden aufgefordert, Christus zu bezeugen. Ein Mann konnte gar nicht mehr aufhören zu weinen, und außer ihm waren noch ungefähr sechs andere da. Sag es unseren Gebetsfreunden, die hinter uns gestanden und die Sache Christi getragen haben. Wir haben die ganze Nacht keinen Schlaf bekommen, da wir zwei Häuser besuchten. – Bete ohne Unterlaß für mich. Große Probleme werden auf mich zukommen.«

So ging die Evangelisation zu Ende, und die drei Freunde fuhren im üblichen halsbrecherischen Tempo, Lieder singend und Gott lobend, hinten auf einem Lastwagen nach Kampala zurück. Aber nicht nur sein Urlaub lag vor Blasio. Er hatte bereits ein Schreiben abgeschickt, das der Synode der Kirche von Uganda vorgelesen werden sollte, in dem er freimütig die Abgestumpftheit und den Materialismus verurteilte und zur Buße aufforderte. Darin führte er seine »drei Punkte« an, das Ergebnis monatelangen Nachdenkens, Betrübtseins und Betens.

In Kampala angekommen, schloß er sich der Klausurtagung für kirchliche Arbeiter an, die abgehalten werden sollte, bevor die Synode begann. Und obwohl er nur ein Diakon war, bat ihn der Bischof, ein Wort an die Versammelten zu richten. Furchtlos und kompromißlos flehte er diese Kirchenmänner an, zu prüfen, ob sie wirklich wiedergeboren seien, damit sie noch fleißiger in der Rettung von Seelen als im Sammeln von Geld sein konnten.

Einige ärgerten sich darüber, andere waren von seiner offensichtlichen Ernsthaftigkeit beeindruckt. Die Synode versprach aufregend zu werden.

Aber er erreichte die Synode nie. Noch in Klausur wurde er plötzlich krank und ins Menge-Krankenhaus gebracht, wo seine Temperatur auf 40 Grad hinaufschnellte – wahrscheinlich vom Zeckenfieber, das er sich in einem jener kleinen, unhygienischen Häuser geholt hatte, in denen er die ganze Nacht im Gespräch zugebracht hatte. Yosiya, sein Bruder Simeoni und seine Frau Catherine blieben fast die ganze Zeit bei ihm, still betend und singend – außer, als er Simeoni bat zu gehen, um den anderen Patienten der Station von Christus zu sagen. Er wußte, daß er sterben würde, und gab daher klare Anweisungen. »Ich möchte außerhalb der Kathedrale begraben sein«, sagte er, »damit die, die von Ruanda kommen, wenn sie rasten, auf mein Grab schauen und sich daran erinnern können, wo ich begraben wurde. Aber es sollen keine Tränen um mich fließen.«

Er starb am Abend des 25. Januar, und der Bischof, der ihn häufig während seiner kurzen Krankheit besucht hatte, leitete den Beerdigungsgottesdienst in der großen Kathedrale am Namimrembeberg. Sein Grab liegt in der Nähe der letzten Ruhestätten von Mackay, Hannington, Pilkington und anderer, die Licht nach Uganda brachten. Eine große Menschenmenge nahm an der Beerdigung teil. Seine zuversichtliche und tapfere Stimme schien durch den Tod nicht verstummt zu sein, und ein großes Schweigen trat ein, als seine drei Punkte verlesen wurden:

1. Wie kam es zu der Kälte und Abgestumpftheit der Kirche von Uganda?

2. Der Abendmahlsgottesdienst wird mißbraucht von Leuten, die in Sünde leben und denen man trotzdem erlaubt, an ihm teilzunehmen. Was soll unternommen werden, um diese Schwäche zu beseitigen?

3. Was muß getan werden, damit Erweckung in die Kirche von Uganda kommt?

Blasios Vorschläge waren folgende: Die Selbstzufriedenheit der Leiter und der Mangel an Verbindlichkeit und Zielvorstellung in ihrer Lehre sind die Gründe für die Kälte und Abgestumpftheit.

Die Erweckung kann nur durch eine innere Erneuerung, das Kommen des Geistes und die Bitte um seine Kraft Wirklichkeit werden.

In Gahini wurde die Todesnachricht mit betroffenem Schweigen aufgenommen. Ihr Leiter war nicht mehr da. Er war der, von dessen geisterfülltem Predigen, Glauben und Gebet die Erweckung auszugehen schien. Aber dies alles war Gottes Plan. Das menschliche Werkzeug war heimgeholt worden, aber der Geist, der durch Blasio gewirkt hatte, schien nun auf neue, uneingeschränkte Weise weiterzuwirken – ein Wind, der weht, wo er will. Gerade da, wo menschliche Einflüsse und Bemühungen ausgeblieben waren, ereigneten sich seltsame Dinge. Es gab nicht mehr einen menschlichen Führer. Der Geist selbst hatte die Führung. Im ganzen Land wandten sich die Menschen nicht mehr einem geisterfüllten Menschen zu, sondern suchten Gott selbst.

Kapitel 11

Das Rauschen eines mächtigen Windes – und was vorausgehen muß

»Es ist nutzlos, eine Erweckung ankurbeln oder organisieren zu wollen«, schrieb Edwin Orr. Und so war auch das völlige Fehlen von Organisation und die totale Ablehnung aller vorgefaßten, üblichen missionarischen Methoden und Theorien kennzeichnend für die Welle des Segens, die sich in den dreißiger Jahren über Ostafrika ergoß. Das galt so konsequent, daß es auch eine Zeit tiefer Konflikte und Kontroversen war, weil Lieblingstheorien und Vorurteile eben ihre tiefen Wurzeln haben und nicht leicht gelockert werden können.

Es begann zu Blasios Lebzeiten in Gahini und breitete sich nach Kabale aus. Nach seinem Tod verbreitete es sich wie ein Lauffeuer über ganz Uganda und Ruanda, vereinend, trennend; verwundend, heilend; brachte Frieden und Schwert; riß nieder und baute auf. Menschliche Anstrengungen und Leitung schienen wenig damit zu tun zu haben, aber die Welle des Gebets, die aus vielen Teilen der Welt als Reaktion auf Joe Church's Büchlein »Sieghaftes Beten« emporstieg, hatte ohne Zweifel viel damit zu tun. Hier der volle Wortlaut:

SIEGHAFTES GEBET

Ein Aufruf zum gemeinsamen Gebet um Erweckung

Die Not drängt!

Hinter dem augenscheinlichen Erfolg der christlichen Missionsarbeit in Zentralafrika haben Eingeweihte gesehen, daß das »Leben zum Stillstand gekommen ist« und sich gefragt: »Welche Kraft kann die Totengebeine lebendig machen?«

Wir bezeugen nun Gottes Erlösung für die Rückfälligen. Der Heilige Geist ist in Kraft gekommen und erweckt die Totengebeine zum Leben. 1933 hat eine Erweckungsbewegung in der Ruanda-Mission begonnen, und Gott ruft Teams von für ihn brennenden Männern und Frauen in viele Orte weit über die Grenzen Ruandas hinaus. Diese Menschen waren – obwohl Leiter in der Kirche – nur leblose und formale Christen. Sie sind durch tiefe Sündenerkenntnis gegangen und wurden zu gründlich veränderten Menschen.

Aus ihrer Mitte sind Gruppen von Männern und Frauen als »Bibelteams« hinausgegangen – brennend vor Sehnsucht, dieses neue Leben anderen zu bringen. Überall, wo sie waren, haben sie Gruppen von Menschen zurückgelassen, die zu einer Gebetsgemeinschaft zusammengeschweißt sind. Ihr Ziel ist, daß sich das Feuer der Erweckung durch Zentralafrika bis in unser Heimatland ausbreitet.

Diese Schrift will helfen, diese Gebetsgemeinschaft zu vergrößern, damit sie auch an weit entfernten Orten und in vielen verschiedenen Ländern entsteht und damit unter denen, die die Kraft des Gebets kennen, Gebete für diese Erweckung mobilisiert werden. Wir versenden sie als äußerst dringend. Sie ist ein Strom des Geistes Gottes, »um Euch mitzureißen«.

Gott hat uns ganz klar gezeigt, daß die Bedingung für seinen Segen das gemeinsame Band absoluter Hingabe an Christus ist. Das einzige Gebet, das sich seiner Erhörung schon im voraus sicher ist, kommt von denen, die genau dieses Geheimnis kennen.

Deshalb fragen wir, wer von euch mitmachen möchte, diese Bibelteams zu unterstützen, wer im Gebet nach diesem Segen suchen will. Gott wird die Erweckung durch Dein Gebet senden, wenn er zuerst Dich selbst erweckt hat. Ein Gebet, das so oft in China gebraucht wurde, gilt nun uns in Afrika: »Herr, schenke Erweckung und beginne sie in mir.«

Der Weg zum Sieg

Für uns europäische Missionare war diese Erweckung ein erschütterndes Erlebnis und sehr demütigend. So oft haben wir gesehen, daß wir es waren, die Gottes Segen im Wege standen. Wir mußten bis in den Staub gedemütigt werden. Deshalb dient es uns allen, wenn wir uns selbst auffordern, für diese Erweckung zu beten, um wieder den Segen des Sieges zu erfahren.

Das Geheimnis aller wahren Erweckung und der Gemeinschaft, die keine Schranken bezüglich Rasse, sozialer Stellung und Privilegien kennt, ist das ungetrübte persönliche Verhältnis zum Herrn.

McConkey sagt: »Es muß einfach sein. Gott hat es uns nicht schwer gemacht. Wir haben ihm solch eine Doppeldeutigkeit durch unsere Theorien und Theologien angehängt. Wir retten uns ins Gebet ... Bitten ... sozialen Dienst ... finanzielle Opfer. So verschleiern wir den eigentlichen Punkt, auf den es ankommt: die absolute Hingabe an ihn! Darauf kommt es bei der Bekehrung an. Es kann Jahre dauern oder plötzlich geschehen, aber jeder Heilige Gottes weiß, daß diese Krise durchgestanden werden muß.

... Der Teufel wird um die letzte Festung unserer Seele kämpfen ... Gott bestätigt diese Bedingung des Segens: es gibt keine andere.«

Niemand kann eine Erweckung organisieren, sie ist ein Geheimnis wie der Wind. Alle menschlichen Unternehmungen, eine Erweckung zu schaffen, sind bloße Gefühlsausbrüche – sind menschlich »gemachtes« Feuer. Auch die Organisation des Gebets kann mechanisch sein, denn es gibt ein unsichtbares Band, das die Herzen solcher Menschen vereint, die wirklich entbrannt sind.

Wir müssen uns darüber klar werden, daß dieses geisterfüllte Leben der Wille Gottes für jeden von uns ist und daß alles, was dahinter zurückbleibt, Sünde ist. Es ist Sünde, lau zu sein. Es ist Sünde, Angst zu haben, denn Angst ist entweder Stolz oder Zweifel an Gott. Ein ichbezogenes Leben ist Sünde. Der kleinste Kompromiß auf moralischem Gebiet ist Sünde. Und Sünde trennt. Wenn wir an der Quelle der Kraft und des Segens bleiben wollen, dann müssen wir mit kindlichem und ständigem von Herzen kommendem Gehorsam diese Sünden dem reinigenden Sieg Christi übergeben.

Wenn wir dann, soweit uns bewußt ist, mit Gott in Ordnung sind, können wir sofort durch die Gnade den Ort der Erweckung betreten. Wir brauchen nicht auf Gott zu warten, er wartet auf uns. Und das Geheimnis, hier bleiben zu können, ist ständiger Gehorsam. Wir können uns nicht auf den Verdiensten früherer Gehorsams ausruhen. Aber vielleicht haben wir jahrelang ein Leben ohne Hingabe geführt, und eine Menge verborgener Sünden durfte sich in uns ausbreiten und das Leben blockieren; auf diese Weise sind wir kalt geworden und nicht mehr brauchbar für den Dienst des Meisters.

Lebe ich ein Leben des Sieges?

Ich empfehle einen täglichen praktischen Test, wenn wir zum Herrn kommen. Wenn wir uns selbst ein paar Fragen stellen, können wir täglich unser Gelübde erneuern. Die Menschen unterzeichnen oft einen Vertrag – warum sollen wir nicht auch gegen die so raffinierten Sünden wie Heuchelei, Stolz, Neid und böswilliges Reden über den anderen einen Vertrag unterschreiben? Wenn wir diese Dinge freiwillig dem Herrn übergeben, können wir den sofortigen Sieg erleben. Der Herr Jesus bleibt derselbe gestern, heute und in alle Ewigkeit. Das Siegesleben ist für jeden Christen da, und Christus kennt jede Sünde, jedes menschliche Versagen. Nichts wurde von der Liste gestrichen.

Man sollte sich selbst einige Fragen stellen, um Dinge zu entdecken, die einen schuldig gemacht haben könnten. Diese »kleinen« Fehler bringen uns dazu, unser Leben zu verschwenden, sie führen uns in ein Gefängnis der Gebundenheit an unser Ich.

Fragen:

a) Erlebe ich auf einem Gebiet meines Lebens Niederlagen, z. B. Neid, unreine Gedanken, Furcht, Heuchelei, Mißtrauen? Renne ich dem Leben davon? (Mal. 3, 3).

b) Habe ich Menschen gegenüber ein schlechtes Gewissen oder liegen irgendwelche unvergebenen Dinge vor? Wenn ja, gibt es eine sehr einfache Lösung: »Laß deine Gabe sofort liegen und geh weg; versöhne dich zuerst mit deinem Bruder« (Matth. 5, 23–24; Moffatt).

c) Hege ich Gott gegenüber Zweifel? Zweifel und Unglaube sind vielleicht die schlimmsten Sünden der Christen. Wir können zu Gott sagen: »Du kannst mich nicht ändern«; »Ich bin eben so«; »Ich kann den und den nicht lieben«. Das ist die Ich-Vergötzung der Gläubigen und bedeutet in Wirklichkeit, daß wir den Heiligen Geist anzweifeln. Aber das Kreuz bedeutet, daß das »Ich« durchkreuzt wurde (Mark. 6, 5; Hebräer 3, 12).

d) Bin ich in geistlichen Stolz verfallen, indem ich sagte: »Herr, ich danke dir, daß ich nicht bin wie dieser da«, oder habe ich mir gegenüber Menschen anderer Nationen und anderer Hautfarben diesen heimtückischen Überheblichkeitskomplex angeeignet?

e) Nörgele und meckere ich? Denken wir an die Worte von Mose: »Euer Murren ist nicht gegen mich, sondern gegen den Herrn« (2. Mose 16, 18). Oswald Chambers sagt: »Wenn wir dem Luxus des Selbstmitleids Raum schaffen ... verbannen wir Gottes Reichtümer aus unserem Leben und verbauen anderen die Möglichkeit, das ihnen vom Herrn Zugedachte in Besitz zu nehmen ... Selbstmitleid stellt unser Selbstinteresse auf den Thron.« Augustinus betete: »Herr, erlöse mich von Selbstrechtfertigung.«

Das Empfangen des Heiligen Geistes ist Gottes Antwort auf Buße und Glauben.

»Die Fülle des Geistes Gottes ist Gottes Antwort auf Übergabe und Glauben« (McConkey).

So viele geben kurz vor der Buße und Selbstübergabe auf. Sie vergessen die Grundlage allen geistlichen Lebens, einen echten Glauben!

Nur der bringt das wahre Leben in dem, der »fähig ist, auf ewig selig zu machen, die durch ihn zu Gott kommen; denn er lebt immerdar und bittet für sie«.

Viele haben jahrelang gebetet, während Gott die ganze Zeit auf sie wartete: »Den ganzen Tag strecke ich meine Hände aus nach einem ungehorsamen Volk, das seine eigenen Wege wandelt.« Gebt also nicht Gott die Schuld!

Die Erweckung kommt, wenn – – –!

Hier nun, im einfachen Gehorsam zu ihm, liegt das Geheimnis des Segens, und nur auf diesem Fundament kann wirkliches Erweckungsgebet gebetet, können Berge versetzt werden. Wie wunderwirkend ist das Ergebnis solchen Gebets!

Erweckung ist wie ein afrikanisches Buschfeuer. Es breitet sich über den Unrat all dessen aus, das im Gras lauert – die Ratten müssen um ihr Leben rennen.

Erweckung ist wie der Sturm vor einem langerwarteten Regen, der nach Hitze und Dürre wieder Leben in das staubige afrikanische Grasland bringt. Aber bevor der belebende Regen fällt, ziehen schwarze Wolken auf, die Bäume biegen sich und können durch den Wind entwurzelt werden.

Erweckung ist wie eine köstliche und schöne Blume, die nur in bereitetem Boden sprossen und blühen kann. Der Boden ist das übergebene Herz, und der ganze Garten wendet sich der Sonne entgegen. Aber alle »Wurzeln der Bitterkeit« müssen täglich ausgerissen werden.

Erweckung ist die Frucht des Geistes und deshalb letztlich normales geistliches Leben. Gott gebietet: »Seid erfüllt mit dem Heiligen Geist« (Epheser 5, 18), und Gottes Verheißung lautet: »Ich bin gekommen, daß sie das Leben und volles Genüge haben sollen« (Joh. 10, 11). Wir dürfen nie Gott die Schuld dafür geben, wenn wir nicht den vollen Frieden und die Freude in diesem Leben haben. Er bietet sie uns an, wenn wir nur Glauben haben, um sie zu nehmen. Es geschieht nicht durch Werke. »Werke gehören ins Geschäft, Früchte gehören in den Garten.«

Wenn wir diese Wahrheiten ins Auge fassen, kann es für uns bedeuten, daß wir unser Leben Christus völlig neu übergeben müssen. Das mag eine demütigende Erfahrung sein, da sie mit Wiedergutmachung und Versöhnung einhergehen muß, aber es gibt keinen anderen Weg und nie eine »Hau-Ruck«-Erweckung.

Entflammte Menschen sind unbesiegbar. Der Satan zittert, wenn er den schwächsten Christen auf seinen Knien sieht. Feuer kann keinen Kompromiß schließen. Sünde, Weltlichkeit, Unglauben, Hölle werden allem, aber nicht diesem Feuer standhalten. Die Kirche ist kraftlos ohne das Feuer des Heiligen Geistes. Ohne dieses Feuer ist alles andere völlig wertlos: Wir müssen das Feuer besitzen, nichts anderes zählt wirklich. »Das einzig Wichtige, was wir brauchen, ist Feuer« (Samuel Cladwick).

Und so bitten wir Euch im Namen Jesu, die Last des Gebets um

Erweckung auf Euch zu nehmen und Euch in dieses unsichtbare Band der Gemeinschaft von Männern und Frauen einzubinden, die, erfaßt von einem neuen Leben, die Flamme der Erweckung in jene Königreiche Zentralafrikas tragen.

Wirksames Gebet kann ein mächtiges Wirken des Geistes Gottes vom Kongo bis nach Kenia und durch die ganze Welt bewirken.

Laßt dieses bekannte, jedoch so unermeßliche Gebet täglich das unsere sein:

»Herr, bringe Erweckung und beginne sie in mir! Erhöre uns um Jesu willen. Amen.«

J. E. C.

Diese Schrift wurde im Mai 1936 veröffentlicht. Im September schrieb Erzdiakon Pitt-Pitts: »Zwischen dieser Bewegung und Euren Gebeten besteht ein großer Zusammenhang. Ich war in allen Zentren, wo sich diese Erweckung zeigt. Sie haben alle die gleiche Geschichte zu erzählen. Schon vor Mitte Juni begann das Feuer in allen zu schwelen, und in der letzten Juniwoche wurde es zu einer lodernden Flamme, die, wie ein afrikanisches Grasfeuer bei Wind, nicht gelöscht werden kann. Ganz gleich, ob Braham in Kabale, Fräulein Skipper in Gahini oder Fräulein Forbes in Shyria erzählen, überall geht es um dieselben Punkte. Man fragt sich und findet die Antwort in einer großen Gruppe betender Menschen, die den Aufruf von Dr. Church gelesen haben, für die Mission zu beten, was gerade zu dieser Zeit in Mukono praktiziert wurde. So oft senden wir vom Missionsfeld einen SOS-Ruf um Fürbitte nach Hause, aber ich glaube, wir vergessen allzuoft zu berichten, was geschieht; und noch viel öfter vergessen wir den Dank. Ich möchte daher die bitten, die diesen Brief lesen, sich Zeit zu nehmen, dem Meister dafür zu danken, was er getan hat.

Es sollte eine große Gebetsermunterung sein, zu wissen, daß dies nicht durch Zufall geschehen ist. Nein: Wenn Du betest, hört Gott das und antwortet.«

Dieser Aufbruch neuen Lebens hatte 1935 in Kabale seinen Anfang genommen, als ein junger Assistent aus Gahini, erfüllt mit der Freude der Vergebung und der Liebe Christi, um eine Woche Urlaub gebetet hatte, damit er seinen Freunden in Kabale und im Kigezi-Distrikt Jesus bezeugen konnte. Lawrence Barham und Rev. Ezekieri Balaba hatten jahrelang um Gottes Lebensodem für die tote Kirche in Kabale gebetet und sahen in diesem jungen Assistenten jene Einstellung zum Leben und Zeugnis, die ihnen so sehr in ihrem eigenen Missionszentrum fehlte. Der Brief von Blasio, den wir oben zitiert haben, bekräftigte sie in dem Entschluß, nach Gahini zu gehen.

Ein Team kam im Oktober an mit dem Ziel, eine zehntägige Konferenz für dreihundert Lehrer und Evangelisten, die im Kigezi-Distrikt verstreut lebten, abzuhalten. Doch schon bevor sie ankamen, konnten die, die schon lange im Gebet gekämpft hatten, den Durchbruch sehen. Sie waren schon jetzt nicht mehr nur wenige. Der Hunger nach Segen war so groß, daß man sich in Gruppen zum gemeinsamen Gebet traf. »Und während sie beteten«, schrieben sie, »schienen wir Kraft zu bekommen.«

Das Team bestand aus Blasio, Yosiya und Church, aber sie hatten alle den Eindruck, Simeoni Nsibambi aus Kampala sollte sie begleiten. Joe bat ihn deshalb brieflich, mitzukommen. Aber Gott hatte ihn schon vorher darum gebeten und beauftragt, einen Monat im Gebet in den Bufumbirabergen zu verbringen, um den Leprapatienten in Bwana, ganz in der Nähe von Kabale, zu predigen – und er hatte schon einen Teil des Geldes für diese lange Reise gespart. So kam er – Gott preisend – an, und die Tagung begann mit zwei ruhigen Tagen des Gebets und dem Chorus: »Komm, du heiliger Gottesgeist, mach mich völlig rein«, der immer und immer wieder gesungen wurde. Der Ablauf war der gleiche wie in Gahini. An jedem Tag wurde ein anderes Kapitel behandelt: Sünde, Buße, Wiedergeburt, Absonderung, sieghaftes Leben, der Heilige Geist. Und während dieser Versammlungen erkannten Menschen ihre Sünden. Bekannte und angesehene »christliche« Führer gestanden, daß sie noch nicht wiedergeboren waren. Geldsummen, die vor Jahren gestohlen worden waren, wurden zurückgezahlt, und in denen, die den Herrn liebten, entbrannte eine große Sehnsucht, in das ganze Gebiet zu gehen und anderen von ihm zu sagen.

Es war eine Zeit voller Dankbarkeit und Freude; und die Lehrer und Evangelisten waren kaum wieder in ihre verstreuten Gemeinden inmitten der Bananenfelder zurückgekehrt, als die weiteren Ergebnisse der Tagung schon sichtbar wurden. Überraschende Berichte trafen nun aus den kleinen Landkirchen von Kigezi ein. Durch diese Lehrer, die wiedergeboren und von der Sünde gereinigt waren und sich Gott übergeben hatten, erreichte Gott selbst das Volk. Männer, Frauen und Kinder strömten in die Gemeinden, viele waren sogar durch Träume dorthin geführt worden. Ganze Gemeinden riefen zu Gott und zitterten in seiner Gegenwart. Sie beteten die ganze Nacht. Viele versanken durch Gewissensnöte in äußerste Verzweiflung, als sie ihre Sünden erkannten. Es gibt aus dieser Zeit viele eindrückliche Berichte. Groß war die Freude in einer kleinen Kirche, als sich ein Mann mit schlechtem Ruf erhob und berichtete, wie ihm in einem Traum befohlen worden sei, ein bestimmtes Lied nachzuschlagen und es zu singen. Er erwachte, stand sofort auf und fand das Lied:

> »Ich lege meine Sünden auf das
> makellose Lamm Gottes«.

Und während er es sang, übergab er sein Leben dem Erlöser.

Einem Mädchen war zweimal die Taufe verweigert worden. Darüber aufgebracht, hatte sie in der Mädchenschule trotzig gesagt: »Ich gehe zu den Römisch-Katholischen. Die werden mich taufen.« Nun kam sie zurück: »Bitte, vergebt mir, Jesus hat es auch getan.« Als man sie hereinbat, sagte sie: »Ich war sehr, sehr ärgerlich und wollte nicht mehr die Bibel lesen oder beten, aber eine Stimme sagte in meinem Herzen immerzu: ›Du bist es, die falsch liegt.‹ Ich sagte: ›Es liegt an meinem Lehrer‹, und ich stritt mich lange Zeit mit dieser Stimme, aber am Ende ging ich in meine Hütte und fand mein Neues Testament. Es war schmutzig, und die Ratten hatten es schon zur Hälfte zerfressen, aber ich las darin und betete: ›O Herr Jesus, vergib mir den Ärger, der dich gekreuzigt hat.‹ Dann schlief ich ein. Auch war ich bis zu diesem Abend, als ich Jesus begegnete, nicht bekehrt gewesen. Ich war immer ein leicht aufbrausendes Mädchen. Ich bemühte mich zwar, aber die Wurzeln waren immer noch in meinem Herzen, und so mußte ich Christus diese Wurzeln ausreißen lassen.

Er hat es nun getan – es hat zwar weh getan, aber ich bin froh.«

Eine alte Frau versuchte mehrere Male zu sprechen, aber jedes Mal übermannten sie ihre Gefühle. Schließlich schaffte sie es zu berichten, wie sie während der Hungersnot ihren kleinen Enkelsohn tötete, weil es kein Essen für ihn gab.

Auch kleine Kinder meldeten sich zu Wort. »Ich weiß, daß ihr glaubt, es sei komisch, wenn ein kleines Mädchen aufsteht«, sagte eine, »aber Jesus liebt die kleinen Kinder, und ich weiß, was für eine Sünderin ich war.« Doch diese Segnungen brachten ihre eigenen neuen Komplikationen und Probleme mit sich. Es gab hysterische Nachahmung, Kritik und Trennung. Lawrence Barham und Ezekieri Balaba hatten alle Hände voll zu tun, Seelsorge zu treiben und zu unterweisen. Eine Gruppe war davon überzeugt, daß der Herr sofort wiederkommen würde, und wollte wissen, ob sie ihr Getreide noch säen sollte.

Draußen in Gahini wirkte Blasios Tod wie ein Trompetenstoß. Schon bevor er starb, hatte in Kampala ein älterer Laie geträumt, er sei durch einen Fluß geschwommen und Blasio, im Boot, hätte ihn mit einem Seil gezogen. Als Blasio starb, war sich Ezera sicher, daß er sofort nach Gahini gehen sollte, um Blasios Arbeit weiterzuführen. So war der Platz Blasios schnell ausgefüllt. Viele sagten, Blasios Tod habe in ihnen den Entschluß zu einem neuen Leben des Zeugnisses geweckt und sie zu einem Suchen nach der göttlichen Kraft veranlaßt.

Der erste Maurer gab zwanzig Franken zurück, die er gestohlen hatte, und berichtete öffentlich, wie er jahrelang in Sünde gelebt hatte. Dr. Churchs Briefe, die in dieser Zeit geschrieben wurden, zeichnen ein lebhaftes Bild dessen, was geschah:

»Verschiedene Male trafen sich samstags abends Christen aus verschiedenen Bezirken, und dreimal beteten wir bis Mitternacht um Kraft und neuen Eifer. Am letzten Montag endete die Zeit mit einem Tag des Lobes. Von neun Uhr in der Frühe an saßen wir da und hörten Zeugnisse über neues Leben von den siebzig Evangelisten aufgelockert durch Lieder. Besonders eins war bemerkenswert. Ein bewegendes Bekenntnis von früherem Versagen wurde abgelegt, und dann brachte der Betreffende einen alten, schmutzigen Kürbis, gefüllt mit Wasser. So hatte die Sünde sein Herz füllen können, aber nun war sie gebrochen. Er schmetterte den Kürbis auf den Zementboden, kehrte an seinen Platz zurück und betete.«

Die äußeren Zeichen der Erweckung wurden immer mächtiger. Im Sommer 1936 waren viele Missionare der Meinung, daß Anlaß zu echter Sorge bestünde. An einem Abend gingen in der Mädchenschule sechs gläubige Mädchen in ein Klassenzimmer, um zu beten, und eine nach der anderen schloß sich ihnen an, bis die ganze Schule anwesend war. Ein erstaunliches Bewußtsein ihrer Sünden erfaßte die Gruppe. Drei oder vier beteten gleichzeitig, viele weinten und schrien auf, bis sie zusammenbrachen. Bekenntnisse zogen sich bis tief in die Nacht hinein; und der normale Unterricht war tagelang unmöglich, weil ein Mädchen nach dem anderen nach Hause ging, um Schulden zu bezahlen oder gestohlene Sachen zurückzubringen.

In der Kirche ging es ähnlich zu. Es gab lautes Weinen, Menschen wälzten sich auf dem Fußboden. Diese Manifestationen der Freude durch Menschen, die Heilsgewißheit erfuhren, waren für europäische Christen alarmierend. Die Trommel wurde geschlagen, Männer tanzten und sprangen vor der Kirche herum. Ihre Befreiung war so groß, daß sie manchmal die ganze Nacht Lieder sangen – zum Leidwesen der erschöpften Missionare, die zu schlafen versuchten.

Im Juli kam Erzdiakon Pitt-Pitts nach Gahini und predigte einer Gemeinde von tausend Menschen. Man hörte so viel Weinen und Klagen, daß es unmöglich schien, zum Schluß zu kommen. Erst nach vielen Stunden überredete er sie, zu gehen. Ungefähr zweihundert, die tief vom Bewußtsein ihrer Schuld ergriffen zu sein schienen, blieben. Tief bewegt warnten er und Verity die Führer vor der Gefahr einer zu großen Betonung der Gefühle. Fräulein Skipper, der die Erlebnisse in der Mädchenschule noch frisch vor Augen standen, war unsicher und ängstlich. Aber bei den Afrikanern war das anders. Weinen und Zittern waren Zeichen des Geisteswirkens, daran hielten sie fest. Und wer das nicht tue, könne nicht wirklich erfüllt sein.

In Kigeme beteten und warteten Jim Brazier und Dr. Stanley Smith, bis sie langsam eine Gewissensbewegung und Sündenbekenntnisse unter den Christen wahrnahmen. Dann kam eine Evangelistin von Gahini, und dieselben äußeren Zeichen des Geisteswirkens wurden deutlich. Jede Stunde des Tages und der Nacht trafen sich Menschen zum Gebet, und die gleiche überströmende Erkenntnis der Sünde kam über sie, aber diese beiden erfahrenen Missionare waren weniger erschrocken als die meisten anderen. »Einige von uns waren über die Heftigkeit ihrer Sündenerkenntnis entsetzt«, schrieb Jim Brazier, »aber der Beweis liegt in den Ergebnissen. Die, die diese Erlebnisse hatten, sind wirklich veränderte, neue Geschöpfe. In der Tat, die meisten hatten solch einen Blick für das Verderben, das durch ihre Sünden über sie kam, daß sie sich in einem Stadium der Hysterie befanden, das an Bewußtlosigkeit grenzte. Ich habe mich mit vielen unterhalten. Ihre Vision ist ihnen geblieben, jedes Vorkommnis ist ihnen bewußt und jedes Wort blieb ihnen im Gedächtnis. Dann folgte solch eine Flut des Bekenntnisses und des Wunsches nach Wiedergutmachung, daß es schwierig war, dies überhaupt in den Griff zu bekommen. Und das Bekennen geschah nicht etwa, um vor den anderen gut dazustehen, denn für viele brachte es Scham und Nachteile. Wir sahen sie der äußeren Maske entledigt, wir sahen die Herzen so, wie sie wirklich waren, böse und krank. Das war für uns schockierend.«

Der Segen breitete sich weiter um ganz Kigeme aus. 1937 erzählte Fräulein Lanham von einer Welle des Segens, die das Krankenhaus selbst erreicht hatte. »Nur einer von unseren Krankenhausburschen machte sich zunächst überhaupt etwas daraus«, schrieb sie, »aber er brannte. Im Januar begann Gott sein Werk, und zwei Jungen aus den Anfangsklassen wurden errettet. Andere wurden sehr unruhig und fühlten sich in ihrer Haut nicht mehr wohl. Dann wurden, ungefähr zwei Wochen später, die ausgebildete Hebamme und ein älterer Junge auf wunderbare Weise von ihrer Schuld überzeugt und bekehrten sich. Wie, warum, wann und wo kann ich Euch nicht sagen, aber beide fließen jetzt über vor Freude.«

In den meisten Fällen legten sich die feurigen, fast hysterischen Gefühlsausbrüche. Es entstand etwas aus Staub und Asche, das kein Missionar ableugnen konnte. Eine Liebe und ein Eifer, die glühten und brannten und sich bezeugen mußten. Mehr und mehr Gruppen gingen hinaus, und Joe Church wurde auf Erzdiakons Pitt-Pitts Vorschlag hin von seinen medizinischen Verpflichtungen befreit, um die Aussendung der Teams zu organisieren, die er auch oft begleitete. Wo sie auch hingingen, wirkte der Erlöser durch sie, und die Menschen strömten zusammen, um sie zu hören.

»Eine Welle geistlichen Segens scheint sich durch die Mission zu verbreiten«, schrieb Erzdiakon Pitt-Pitts. »Zahlen sind nicht alles, aber ich möchte Euch inmitten dieser Massen den Platz Christi aufzeigen. Sie schauen auf ihn, und er möchte sich selbst durch seine Diener offenbaren.« Im Sommer 1936 wurde die Frohe Botschaft durch Evangelisten aus Gahini von Kabale im Norden 483 Kilometer südlich nach Matana und von Behiga im Osten nach Kirinda im Westen getragen. Sie äußerten den Wunsch, ihre Ferien zur Verkündigung des Evangeliums verwenden zu dürfen. Esiteri, eine hochgestellte Tutsiwitwe, lief zu Fuß 450 Kilometer von Gahini über Kigeme nach Buhiga.

Ein Team besuchte wieder Mbarara, jene alte Festung des Anglikanismus, wo Blasio geweint und gekämpft hatte.

Wiederum predigten sie hier. Plötzlich fiel ein gläubiger Regierungsbeamter weinend und schreiend zu Boden. Immer wieder von Schmerz übermannt erzählte er, er habe Jesus gesehen, wie er bekümmert auf die Verlorenen herniedergeschaut habe, betrübt über ihren erbärmlichen Zustand. Auch andere saßen weinend da und versicherten ebenfalls, Christus sei in die Kirche gekommen, auch sie hätten ihn gesehen.

In Mukono stand Blasios freimütig geschriebene Botschaft, die erst nach seinem Tode verlesen wurde, immer noch unbeantwortet im Raum. Hier waren die Gemeindeleiter geschult worden: konventionell, orthodox, theologisch klar, geleitet von den Regeln der Kirche und der Mission. Aber der Geist des Lebens hatte sie noch nicht durchweht, und der Bischof wußte das. Deshalb bat er Joe Church und Lawrence Barham, ein Team von Afrikanern nach Ruanda zu bringen, und zum ersten Mal wohnten Afrikaner, Missionare und der Bischof unter einem Dach zusammen und erlebten ein stilles Wochenende in Gemeinschaft miteinander. Und dann wurden die Gebete von Tausenden, die gerade das kürzlich veröffentlichte Buch »Sieghaftes Gebet« erhalten hatten, erhört. Die gespannte, kritische Atmosphäre in den Zusammenkünften, das spöttische Lächeln hinter dem Rücken verschwand und machte der Anbetung und dem Weinen Platz. Es gab keine ungebildeten Afrikaner mehr, die wie Marionetten auf einer Bühne von neumodischen Missionaren über ihren wahren Stand hinaus geschubst wurden. Es waren Männer Gottes. Ungefähr vierzig Namenschristen trafen erstmalig eine echte Entscheidung für Christus, und der Sonntag endete mit einer von Freude erfüllten Lob- und Dankversammlung, charakterisiert durch einen Teilnehmer, der nur seine Hände emporreißen und schreien konnte: »Jesus, du bist ein wunderbarer, wunderbarer Erlöser für mich!«

In Kako versammelte sich in der großen Kirche, in der Fledermäuse herumflatterten, gewöhnlich eine beachtliche Gemeinde, und auch dieser Ort wurde erschüttert. Ein Bekehrter verkaufte sein Geschäft und ging fort, um im entfernten Tansania die Erweckung zu predigen. In Bweranyangi schloß sich ihnen ein junger Mann an, dessen Stimme später in der ganzen Welt gehört werden sollte – William Nagenda. Der junge Pastor dort war Erica Sabiti, der später Erzbischof der Kirche von Uganda, Ruanda und Burundi werden sollte. Hier geschahen außergewöhnliche Dinge. Der Viehtreiber Anderea ging eines Abends auf eine heidnische Hochzeit, als dort ein Mädchen voll Panik aufschrie: »Schau, dahinten beim Vieh brennt's!« Große Angst überfiel ihn. Er fühlte sich gedrängt, in die dunkle Kirche zu gehen, um zu beten. Er wich aus, aber die Stimme ließ ihm keine Ruhe. Schließlich ging er zitternd den Berg hinauf und fand, daß die Kirche matt beleuchtet war. Ungefähr dreißig andere hatten auch die Stimme gehört und waren weinend durch die Dunkelheit gekommen, um Gott zu suchen.

Auch Samsoni fühlte in dieser Nacht eine unbekannte Furcht und streckte seine Hand aus, um sich an seinem Amulett festzuhalten. Aber jemand ergriff seine Hand und sagte: »Bring dies zu Sabiti.«

Erschrocken rief er seine Frau und brach sofort gemeinsam mit einem Mädchen aus einem Nachbarhaus auf, das rief: »Ich will auch meine Amulette verbrennen.« Ein bekannter Trunkenbold amüsierte sich gerade wie gewöhnlich, als eine Stimme sprach: »Warum verspottest du mich?« – und zitternd stand er auf, goß seine Flaschenkürbisse mit Bier auf den Boden aus und eilte schnell zu den Versammlungen.

Die Evangelisten gingen über die Grenze nach Burundi. In Buhiga bekehrte sich ein berühmter Zauberdoktor, der öffentlich seine Knochen, Medaillen und all seinen Plunder ablegte und der vor Schreck gelähmten Menge sagte, daß die Amulette wertlos seien und er jetzt Christus gefunden habe. Gestohlene Güter wurden zurückgebracht, Sünden wurden bekannt. Aus Matana schrieb Dr. Sharp: »Zum gewöhnlichen Sonntagmorgengottesdienst am 13. Juni kamen viele mit dem tiefen Bewußtsein ihrer Sünde. Ungefähr sechzig blieben auch anschließend noch da. Einer nach dem anderen bekannte Gott laut seine Sünden und bat ihn um Gnade. Es war für uns eine große Freude, den Weg der Erlösung zeigen zu dürfen und zu hören, wie einer nach dem anderen Christus annahm und ihm für Vergebung und Erlösung dankte.«

Auf dem Berg, oben in Shyria in Ruanda, beteten und warteten Dr. Norman James und Frau mit Berthe Ryf darauf, daß der Wind Gottes auch sie erreichte. Besucher aus Gahini, die von dem erfüllt waren, was sie gesehen und gehört hatten, brachten diesen Hauch Gottes. So legten sie in Shyria zwei Tage lang ihre Arbeit nieder und kamen zusammen, um über Sünde, Buße und Erlösung zu sprechen.

Am zweiten Tag erkannten einige ihre Sünden. Ein Reichsgottesarbeiter nach dem anderen bekannte Ärger, Stolz, Diebstahl und Ehebruch. Einer gab das Geld für eine Spritze, die er noch nicht bezahlt hatte, ein anderer bezahlte sein Gesangbuch. Ein froh gewordener Junge bemerkte: »Meine Güte! Die Wiedergeburt ist eine wunderbare Sache. Als wir zur Versammlung kamen, hatte ich nicht die Absicht, aufzustehen, aber der Heilige Geist redete zu mir. Als ich sah, daß Frau James neben mir saß, dachte ich, ich könnte ihr nie bekennen, daß ich ihren Zucker gestohlen habe. So saß ich einfach da und vergrub meinen Kopf in meinen Händen, bis ich nicht mehr länger sitzen konnte. Ich bin fast in den Boden versunken, als ich aufstand und meine Sünde bekannte.«

Später kamen die Hindleys, voll Freude über den neuen Segen, den sie in Kigeme erfahren hatten, nach Shyria. Nach anfänglichem Zögern trat dort einer nach dem anderen ins Licht und ließ seine Fassade der Ehrbarkeit und Heuchelei fallen. Der Vorsteher, seine Frau, der erste Lehrer, der erste Krankenhausbeamte und der dort wirkende Pastor bekannten alle, daß sie jahrelang in geheimer Sünde gelebt hatten. Die Frau des Evangelisten hielt eine Taschenlampe empor und sagte: »Letzte Nacht ist mir Gott begegnet. Sein Heiliger Geist leuchtete in mein Herz, wie ich mit dieser Lampe auf meine Freundin leuchte, und hat mir mein eigenes böses Herz gezeigt.«

Auch die Leprasiedlung wurde nicht übergangen. 1936 besuchte ein Team aus Gahini die Bwana-Insel. Ein Patient aus Kigeme namens Simeoni wurde tief berührt. Er hatte als Pfleger im Krankenhaus gearbeitet und wurde von schrecklichen Ängsten geplagt. Angst vor dem Tod, weil er nicht erlöst war, Angst vor dem Leben, weil seine Krankheit voranschritt. Doch um die Geschichte mit seinen eigenen Worten zu erzählen: »An jenem Tag traf es mich mehr als je zuvor in mein Herz. Eine Stimme sagte: ›Tue Buße‹, aber auch der Satan sprach: ›Tue Buße, aber sündige ruhig weiter. Nimm weiter die Medizin aus dem Glas, aber bekenne das nicht.‹ – ›Werde ich Frieden haben, wenn ich dies tue?‹ fragte ich mich selbst und bat meine Frau, mir einen Rat zu geben. ›Hör auf zu stehlen‹, sagte sie, ›aber bekenne es nur nicht.‹

So fand ich keinen Frieden und konnte den Leuten auch nicht ins Gesicht schauen, weil mich die Dunkelheit meiner Sünde drückte. Eines Tages konnte ich es nicht mehr aushalten. Ich brachte es ans Licht und bekannte. Es gab keinen anderen Weg. Meine Freunde sagten: ›Er ist verrückt‹, aber ich habe Frieden gefunden.« Kurz danach bekehrten sich zwei andere, und diese drei wurden ein Gebetsteam, das für andere einstand. Diese ärgerten sich darüber, setzten ihnen zu und hängten ihnen unberechtigt Schuld an. Das Leben wurde hart und schwer. Eines Abends betraten zwei von ihnen, kurz vor Sonnenuntergang, wenn der See still und golden daliegt, die kühle, düstere Kirche und begannen zu singen und zu beten. Vielleicht waren sie ihres bedrängten, geächteten Lebens müde, vielleicht dachte Simeoni an seine vier kleinen Töchter, die an den Ufern des Bunyoni begraben lagen.

Auf jeden Fall sangen sie immer wieder das Lied mit dem Refrain:

> In der ewigen Herrlichkeit
> treffen wir uns an jenem
> wunderbaren anderen Ufer!

Und während sie sangen, stahl sich ein Patient nach dem anderen in die dunkler werdende Kirche, um mit ihnen zu singen – die Lahmen, die Blinden und Mißgebildeten freuten sich in der Hoffnung, einander am anderen Ufer zu treffen. Bald war das Gebäude voll, und sie sangen und beteten bis zum Morgen, immer und immer wieder, während die Sonne am Himmel emporstieg. Die Arbeit im

Krankenhaus war offenbar vergessen (man kann gut verstehen, daß überarbeitete, streßgeplagte Schwestern nicht immer sehr erbaut von dieser Erweckung waren). Dr. Symonds kam von Kabale herüber, um Visite zu machen, und fragte sich, wo seine Mitarbeiter waren. Aber auch er schloß sich der großen Gemeinde an, und sie sangen, bis die Stimmen versagten.

»Ich war vor lauter Umarmungen schon ganz erschöpft«, führte Simeoni weiter aus, als er die Geschichte dreißig Jahre später erzählte. »Am dritten Tag taten viele, viele Buße und wurden errettet. Auch meine Frau. Ich hörte auf, mir über meine Krankheit Gedanken zu machen. Langsam ging es mir besser, und ich betete für ein Lepra-Krankenhaus in meinem eigenen Land.«

Gott erhörte sein Gebet, und später ging er an das erste Lepra-Sanatorium in Burundi, wo er zwölf Jahre als Krankenpfleger arbeitete und viele zu Christus führte. Sein Gesicht leuchtete, wenn er seine Geschichte erzählte. »Weil ich krank war, fand ich Christus. In meiner Verzweiflung erzog er mich wie Jona im Bauch des Wales, und er zog mich heraus aus meinen Sünden.«

Evelyn Lonley berichtete von vielen, die in jener Zeit Kleider, Bettlaken und alle möglichen gestohlenen Güter zurückbrachten. Aber vielleicht war das Hauptmerkmal der Erweckung das neue Leuchten und der Mut, der auf den zerstörten Gesichtern geschrieben stand, das neue Gefühl der Nähe Jesu in ihrem Leiden und in ihrer Schwachheit. Ein alter Mann bestand darauf, in seiner eigenen Hütte weiterzuleben, obwohl er schon lange im Krankenhaus sein sollte und die Krankenschwester in ihn drang: »Ich mache mir Sorgen, wenn du die ganze Nacht allein bist.«

»Ich bin nie allein«, entgegnete der alte Mann. »Wenn die jungen Kerle weggehen und in der Nacht die Türe schließen, dann kommt Jesus herein und bleibt bei mir. Wenn sie dann am Morgen kommen und aufmachen, geht Jesus hinaus . . .« So wartete er jeden Tag auf den Abend, an dem sein Herr kam, um bei ihm zu bleiben.

Kapitel 12

Der »große weiße Mann« lernt um

Es war eine Zeit der Freude und der Sorgen; eine Zeit des Konfliktes und der Versöhnung; eine Zeit des Verwundens und des Heilens – und kein Herz war zerrissener, unsicherer und niedergedrückter als das der Missionare selbst. Einige freuten sich, andere hatten Angst, wieder andere stellten sich öffentlich gegen das, was geschah. Sie trennten sich oft von den Afrikanern und zerstritten sich auch untereinander. Deshalb ist es gut, auf diese stürmische Zeit zurückzuschauen und zu verstehen zu suchen, was solche Trennungen und – in einigen Fällen – solche Bitterkeit und Entfremdung verursachte.

Zuerst muß man einmal den Hintergrund dieser Missionare beleuchten. Trotz all ihres Glaubens, ihres Mutes und ihrer völligen Hingabe an Christus waren sie Kinder ihrer Zeit, und ihre Zeit war die des Vorkriegskolonialismus. Als Eduard, der Prinz von Wales, sie besuchte, wurde in Uganda der stolze Slogan verkündet: »Sag deinem Vater, daß es mir unter seiner Herrschaft gut geht« – ein Slogan, der den Afrikanern wahrscheinlich nicht paßte. Es war der naive Glaube der Kolonialisten, daß alle Menschen, die unter der britischen Flagge leben durften, in ihren Privilegien beneidenswert seien. Und einesteils hatten sie damit sogar recht. Die Briten hatten die Schule, medizinische Hilfe und vermehrten Wohlstand gebracht. Ihre Hausburschen wurden gut behandelt – vorausgesetzt, sie wußten, wo ihr Platz war. Und weil der Afrikaner vom Lande das ruhige Leben liebt und schlau ist, bekannte er sich meist in der Öffentlichkeit zu der kolonialen Konzeption, obwohl er hinter den Kulissen sein eigenes, unverändertes Privatleben still weiterführte. Nur wenige Weiße wußten etwas von der wahren Persönlichkeit hinter der gehorsamen, untergebenen Fassade. Auch die meisten Missionare bildeten da keine Ausnahme – voll Liebe und Hingabe, aber unbewußt doch patriotisch und von sich überzeugt. Und weil sie nie etwas anderes gehört hatten und wußten, betrachteten sie sich als weiße, wohltätige Häuptlinge unter einfachen Afrikanern, die demütig alles annahmen, was sie anzubieten hatten, einschließlich des Evangeliums.

Sie waren zudem Produkte ihrer Klasse. Die meisten Missionare in den zwanziger und frühen dreißiger Jahren gehörten zu dem, was man in jenen Tagen als gehobene Mittelklasse bezeichnete. Die Männer waren gewöhnlich in öffentlichen Schulen und Universitäten erzogen worden, wo jegliche Äußerung von Begeisterung als Tabu galt und jegliches Zeigen der Gefühle als schlechte Umgangsform bezeichnet wurde, wo Selbstbeherrschung und Untertreibung die Maßstäbe eines starren Codes waren. Wer diesen Code brach, lief Gefahr, seine gesellschaftliche Stellung zu verlieren. Wenn die Gefühle einmal überflossen, dann nur in der abgeschiedenen Einsamkeit des eigenen Zimmers.

Aber Gott machte da nicht mit. Er wollte der Welt ein neues Konzept von Gemeinschaft zeigen, das über sozialer Stellung, über Rasse, Hautfarbe und Vorurteil stand. Das war die einzige wirksame Antwort auf Krieg, Haß, Rassenschranken und Apartheid. Und vielleicht erwählte er diese Gruppe von Missionaren, um durch sie Beispiele zu setzen, denn trotz all ihres ungeborenen Stolzes, ihrer Starrheit und ihrer unbewußten Reserviertheit liebten sie ihn und wollten nach seinem Willen handeln.

Vielleicht war die erste Hürde, die auf sie zukam, Joe Churchs Bestehen auf einer Bruderschaft von Schwarz und Weiß, und nach Kolosser 3, 11 war dies die einzig mögliche Basis, auf der eine selbstverwaltete, sich selbst tragende Eingeborenenkirche wachsen konnte. Aber schon die aufkeimende Idee löste Bestürzung aus. Sie ging an die eigentlichen Wurzeln der Konvention und drohte das ganze gesellschaftliche System aufzulösen. Einige Missionare prophezeiten nichts Gutes über Frau Guillebauds Gewohnheit, den Afrikanern zu erlauben, jeden Sonntag zum Singen in ihr Haus zu strömen, auch hielten sie nichts von Joe Churchs Art, sie in seinem Zimmer sitzen zu lassen. Auch wenn diese afrikanischen Führer in ihrer geistlichen Position wuchsen und von Gott in Ostafrika mehr gebraucht wurden als jeder Missionar, akzeptierte man sie nur mit Vorbehalt, manchmal überhaupt nicht. Herr Clarke riskierte öffentliche Kritik, als er Blasios Team einlud, die Evangelisationstage in Mbarara zu leiten, aber er konnte sie nicht – das war völlig unmöglich – einladen, in einem europäischen Heim zu wohnen und zu essen. So wurden sie in drei kleine afrikanische Häuser geschickt. Blasio schrieb darüber: »Wir wohnen nicht alle am gleichen Ort, sondern sind über ganz Mbarara verstreut. Wir wollten ernsthaft zusammen beten, aber Gott plante es anders. Wir versuchten auch, alle an einem Ort zu schlafen, aber Gott wünschte es nicht.«

Es war Bischof Stuart von Kampala, der als erster vor der Mukono-Tagung das ganze Team zu einem stillen Wochenende in sein Haus einlud und somit öffentlich der christlichen Gemeinde in Uganda demonstrierte, daß Bruderschaft auf beiden Seiten gleicherweise gefahrlos und wünschenswert war.

Ein anderer wichtiger Schritt nach vorn wurde in Kenia – jener Festung des Kolonialismus – gemacht, als 1937 Missionare und afrikanische Pastoren das erste Mal bei einer Tagung zusammen auf der Plattform saßen und vor einer gemischten Zuhörerschaft sprachen. Ein Vorgehen, dem sich einige heftig widersetzten. Aber diese Idee faßte Wurzel, und es erwies sich, daß Bruderschaft in Christus wirklich eine neue Beziehung bedeutete. Und die dort in Kenia erlebte Gemeinschaft, die die verschiedenen Rassen vereinte, war die einzige Lösung für die Schrecken des späteren Mau-Mau-Aufstandes, die einzige loyale Verbindung, die die Menschen zusammenhalten konnte. »Durch das Erleben dieser Verfolgung«, schrieb jemand, der in jener Zeit dort war, »wächst in Kenia ein neues Konzept von Gemeinschaft. Gemeinschaft zwischen Afrikanern und Afrikanern; Gemeinschaft zwischen Afrikanern und Europäern, und von dieser Gemeinschaft hängt in der Hauptsache die Zukunft Kenias ab. Der Weg der Gemeinschaft ist die einzige Hoffnung für Kenia, aber er kostet etwas. Er kostete das kostbare Blut des Sohnes Gottes selbst und das Blut von Märtyrern; und es ist nicht nur Kenia, das diesen Preis zahlen muß, denn der Weg der Gemeinschaft ist der einzige Weg für die ganze Welt.« So lernten die Christen allmählich jene Wahrheit, von der Dr. Aggrey, der große Afrikaner an der Goldküste, schrieb: »Du kannst auf dem Klavier eine Melodie auf weißen Tasten spielen oder auf schwarzen, aber um echte Harmonien zu schaffen, mußt du die schwarzen und die weißen Tasten zusammen gebrauchen.«

Dann war da das Problem der Gefühlsausbrüche. Das Rufen, das Tanzen, die hysterische Ausdrucksweise, die einem englischen Gentleman und Soldaten so zuwider waren, schienen völlig auf die zugeschnitten, die erst kürzlich aus dem Heidentum gekommen waren und keine andere Art kannten, um überströmendes Leid oder extreme Freude auszudrücken. Viele, die um Erweckung gebetet hatten, waren erschrocken, als sie kam. Es ist heute leicht einzusehen – nach langen Jahren –, wie sehr das vom Temperament abhing und wie töricht es von den Afrikanern war, darauf zu bestehen, daß es ohne Weinen und Zittern kein echtes Werk des Geistes geben könne. Wie unweise aber von den Missionaren, das, was aus solcher Freude und solchem Dank kam, so zu verurteilen. Aber es war schwer, in der Hitze des Gefechts echte Werte unterscheiden zu können, und gewisse Missionare konnten es einfach nicht ertragen und verließen das Missionsfeld. Es gab auch folgenschwere »Unregelmäßigkeiten«. Von einem bewegten Krankenhausmorgen schrieb eine Schwester: »Der erste Assistent ist fort, um Zeugnis zu geben, und der Doktor ist sonst irgendwo.« Es half nichts, Öl auf die Wogen zu gießen, denn der genannte Arzt würde ihr sowieso sagen, geistlicher Segen ginge Terminplänen vor, und sie solle sich hüten, den Segen aufzuhalten.

Auch der Schule in Kabale glitten die Dinge aus den Händen. »Diese Erweckungen sind in Ordnung«, schrieb ein verantwortlicher Lehrer, » aber wenn du solch ein ungebildetes Volk hast, das sich in solch einen rasenden Zustand bringen kann und das auch tut, dann bin ich der Meinung, daß wir sie nicht in diesem führungslosen Zustand, in dem sie bis tief in die Nacht Lieder singen und immer wieder Gebetsversammlungen besuchen, lassen können. Eine Lehrerin, die für den Speisesaal der Schule verantwortlich war, kam nur zu den Mahlzeiten und ging dann sofort wieder weg, um zu singen und zu beten. Man kann sich den Zustand des Speisesaals vorstellen. Aber als ich mich bei ihr beschwerte, antwortete sie: ›Ich habe keine Augen für die Dinge dieser Welt; ich sehe nur die Dinge Gottes.‹ So etwas passierte täglich ein paarmal, und so habe ich mich entschlossen, die beiden Gruppenführer nach den Ferien nicht wieder anzustellen.« Es wurde ihnen mitgeteilt, man habe keinen Raum für sie – ein Vorgehen, das von anderen Missionaren heftig kritisiert wurde.

Dennoch bestand kein Zweifel, daß diejenigen, die die emotionale Phase hinter sich gebracht hatten, in einer geistlichen Stärke und einem inneren Leuchten weitergingen, die die müden, verwirrten Missionare direkt in den Schatten stellten. Auch wurden einige dieser Missionare durch die schrecklichen Enthüllungen und Bekenntnisse ihrer treuen Mitarbeiter tief gedemütigt, weil sie vorher so lobend über sie in den Gebetsbriefen geschrieben hatten. Wie war wohl Harold Guillebaud zumute, als plötzlich sein Mitarbeiter bei der Bibelübersetzung aufstand und alles Zauberzubehör vorlegte? Was mag in den anderen vorgegangen sein, als ein geachteter Kirchenführer nach dem anderen von sich Unmoral, Diebstahl und Trunkenheit bekannte! Was hatten all ihre Jahre im Gebet und in der Arbeit gebracht? Wahrscheinlich nichts!

Und dann, was noch härter zu tragen war, begannen die gleichen »Bekehrten« von ihrem neuen, glühenden Standpunkt aus in ihrer Einfältigkeit sich gegen genau diese Missionare zu wenden, die sie zu Christus geführt hatten, belehrten sie und lasteten ihnen Kälte, mangelnden Eifer oder – in extremen Fällen – überhaupt fehlende Wiedergeburt an. Man kann sich vorstellen, wie, je nach Temperament, deren Gefühle kochten: der verwundete Stolz und der Ärger, die Versuche der Rechtfertigung, die Demütigung und das lähmende Gefühl des Versagens, schließlich die Anfechtung, zu verzweifeln, alles stehen zu lassen und nach Hause zu gehen.

Verletzt von den Afrikanern, oft ihren Mitmissionaren entfremdet, weil es extreme linke und rechte Flügel und noch viele andere Meinungen dazwischen gab, – an wen sonst als Christus selbst hätten sie sich da wenden sollen? Sie hatten so hart gearbeitet und so viel geopfert. Nun mußten sie einsehen, daß ein »zerbrochener, gedemütigter Geist« das letzte Opfer war, das Gott von ihnen forderte. Einer nach dem anderen begannen sie genau das zu tun, was die Afrikaner getan hatten – nur daß man es nach außen hin nicht so merkte. Sie fingen an, die Kritik anzunehmen, ihre eigene Sünde zu bekennen, sie auf Jesus zu legen; und sie erhielten einen Frieden und eine Gemeinschaft, die sie vorher noch nie gekannt hatten. Die alte Fassade der Überheblichkeit und die Rassentrennung waren niedergerissen, sie brauchten einander niemals mehr etwas vorzumachen.

Andererseits mußten die, die kritisch und hart gewesen waren, Toleranz, Nachsicht und Demut lernen. Dr. Adeney schrieb: »Ich erinnere mich, wie wir Missionare in Buhiga – nachdem der stabilisierende, weise Einfluß von Bert Jackson nicht mehr da war – versuchten, die Kirche zu reinigen. Wir entschieden, es sollte niemand predigen, der noch nicht erweckt worden war. Ein leitender Bruder, von dem wir annahmen, daß etwas nicht stimmte, wurde von unseren Versammlungen ausgeschlossen, bis er Buße tat. Welche Kälte kam über den Ort, der so voll des Lobes gewesen war! Schließlich entwickelten sich die Dinge so unglücklich, daß wir nach Lawrence Barham aus Buye schickten und uns alle bei uns zu Hause trafen – keiner ausgeschlossen. Eine kleine Schlange glitt herein, und wir töteten sie mit einem Stock. Gerade dieser Zwischenfall schuf einen wunderbaren Text für Lawrences Botschaft.

Die Schlange hatte nämlich ihren Kopf erhoben und versucht, Widerstand zu leisten, genauso, wie wir oft kämpfen und uns selbst rechtfertigen. Der Herr hat Psalm 22 auf sich selbst bezogen. Dort sagt er: »Ich bin ein Wurm und kein Mensch«, und Würmer leisten keinen Widerstand. Wie gebrauchte der Herr diese Botschaft, um uns zu beugen; und mit echter Betrübnis baten wir den um Vergebung, den wir ausgeschlossen hatten. Von diesem Zeitpunkt an war es möglich, mit neuer Liebe zueinander weiterzugehen.«

»Drei Evangelisten kamen nach Buhiga«, schrieb ein engagierter Pionierarzt, »und während eines Gesprächs mit mir sagten sie, daß ich ihrer Meinung nach nicht wiedergeboren sei. Ich war in der Tat auf falscher Fährte. Zu meiner Überraschung wurden sie von vier leitenden Christen in Buhiga unterstützt. Sie führten verschiedene Gründe für ihre Meinung an, unter anderem, daß ich niemals öffentlich unter Tränen meine Sünden bekannt hätte und nicht die Bedeutung eines zerbrochenen Herzens kannte. Ich dachte, sie verwechselten Heiligung mit Erlösung, aber es wurde deutlich, daß sie genau das meinten, was sie sagten. Als sie darauf beharrten, schickte ich nach dem Erzdiakon, der nach viel Überlegen und Gebet versuchte, das Mißverständnis zu erklären . . . Gott hat mir durch dieses demütigende Erlebnis vieles gezeigt. Betet, daß ich alles lerne, was er mich lehren möchte.«

»Das Problem beginnt, glaube ich, so«, schrieb Bert Jackson. »Ein Neubekehrter spürt so eine heftige Abneigung gegenüber seinen alten, heidnischen Ideen, daß er geneigt ist, überall Schlechtes zu finden. Besonders hält er danach bei uns Ausschau, und zu unserer Schande findet er auch oft, was er sucht. Dann sagt er: ›Wie kann ein Kind Gottes die Werke des Satans tun?‹ Und eine harte, verdammende Haltung kennzeichnet in seinen Augen den starken, furchtlosen Christen. Es ist für einen Missionar nicht leicht, wenn ihm gesagt wird, er sei noch nicht einmal ein Kind Gottes; wenn keine Belehrung, die er weitergibt, ein Echo findet. Aber es erweist sich in Buhiga, daß ein stiller, ruhiger Geist am Ende immer die Oberhand behält. Ich meine, jede Kritik, auch wenn sie von einem jungen, unerfahrenen Christen kommt, sollte zur Folge haben, daß wir uns vor Gott beugen und ihn bitten, uns zu zeigen, ob da etwas dran ist. Wenn nach allem sorgfältigen, ernsthaften Suchen der Friede Gottes bleibt – warum regen wir uns dann so auf?«

»Es ist doch ein tief demütigendes Erlebnis«, schrieb Dr. Stanley Smith, »wenn einem die Ärmlichkeit seines Dienstes gezeigt wird. Es waren ja Männer und Frauen, die gerade eben wiedergeboren waren. Auf einige von ihnen schauten wir wie auf unsere strahlendsten Trophäen herab und berichteten über sie in den Ruanda-Nachrichten. Doch nach ihrem eigenen Bekenntnis stahlen sie, tranken sie und begingen alle möglichen Arten von Sünden, die uns nicht bekannt waren. Einer rief mit Jesaja aus: ›Meine Schwachheit, meine Schwachheit!‹ Aber dieses Gefühl der Unwürdigkeit ist keine ungesunde Sache. Es gehört zu den befreiendsten Erfahrungen im Leben, denn es bringt Befreiung von der Bindung des Stolzes mit sich; und nach Johannes 16, 8, fragt man sich, ob überhaupt ein echtes Wirken des Geistes ohne dieses tiefe Empfinden der persönlichen Unwürdigkeit geschehen kann. Ich glaube, dies ist Gottes normale Art zu wirken. Meines Erachtens läßt uns Gott allein, wenn wir auf unsere unzulängliche Kraft bauen, weil wir glauben, wir müßten uns selbst managen und darstellen. Dann kommt er zu seiner Zeit, fegt uns schwache Kreaturen beiseite und wirkt. Und wir sagen: ›Wie außergewöhnlich!‹, aber ich glaube, daß dies, wenn es nicht von unserem Unglauben gehemmt wird, seine normale Art des Wirkens ist. – Ich glaube, wir sind bald am Ende unserer Schwierigkeiten, aber betet nicht, daß sich die Dinge ›legen‹. Wir möchten niemals mehr zu unserer eigenen Selbstzufriedenheit zurückkehren. Betet, daß das Feuer nicht erlischt!«

Es war Dr. Stanley Smith, der vielleicht mehr als irgend ein anderer in dieser Zeit vermittelnd wirkte, weise, sanft und tolerant. Und als im Jahre 1938 die Schwierigkeiten und Trennungen ihren Höhepunkt erreicht hatten, trafen sich die ausgelaugten Missionare zu einer Konferenz in Gisenyi, dem Regierungsstützpunkt am See Kivu im Nordwesten Ruandas. Der See liegt ungefähr 150 m über dem Meeresspiegel und ist 78 Kilometer lang. Seine Ufer erheben sich zu den 2750 m hohen, waldbedeckten Bergen. Die Wasser sind klar und friedevoll; aber die Konferenz schien stürmisch zu werden. »Gott zeigte uns etwas von dem, was völlige Hingabe bedeutet«, schrieb Dr. Symonds, »und wir erfuhren, daß es keine leichte Sache ist, zerbrochen zu sein, und daß er dies doch jeden Tag von uns fordert. Wir erkannten auch mehr denn je die Möglichkeit eines Lebens echter Gemeinschaft untereinander und mit den Afrikanern. Zweifellos sind viele hier schon weiter als wir. In ihrer Sicht sind wir nicht länger mehr ›Der große weiße Mann‹, sondern sie sehnen sich nach gemeinsamem Wandel und Wachstum mit uns.«

»Für Euch im selbstzufriedenen England ist das schwer zu realisieren«, schrieb Bill Church, »aber wir wissen nun, daß Gott uns im Feuer der Erweckung gezüchtigt und geläutert hat. Es gab ein Zerbrechen und dann eine Freude, wie wir sie noch nie vorher erlebt hatten. Obwohl sich einige davor fürchteten, folgten wir der Leitung der Afrikaner in Buye und widmeten einen ganzen Tag dem Thema ›Hindernisse der Erweckung‹. Es gab viele Zeugnisse der Zerbrochenheit, aber dann wehte der Wind Gottes unsere Ängste hinweg, und Friede und Gemeinschaft kamen. Es gab keinen, der davon nicht berührt wurde.«

Die Missionare gingen gedemütigt und voll Freude an ihre Arbeit zurück und waren bereit, die Probleme in einem neuen Geist anzugehen, selbst innerhalb der Bewegung stehend und nicht von außen als kritische Beobachter. Einer nach dem anderen, jung und alt, kamen sie von ihren Podesten des Stolzes, der Überheblichkeit und der Kritik herunter und nahmen demütig in den Reihen derer Platz, mit denen sie gemeinsam wandeln wollten. Der frohen Zeugnisse in diesen und den folgenden Jahren gibt es viele. Männer und Frauen fanden einen Frieden, den sie nie gekannt hatten, weil sie alles Wetteifern und alle Heuchelei fallen ließen, Kritik annahmen und bereitwillig der Realität ins Auge sahen – sie zumindest langsam kennenlernten. Peter Guillebaud schreibt: »Als ich nach Afrika ging, hatte ich von der Erweckung gehört und begrüßte sie, obwohl ich einen kritischen Brief von meiner Verlobten bekommen hatte. Ich war mir sicher, daß Erweckung das Grundbedürfnis der Gemeinde sein sollte. Doch als ich dort und verheiratet war, als ich mich niedergelassen hatte, wurde ich bald sehr kritisch. Die afrikanischen Brüder waren zu offen, und das Licht schien hell. Es gab viel zu kritisieren, und natürlich debattierte ich mit ihnen darüber, mit der Bibel in der Hand – besonders dem 1. Johannesbrief –, daß ihre Auslegung der Schrift nicht korrekt sei. Später sah ich, wo die eigentlichen Wurzeln meines kritischen Verhaltens lagen:

1. in der fehlenden Bereitschaft dem Herrn gegenüber, mir die Sünde in meinem eigenen Leben zeigen zu lassen – besonders Stolz und Eigenwillen,

2. in meinen Vorurteilen gegenüber anderen Hautfarben.

Am meisten ereiferte ich mich über die in meinen Augen empörende Keckheit der afrikanischen Brüder. Ich werde rot vor Scham, wenn ich auf die Barschheit und den Stolz zurückschaue, die ich als junger Missionar hatte; wenn ich daran denke, wie ich mich mit Missionaren herumstritt, die alt genug waren, um meine Väter zu sein, die mit dem Herrn wandelten, wie ich es in dieser Tiefe gar nicht kannte. Aber schlimmer noch: Ich muß auch an meine arrogante Haltung gegenüber den lieben afrikanischen Gläubigen denken. Ich bin so dankbar für ihre Geduld damals, für ihre Entschlossenheit mir gegenüber. Ich erinnere mich an eine Fahrt im Auto zusammen mit Yosiya Kinuka, dem ich so viel verdanke. Ich diskutierte heftig mit ihm und zitierte die Bibel am laufenden Band, doch in einem stolzen, besserwissenden Geist.

Schließlich sagte er traurig zu mir: ›Ihr Missionare kennt die Bibel zum Teil so gut, aber ihr seid wie einer, der eine Kiste Munition, aber kein Gewehr hat.‹

Schließlich nahm mich der Herr in die Schule, brachte mich zurück zum Kreuz und zeigte mir, daß der Weg mit Jesus wieder am Kreuz beginnt. Kolosser 2, 6 sprach mich an: Wie ihr nun angenommen habt den Herrn Jesus Christus, so wandelt in ihm. Das ist eine Lektion, die ich ständig neu lernen muß.«

Elisabeth Guillebaud schreibt: »Die Leute fragen: ›Hast du die Erweckungsbewegung erlebt?‹ Und die Antwort lautet: ›Nein.‹ Wir gingen nach Uganda auf Urlaub, und dort zeigte uns Gott durch das Zeugnis eines jungen Erweckungsführers unseren Stolz. Bei unserer Bekehrung waren wir als Sünder zum Kreuz gekommen, aber wir hatten uns von ihm entfernt, wir waren mit unserer Bibelkenntnis, unserer Missionsausbildung und ›Reife‹ stolz geworden. Wir wurden von Gott zerbrochen; uns wurde gezeigt, daß wir zurück zum Kreuz gehen, daß wir ständig als Sünder zurückkommen mußten. Als wir nach Buye zurückkehrten, waren wir auf einmal mitten in der Gemeinschaft derer, die durch die Erweckung gesegnet worden waren. So leicht war das. Als wir mit Gott in Ordnung kamen, waren wir eins mit diesen Leuten. Es gab immer noch Dinge, die uns nicht gefielen, aber wir konnten dies nun in Gemeinschaft miteinander klären und uns nicht als überhebliche Kritiker betrachten.«

Fräulein Skipper hatte die Schule in Gahini durch sehr bewegte Zeiten gesteuert und schrieb: »Im letzten Juni geschah eine große Ausgießung des Heiligen Geistes, und dieses Licht brachte eine Sündenerkenntnis, die für uns alle eine Offenbarung war. Denn vorher war es uns einfach nicht möglich, zu sehen, was in den Gedanken der afrikanischen Frauen vor sich ging. Nun hat sich die Szene völlig verändert, und es ist eine ganz neue Gemeinschaft zwischen Afrikanern und Europäern entstanden. Vorher waren wir zwei ganz verschiedene Stämme. Die Europäer hielten sich für bessere Menschen, die nicht sündigen konnten. Der Heilige Geist hat in Christus ein echtes Band geschaffen, das niemals mehr zerrissen werden kann. Es gibt nichts außer Sünde und einem schlechten Gewissen, das irgendeinen Afrikaner davon abhalten könnte, uns zu sagen, was er oder sie in ihrem Herzen über uns denken – zu unserem Besten.«

»Menschlich gesprochen« – schrieb Fräulein Langston – »danke ich den treuen Afrikanern dafür, daß sie so absolut ehrlich gegenüber uns Europäern waren; aber vor allem danke ich Gott, daß er mir die Augen öffnete, damit ich mich selbst im Lichte des Kreuzes sah. Die Anklage gegen uns lautete, wir seien kalt – eine harte Nuß, aber eine Nuß, die, weil die Anklage stimmte, schließlich geknackt wurde. An der Oberfläche sah alles so gut und zufriedenstellend aus. Doch darunter, wo war dort Leben? Tief drinnen gab es nicht-wiedergeborene Menschenleben; und nach einer unruhigen Nacht sah ich, wie fruchtlos die Vergangenheit doch gewesen war, in der ich so sehr versucht habe, alles selbst zu Gottes Ehre zu tun, anstatt ihn alles durch mich tun zu lassen.«

»Während meines Urlaubs« – schrieb Rev. Gordon Bulman – »wurde mir immer mehr bewußt, wie sehr ich dem Herrn Jesus wehgetan hatte. Bei der Limurukonferenz in Kenia erfuhr ich während einer Versammlung ein wenig davon, was Hiob meinte, als er von sich bekannte, ›durchgeschüttelt und auseinandergebrochen zu sein‹. Ich weiß nicht mehr genau, was der Redner sagte, aber ich begann wie Hiob zu beten: ›Dein Auge hat mich gesehen. Darum spreche ich mich schuldig und tue Buße in Staub und Asche.‹ Welch Erstaunen, als ich zurück nach Shyria kam und hörte, daß Dr. Hindley mit Frau aus Kigeme und Hilda Langston ungefähr zur gleichen Zeit ähnliches erlebt hatten.«

Eine neue und bleibende Einrichtung, die aus diesen schweren Jahren hervorging, war das Gemeinschaftstreffen. Auf fast jeder Missionsstation gab es runde, überdachte Hütten, die Gebetshütten, in denen sich einmal pro Woche jene trafen, die den Herrn liebten, um vorbehaltlos Zeugnis zu geben. Die Sünde wurde bekannt, und man lobte und pries den Herrn gemeinsam für Sieg und Vergebung. Botschaften aus der Bibel und Zeugnisse über Gottes Hilfe wurden weitergegeben. Diese einfachen Zusammenkünfte, die heute noch stattfinden, waren von unschätzbarem Wert, um die Gemeinschaft zu schützen und die Gruppe zusammenzuhalten. Nach jedem Zeugnis fallen die Anwesenden spontan in ihren fast überstrapazierten Refrain ein, der in Gruppen gesungen wird:

> Glory, glory Hallelujah
> Glory, glory to the Lamb!

»Sie sind keine besonderen Leute«, schrieb jemand, der das alles beobachtete. »Sie sind nur Teil einer großen Menge von Zeugen, die bekunden, was der Herr in ganz Ostafrika tut – einfache Menschen, die ihre Arbeit zur Ehre Gottes tun. Wir sind geneigt, uns eine Phantasievorstellung von der Erweckung zu schaffen. Wenn wir dies tun, kommt die Erweckung nie, weil die Leute dann auf die Menschen statt auf Jesus schauen. Wahre Erweckung bedeutet, zurück zum Herrn zu kommen, von der Sünde befreit zu werden und neue Freude im Alltag zu finden. *Das* ist bleibend – nicht Gefühlsaufwallungen. Äußere Zeichen – Weinen, Zu-Boden-Fallen und Träume – begleiten bestimmte Erweckungen, aber sie sind nur vorübergehend. Jesus ist Gottes Gabe an die Menschheit. Gott hat nichts weiter zu geben. *Er* ist Erweckung. Gott kann nie etwas über das hinaus geben, was er in Christus gegeben hat. Jesus ist das Zentrum.«

Kapitel 13

Schwere Jahre: 2. Weltkrieg

Gottes Zeitplan ist perfekt. Als die Mission 1939 in dunkle, schwere Jahre eintreten mußte, waren die Mühen und die Geburtswehen der Erweckung zumeist vorüber. Eine Gemeinde war entstanden, die gereinigt, erprobt und bereit war, den an sie gestellten, größer werdenden Anforderungen und den zusätzlichen Verantwortungen gerecht zu werden. Kritiker hatten gemeint, daß die Mission sich viel zu schnell und zu weit über ihre Kapazität hinaus ausgebreitet habe, um die Arbeit zufriedenstellend weiterführen zu können. Menschlich gesprochen traf das zu. Die Kriegsjahre warfen ihre Schatten voraus, und es bedurfte Zeit, um das Begonnene zu festigen und tiefere, festere Wurzeln zu schlagen.

Gott bereitete die Mission auf das, was ihr bevorsteht, durch eine ernste Finanzkrise im Jahre 1939 vor. Die Ausweitung in Burundi vor fünf Jahren war durch eine Gabe von 30000 Pfund ermöglicht worden, die in jährlichen Raten von 6000 Pfund gezahlt wurde. Man hoffte, daß am Ende der fünf Jahre das durchschnittliche Einkommen der Mission ausreichen würde, um die begonnene Arbeit aufrechterhalten zu können. Aber so war es nicht; und 1939, als die letzte Rate der Liebesgabe gezahlt war, mußten die Finanzen der Mission noch einmal überprüft und die Ausgaben drastisch gekürzt werden. Angesichts der Errichtung einer neuen staatlichen Sanitätsstation in der Nähe wurde beschlossen, das Kabale-Krankenhaus zu schließen. Und verschiedene Missionare, für die es keine Unterstützung mehr gab, mußte man bitten auszuscheiden. Was sich im Moment als Tragödie entwickelte, erwies sich als göttliche Führung: Als einige Monate später der Krieg ausbrach, dankten die Verantwortlichen Gott für das, was bereits stattgefunden hatte. Man verfügte, bis die nächste Krise kam, zumindest über eine gewisse finanzielle Basis. Denn zunächst sah es so aus, als würden die Gelder von England völlig gestrichen werden, und man schmiedete Pläne, wie man völlig unabhängig existieren könne. Alle Internatsschulen mußten sich nun selbst tragen, zumindest was Nahrung und Kleidung anbetraf. Zudem wurden alle Zahlungen und Beihilfen für Afrikaner und Europäer um 20 Prozent gekürzt und alle Baupläne aufgeschoben.

Nur der Geist Jesu, der durch den Prozeß der Erweckung in ganzer Fülle gekommen war, hatte die Afrikaner auf diese neue Entwicklung vorbereiten können. Nichts bewies die Echtheit dessen, was mit ihnen geschehen war, mehr als die Art, in der sie reagierten. Fast ausnahmslos akzeptierten sie Kürzungen an ihrem mageren Lohn ohne Murren, viele begrüßten diese Neuigkeit sogar mit Freude und Lobpreis. »Satan meint, daß er uns arm machen kann«, sagte ein junger Assistent voll Eifer, »aber das kann er gar nicht. Wir haben jetzt Christus und deshalb sind wir reich.«

»Kann uns etwas trennen von der Liebe Christi«, fragte der Lehrer in Buhiga, »wenn der Lohn ausbleibt?« – »Nein!« antwortete seine Gemeinde. »Wenn die Engländer uns verlassen?« – »Nein!« – »Wenn Hitler kommt und unsere Kirchen verbrennt?« – »Nein!« – »Warum?« – »Weil der Geist Christi in unseren Herzen wohnt!«

Finanziell gesehen waren die Aussichten in Ruanda sicher trostlos, denn das auf der Bank von Uganda liegende Geld konnte nicht mehr länger in nichtbritische Gebiete transferiert werden, und die Wechselkursrate sank alarmierend. Doch die dänische Mission setzte ein gutes Beispiel, indem sie sich fortan finanziell selbst trug. Und da es hier so gemacht wurde, war es nicht mehr so schwer zu glauben, daß dies überall so gehen konnte; und Mut und Glaube stiegen. In Gahini faßte man den Entschluß, zweiundzwanzig Kirchen zu schließen, – aber da wurden die schläfrigen Mitglieder plötzlich wach und versprachen, die Finanzierung ihrer Evangelisten selbst zu übernehmen. An fast allen anderen Orten weigerten sich die Evangelisten entschieden, ihre Herde zu verlassen, und arbeiteten ohne Bezahlung weiter. In Kabale gab es ein einstimmiges Nein zur Schließung der Evangelistenschule, und die Afrikaner erarbeiteten ein System, das totale Selbstversorgung gewährleistete. In Buye übernahm die örtliche Gemeinde die Unkosten von zwei der fünf außerhalb liegenden Gebiete, und in Shyria opferten die Lehrer ihre eigenen Gehälter, um die Schule weiterführen zu können.

In Matana diskutierte man bei einer Konferenz neben der biblischen Unterweisung Pläne, die Arbeit finanziell unabhängig zu machen, so daß es trotz der Kriegsjahre nicht nur keinen Rückschritt, sondern eher noch einen ständigen Fortschritt in der Ausbreitung des Evangeliums geben würde.

Sie arbeiteten, wie sie nie vorher gearbeitet hatten. Missionare, Afrikaner, Männer, Frauen und Kinder gingen hinaus auf die Felder, hackten gemeinsam, während die Lieder über die Bananenfelder klangen. In Kigeme erklärte Joy Gerson ihrer Schule, daß sie entweder für sich selbst und ihre Lehrer sorgen oder aufhören müßten zu lernen. Sie entschlossen sich, weiterzumachen. Die Tagesmädchen brachten täglich Brennholz und Wasser, und die Lehrer nahmen sich einen Tag pro Woche frei, um zu graben und zu pflanzen. Alle waren von sechs bis zehn Uhr morgens mit Gartenarbeit beschäftigt. Die Schule begann anschließend um 11 Uhr. Anstatt daß Herr Brazier für seine langen Trecks bezahlte Träger nahm, um die verstreuten Dorfkirchen zu besuchen, kamen die Lehrer selbst, holten ihn ab und trugen alle schweren Lasten.

Es waren glückliche, wenn auch manchmal verzwickte Zeiten, und oft kamen die fehlenden Güter »gerade rechtzeitig« an. Frau Brazier erwartete eines Tages vierzehn europäische Gäste, die auf der Reise in Richtung Süden waren, und es gab nur wenig zu essen. Doch bevor sie ankamen, sandte der örtliche Häuptling ein rundes Dutzend Männer mit einer »kleinen« Gabe: 320 Eier, 14 Hühner, 2 Kaninchen, 2 Zentner Erbsen und 80 Pfund Kartoffeln. – In Buye prüfte Canon Barham das Gemeindekonto, um zu sehen, ob noch genug Geld da war, die Lehrer zu bezahlen, und bemerkte, daß ihm 120 Schillinge fehlten. Am gleichen Tag noch kamen Briefe von zwei Freunden, in denen stand, sie hätten das Gefühl, die Mission habe zuwenig Geld. Beide hatten ihre übliche Gabe um 30 Schillinge verdoppelt und fügten einen Scheck bei, der genau 120 Schillinge ausmachte. Solche Berichte häuften sich in jener Zeit.

Die Missionare selbst taten alles, was sie konnten. Ihre eigenen freiwilligen Gaben für die Arbeit betrugen im ersten Jahr 95 Pfund. Viele Afrikaner fügten von ihrem ohnehin schon reduzierten Einkommen noch eine weitere Spende hinzu. Dennoch hätte man ohne eine gewisse Unterstützung aus England nicht weitermachen können. Dieses Problem regelte sich auf wunderbare Weise. Um die Arbeit der Außenmission zu unterstützen, wurde das anfängliche

Verbot für den Export englischen Geldes aufgehoben. »Ich bin mir ziemlich klar darüber, daß die Unterstützung der Außenmission in Kriegszeiten ein wesentlicher Teil des kirchlichen Zeugnisses ist, eine permanente und universelle christliche Pflicht«, schrieb Außenminister Lord Halifax im August 1940, auf der Höhe der Schlacht um England.

Rückblickend wird klar, daß sich diese finanzielle Krise als gewaltiger Segen für die Kirche erwies. Es war ein Schritt vorwärts aus der Abhängigkeit hinein in die unabhängige Reife. »Ich bin tief beeindruckt, wenn ich an die herrliche Vorausplanung des Herrn denke«, schrieb Dr. Stanley Smith. »Ich bin mir ziemlich sicher: Wäre die Erweckung nicht gewesen, hätte diese Krise eine Katastrophe bedeutet. Aber der Herr gab uns den geistlichen Segen, bevor er die materielle Prüfung zuließ, und so findet man den Hauptleib der Gemeinde fest im Fels aller Zeiten eingebaut. Nichts hätte uns besser lehren können, uns in völligem Vertrauen auf den Herrn zu stützen.«

Der zweite Faktor, der scheinbar einer Tragödie glich und doch im Segen endete, war der Abzug einer Reihe von Missionaren aus finanziellen Gründen. Sprossende Bäume brauchen Raum zum Wachsen, und es gab in der afrikanischen Kirche Männer, die erst jetzt in der Lage waren, volle Verantwortung und Leitung zu übernehmen. Gerade sie brauchten Bewegungsfreiheit, um ihr Wirken voll entfalten zu können. Die ständige Abwanderung vom Missionsfeld zwischen 1938 und 1940 – es gingen Männer wie Cecil Verity, Captain Holmes und »Pip« Tribe – und die Abreise anderer (auch einer Reihe fähiger Lehrerinnen und Krankenschwestern), ließen viele Gebiete führerlos und geistlich verwaist zurück. Gott aber bereitete andere Leiter vor; und gerade der »Seltenheitswert« der Missionare erweckte Kräfte, die bis dahin verborgen gewesen waren. Jim Brazier schrieb: »Die Kirche ist in der gleichen Position wie ein Afrikaner mit heranwachsenden Söhnen. Vor neun Jahren machte ich als Vater alles selbst. Ich wählte den Platz für die Kirche aus, überwachte den Bau, inspizierte das Getreide, schlichtete Streit, nahm die Kollekte entgegen. Nun habe ich junge Männer, die alle diese Aufgaben tun; und einer von ihnen, Nikodemu, wurde im Frühjahr zum Diakon gewählt. Ohne Zweifel werden andere folgen.«

Aber es gab noch weit größere Verluste während der Kriegsjahre. Lücken entstanden, die, wie es schien, nie mehr ausgefüllt werden konnten. Am 22. März 1940 wurde Erzdiakon Pitt-Pitts heim zum Herrn gerufen.

Er war 1916 das erste Mal als Kaplan unter Bischof Willis nach Uganda ausgereist: groß, gebeugt, hager, eher zart, ein typischer gläubiger Cambridge-Absolvent, makellos in seiner Kleidung, perfekt in seinen Manieren. Sir Albert Cook schrieb über ihn: »Meist vergeht eine gewisse Zeit, bevor man wirklich etwas von einem jungen Missionar auf dem Missionsfeld hat. Aber da Pitt-Pitts keine besondere Gabe hatte, Sprachen zu erlernen, und zu jener Zeit seine Dienste sowieso auf die Engländer begrenzte, fühlten wir alle schon im ersten Monat, daß mit ihm eine neue geistliche Kraft angekommen war. Zehn Jahre später wurde er zum Sekretär der C.M.S. in Kenia berufen. Dort, inmitten vieler Namenschristen, betete und kämpfte er für Erweckung.« – »Ich kann mich nicht daran erinnern, schon einmal einen Mann, der so von der Liebe Gottes entflammt war, gesehen zu haben«, schrieb ein anderer. »Einige Menschen lodern in seltener Begeisterung auf und sterben dann ab, aber er brannte immer. In ihm zeigte sich eine geistliche Kraft, die eindeutig das Ergebnis einer tiefen und ständigen Gemeinschaft mit seinem Herrn war. Die Flamme war wie ein brennender Busch.« 1935 wurde ihm auf wunderbare Weise erlaubt, die Erhörung eines besondern Gebets für die C.M.S. zu sehen, die ihn freistellte, der Ruanda-Mission (die er dann fünf Jahre leitete), als Erzdiakon zu dienen. Er trieb Seelsorge und beriet. Leidenschaftlich, nüchtern und christusähnlich wurde »Pips« einer der größten Hirten der Erweckung – mit seinem tiefen geistlichen Unterscheidungsvermögen für Wahres und Falsches und seiner stillen Abhängigkeit vom Gebet, das für ihn eine noch stärkere Kraft besaß als die eigentliche Aktion.

Monatelang hatte er an Arthritis gelitten, wobei er, während er sich einer Behandlung unterzog, seine Arbeit ohne Klagen weiterführte. Im Januar 1940 schaffte er noch die erste Versammlung des Diözesan-Konzils unter dem Vorsitz des Bischofs, aber er war schon ein sehr kranker Mann und brach mit den Goodchilds zu einem Urlaub nach Kenia auf. Als er unterwegs krank wurde, brachte man ihn zu einer Krankenpflegestation in Nairobi, wo akute Komplikationen einsetzten. Dr. Theo Goodchild blieb bei ihm und staunte über die ruhige Zuversicht, mit der er dem Tod ins Auge sah; denn er war sich ziemlich sicher, daß seine Stunde gekommen war, und traf alle Vorkehrungen. Er übertrug die Verantwortung auf jemand anderen und den Zeugnisdienst auf die, die ihm geholfen hatten. Seine einzige Sorge schien zu sein, daß er den Urlaub der Goodchilds störte. Er, der das Kreuz Christi so geliebt hatte, starb am Morgen des Karfreitags. Die Lücken schlossen sich; aber ein schreckliches Bewußtsein des Verlustes, das langsam aufkam, blieb auch noch über der ganzen Mission, als Harold Guillebaud, der im gleichen Jahr mit seiner Frau und seinen beiden Töchtern ausgereist war, um seine Übersetzungsarbeit weiterzuführen, in der Namimrembe-Kathedrale in Kampala als zweiter Erzdiakon eingesetzt wurde. Sein Sohn Peter war gegen Ende des Jahres 1939 angekommen, um Elisabeth Sutherland zu heiraten, die bereits in Burundi unterrichtete.

Der Erzdiakon reiste in sein Hauptquartier nach Buye hinab, und wo er auch hinkam, erwartete ihn ein großartiger Empfang, denn er war es, der die Gabe des Wortes Gottes den Menschen in Ruanda und Burundi in ihrer Originalsprache gebracht hatte.

Er erholte sich nie recht von einer ernsten Bronchitis, die er sich in Kampala geholt hatte.

Zu seiner großen Enttäuschung verstrichen die Wochen, ohne daß er in der Lage war, seine Aufgabe in Angriff zu nehmen. Er hatte nicht die Kraft, am ersten Ordinationsgottesdienst für einen Prediger teilzunehmen, der am Theologischen Seminar in Buye ausgebildet worden war, obwohl er selbst die Liturgie übersetzt hatte. Während die anderen in der Kirche waren, las er sich die Liturgie selbst vor. Die drei neuen Prediger besuchten ihn anschließend zum Tee. Es war vielleicht die bitterste Stunde seines Lebens, aber sein einziger Kommentar lautete: »Wenn wir das Gute aus der Hand Gottes nehmen, warum dann nicht auch das Böse!«

Man merkte bald, daß er viel Ruhe und Pflege brauchte. So brachte man ihn unter die Fürsorge von Dr. Sharp, Dr. Harold, Dr. Isobel, Dr. Adeney und Schwester Marion Lloyd nach Matana, wo es mit ihm wieder aufwärts zu gehen schien. Es war eine frohe, friedvolle Zeit; und am Sonntag, dem 6. April 1941, hielt Kosiya Shalita einen kleinen Abendmahlsgottesdienst für den Erzdiakon, seine Frau, Peter, Elisabeth, Rosemary und Lindesay ab. Trotz alledem gab es keinen Zweifel, daß er schwächer wurde, und Dr. Sharp und Dr. Stanley Smith waren beide der Meinung, daß man ihn nach Kampala bringen sollte, sobald er die Reise würde durchstehen können.

Aber er wollte nicht fort, und die Schwäche blieb. Er bat, daß man in seinem Zimmer für ihn beten möge. Anschließend vereinte sich die Gruppe zusammen mit Kosiya und allen Christen in Matana zum Gebet. Mit der Vision der unvollendeten Bibelübersetzung vor Augen und der Tausende, die nach dem Wort Gottes hungerten und dürsteten, baten sie um dieser Arbeit willen im Namen Jesu um völlige Heilung. Aber Gott hatte andere Wege, um für die Arbeit zu sorgen, und zwei Tage später antwortete er auf ihr Gebet: »Ihr bittet um langes Leben; ich gebe es ihm, langes Leben für immer und ewig.«

Am Morgen seines letzten Erdentages lasen der Erzdiakon und Frau Guillebaud zusammen Amy Carmichaels »Gold by Moonlight«. Während sie das Buch niederlegte, sagte er: »Wenn ich jemals eine Abschiedsbotschaft gebe, habe ich jetzt das Thema. Es ist der Grundtenor dieses Buches: Wenn wir die Wege Gottes am wenigsten verstehen können, dann ist es Zeit, daß wir seinen Willen vorbehaltlos anerkennen. In diesem Annehmen liegt Frieden.«

Er starb sehr plötzlich am selben Abend an einem Herzversagen – nur dreizehn Monate nach seinem Vorgänger. Der Beerdigungsgottesdienst in der Matana-Kirche, der von Canon Barham und Kosiya abgehalten wurde, wurde von Afrikanern und Europäern besucht, die aus einem Umkreis von 100 Kilometern angereist waren. Er hatte ihnen Gottes Wort gegeben, aber die Aufgabe lag unvollendet da. »Wir können uns nur die Worte des Erlösers vor Augen halten: Was ich jetzt tue, weißt du jetzt nicht, du wirst es aber hernach verstehen«, schrieb Dr. Stanley Smith. »Das Ergebnis ist, daß die Arbeit an der Übersetzung des Neuen Testamentes in Kirundi aufrechterhalten wird, denn alle Missionen in Burundi rufen danach. Betet, daß Gott jemanden auserwählt, der für diese lebenswichtige Aufgabe besonders gerüstet ist.«

Dr. Stanley Smith arbeitete bereits mit Hochdruck für das Alte Testament in Ruanda, und es schien sein prophetischer Blick zu sein, der ihn veranlaßte, sich an Rosemary zu wenden, als sie das Grab verließen. Rosemary, die älteste Tochter, war ihrem Vater immer ein besonderer Freund und Helfer gewesen. Mit ihr hatte er seine Freude geteilt. Er hatte dieses Kind gerufen, als er das Neue Testament in Ruanda vollendet hatte. »Vielleicht ruft Gott dich, seine Arbeit weiterzuführen, Rosemary«, sagte Dr. Stanley Smith; und das Mädchen, das schon vom fünfzehnten Lebensjahr an vorgehabt hatte, mit ihrem Vater zusammenzuarbeiten, verlor keine Zeit. Jeden Tag ging sie ins Krankenhaus, wo Stefano, der Übersetzungshelfer ihres Vaters, lag. Als er schließlich entlassen werden konnte, hatte sie bereits die ersten zwölf Kapitel der Apostelgeschichte übersetzt.

Gott schenkte neue Mitarbeiter. In die gelichteten Reihen der Mediziner sandte er die Adeneys und, um die dringende Not bezüglich höherer Ausbildungsstufen zu wenden, sandte er Peter und Elisabeth Guillebaud. Beide Familien wurden privat und ohne die Missionsgelder unterstützt. Die Hindleys entschlossen sich, auch ohne irgendwelche sichere Unterstützung zu kommen – allein auf den Herrn vertrauend. Was die geistliche Führung der Kirche anbetraf, so wurden immer neue Stimmen aus den Reihen der Afrikaner hörbar, die später durch alle Länder der Welt erschallten. Die Menschen sahen die Macht Gottes in William Nagenda, und 1941 bekehrte sich Festo Kivengere.

Seine Bekehrung ist am besten mit seinen eigenen Worten erzählt: »Ich wurde in einer heidnischen Familie geboren und hütete das Vieh. Aber als ich neun Jahre alt war, gründete ein afrikanischer Evangelist bei uns eine Dorfgemeinde, und ich lernte lesen. Eines Tages schenkten sie mir das Evangelium des Lukas, und ich war sehr begeistert und beeindruckt davon. Ich fühlte irgendeine Kraft in dem, was ich las, und ich wußte nun, daß Jesus eine lebendige Person war. Mit elf wurde ich getauft und ging in eine Schule im Norden Kigezis. Dort gab es eine Zweigstelle des Bibellesebundes, und das alles machte mir großen Spaß, aber ich kannte Jesus noch nicht persönlich. Vier Jahre später, ich war immer noch ein Schuljunge, kam ein Team aus Gahini in unsere Schule und predigte über Gericht und Sünde. Etwas Neues geschah. Die Dinge, die wir schon jahrelang kannten, wurden plötzlich Wirklichkeit. Es drehte sich nicht mehr länger um die Frage, was Jesus früher einmal getan hatte. Wir wurden mit einem lebendigen Christus konfrontiert, Gericht und Sünde wurden Realität, wir mußten Stellung nehmen. Viele waren zwar überzeugt, daß dies die Wahrheit sei, aber wir waren nicht bekehrt. Zum ersten Mal sah ich, wie zwei Jungen aufstanden, ihre Schuld bekannten und Dinge wieder in Ordnung brachten. Nichts Neues wurde gepredigt. Es war die ganz alte Botschaft, aber der Heilige Geist ließ sie real werden.

Im Dezember 1935 ereigneten sich viele eigenartige Dinge in den Schulen. In der Nacht gingen Jungen ins Klassenzimmer, und ich hörte, wie sie weinten und beteten. Menschen begannen Träume zu haben, die mit der Offenbarung übereinstimmten. All dies dauerte fast ein Jahr. Einige machten sich auf eine kilometerlange Wanderung, weinend, zitternd und erschüttert, um Lawrence Barham und Ezekieri zu finden, und viele fanden Christus. Einer hatte das gleiche Erlebnis wie Paulus. Seine Augen waren von der Herrlichkeit, die er gesehen hatte, richtig in Mitleidenschaft gezogen, und er erreichte Kabale nur gestützt durch Freunde. Die Atmosphäre war gespannt, die nicht Betroffenen waren ängstlich und konnten nicht schlafen. Ich ging mit einer Gruppe anderer Jungen zu unserem Vorsteher, Herrn Tribe, um meine Sünde zu bekennen, aber ich war immer noch nicht bekehrt.

Ich verließ die Schule und wurde zur Hochschule nach Mbarara gesandt, wo sich viele Lehrer und Buben durch Blasios Predigen bekehrt hatten. Durch Ungehorsam verlor ich das echte Fundament der Gnade Gottes. Als ich dann das Lehrerseminar in Mukono erreichte, ging es mir schlimm. 1940 kam ich nach Kigezi zurück, um in der Primarschule zu unterrichten, und entdeckte, daß im ganzen Gebiet gewaltige Vollmacht und Freude herrschte. Jede errettete Person war mobilisiert, Männer, Frauen und Kinder evangelisierten. In ganz Kigezi hörte man Singen; und jeder versuchte, den anderen zum Herrn zu bringen. Obwohl die meisten Analphabeten waren, kannten sie den Herrn, und jeder fühlte sich für seine unerretteten Verwandten verantwortlich. Die Menschen hatten einen neuen Wert bekommen. Die, die Jesus liebhatten, hielten ihre Freunde und Verwandten auf der Straße an und baten sie unter Tränen, Buße zu tun und sich zu Christus zu wenden. Hunderte bekehrten sich, nicht durch Predigten, sondern durch diese großen Zeichen der Liebe. Viele wurden von heidnischen Gebundenheiten – einschließlich der an Zauberer – befreit; und wohin man auch ging – sei es, das Vieh zu hüten oder auf dem Feld zu arbeiten – hörte man, wie Menschen von Jesus als einer Person sprachen, die sie persönlich kannten.

Als Schullehrer verurteilte ich diese Gefühlsduselei und den Fanatismus, aber sie liebten mich und sorgten sich um mich. Ich war hart und haßte sie, aber ich wußte, daß sie recht hatten. Mein Onkel sagte: ›Religion ist zu persönlich geworden, sie greift in unsere private Sphäre ein, sie bringt jedes Gebiet unseres Alltags durcheinander.‹ Es gab keinen besonderen geistlichen Führer. Jeder hing vom Heiligen Geist ab.

An einem Abend im Oktober 1941 beteten meine Schwester und meine Nichte zusammen, 14 und 15 Jahre alt, und Gott sagte ihnen, daß ich an diesem Wochenende zurechtkommen und erlöst werden würde. Ein Mädel kam am Samstag zu mir und sagte mir das. Und am Sonntag hörte ich, wie sie unserer Familie berichteten: ›Gott hat unsere Gebete für Festo erhört.‹ Ich war so ärgerlich, daß ich hinausging und in meiner Not den ganzen Tag trank. Aber als ich an jenem Abend nach Hause ging, traf ich unseren Schulvorsteher, der aus der Kirche kam und mich auf der Straße anhielt, um gewisse Dinge mit mir in Ordnung zu bringen. Ich wußte in diesem Augenblick, daß mein Freund die Realität gefunden hatte, die mir fehlte. In jener Nacht, in der ich ganz allein rang, griff Jesus ein. Der Geist zeigte mir den am Kreuz hängenden Christus. Ich hatte ein klares Bild dieses Christus vor mir, der für mich in Liebe gestorben war. Er sprach zu mir und ich hörte seine Stimme: ›Als du dich um nichts kümmertest, liebte ich dich schon.‹ Das war meine Vergebung! Einer Frau rief ich zu: ›Jesus ist zu mir gekommen!‹ Das war meine Befreiung, und seither habe ich nie aufgehört, Zeugnis zu geben.

1943 heiratete ich Merab, und 1945 rief uns der Herr nach Tansania, nicht so sehr, um zu lehren, als vielmehr, um Zeugnis zu geben. Viele Türen öffneten sich, Dinge kamen in Bewegung ... 1956 ging ich nach London. Ich hatte viele Missionare getroffen, die zwar errettet, aber nicht befreit waren, und so erwartete ich nicht viel. Ich ging, um zu bezeugen, und ich fand Studenten, die nach Gott hungerten und dürsteten. Ich bin kein guter Prediger, aber ich wollte die Realität des lebendigen Christus weitergeben, und das öffnete vielen Menschen die Augen, daß sie ihre eigene Realität sahen.«

Vielleicht waren die Kriegsjahre die fruchtbarsten, die die Mission je erlebt hatte, denn sie testeten die Echtheit aller glühenden Bekenntnisse der Erweckungszeit. Vor so strengen praktischen Forderungen der Selbstverleugnung, der harten Arbeit, der zusätzlichen Verantwortung und Abhängigkeit von Gott allein fiel alles rein Gefühlsmäßige und Menschliche ab, während das Göttliche um so heller leuchtete. Doch nicht nur in Afrika zeigte sich dieser Geist der Selbstaufopferung. Er wurde auch in England bemerkt, wo die Freunde von Ruanda unter viel größerer Mühe weiter spendeten, auch in der ausgezeichneten Arbeit des Heimatbüros, das auch dann noch keine Unterbrechung zuließ, als die Räume bis auf die Grundfesten ausgebombt waren. Selbst die Kinder, die für eine unbestimmte Zeit zurückgelassen werden mußten, waren von diesem Geist erfaßt. Als Frau Stanley Smith zögerte, ihre vier Kinder in England zurückzulassen, bei Bomben und drohender Invasion, wies Nora sie sofort zurecht: »Du mußt gehen, Mutti«, sagte sie. »Ich passe schon auf die anderen auf. Vati braucht dich jetzt viel mehr als wir.«

Kapitel 14

»In alle Welt« – Wie Rassenschranken fallen

1938 und 1939 hatte man in Gisenyi am Kivusee mit Missionskonferenzen zur Vertiefung des geistlichen Lebens begonnen, und von 1942 an gab es eine Reihe Missionskonferenzen für Missionare der Evangelischen Allianz, die 1935 gegründet worden war. Diese Konferenzen, die in den ersten schweren, trennenden Jahren der Erweckung entstanden waren, dienten gewissermaßen als geistliche Krankenhäuser, in denen verwundete Seelen wieder geheilt wurden. Schranken fielen, Stolz wurde gebeugt und Sünde bekannt, wenn Männer und Frauen, die vorher einander entfremdet waren, zusammen beteten und um Verständnis und Versöhnung flehten. Denn auch unter den schlimmsten Umständen war es ihr größter Wunsch, Gottes Weg im Auge zu behalten und miteinander versöhnt zu sein. Immer wieder wurde ihnen Einsicht geschenkt, wurden Vergebung und Frieden zugesichert.

1939 wurde in Musema die afrikanische Konferenz abgehalten, die in der Hauptsache aus »Balokole« oder Erretteten bestand, wie man sie heute nennt (ihr ursprünglicher Name lautete »Abaka« oder »die Brennenden«). Diese Menschen waren von tiefer Sündenerkenntnis und einer mächtigen, überströmenden Vergebung und Befreiung gekennzeichnet durch das Erweckungserlebnis. Eines ihrer Hauptkennzeichen war jener neue Wunsch nach Gemeinschaft. Sie liebten Christus so sehr, daß man ihn aus den Augen des anderen schon herausleuchten sehen konnte.

Diese Freude wurde nach echt afrikanischer Art zum Ausdruck gebracht. In einem Land, in dem Stammesfehden Vertrauen und Gemeinschaft jahrhundertelang unmöglich gemacht hatten, wo Menschen ihr Leben in der Furcht vor ihren Nachbarn führten, war es eine neue und wunderbare Erfahrung, zu sehen, wie die Stämme verschiedener Gebiete zueinanderdrängten, sich begeistert als große, freudige Familie begrüßten und in Loblieder einstimmten. Hier war das eigentliche Evangelium in Aktion.

Über diese klaren, bekennenden Christen schrieb Dr. Stanley Smith: »Die sich ihnen anschließen, kommen in eine Gemeinschaft, die die höchsten Maßstäbe der Heiligung verlangt, wo die Kraft des Blutes Jesu sichtbar am Werk ist – und sie wissen das. Möge uns der Herr helfen, unsere Maßstäbe nie herabzusetzen. Es gibt bestimmte Dinge, die sie von der evangelischen Kirche erwarten und an ihr sehen möchten, wenn sie sich uns anschließen. Diese Merkmale werden immer charakteristischer für die erweckte Gemeinde, und unsere Afrikaner finden sie sehr wichtig: einmal sind das die Gemeinschaftstreffen, zum anderen das Teamzeugnis und schließlich die Eintracht zwischen Europäern und Afrikanern.«

Diese »Eintracht« zu erreichen hat sehr viel gekostet. Es war ein großer Schritt nach vorn, als 1943 beschlossen wurde, daß die Evangelische Allianz auch Mitglieder der afrikanischen Kirche einbeziehen sollte. Kosiya Shalita wurde gemeinsam mit Pastor Haley, dem Leiter der Freien Methodistischen Mission, zum Präsidenten gewählt. Wenige Monate vor dieser Wahl hielt man die erste gemeinsame Konferenz für Missionare und Afrikaner in Muyebe.

Sie verlief nicht so ganz erfolgreich. Jeder neue Schritt schien seine eigenen »Geburtswehen« zu haben, und jedes Vorangehen stieß auf bitteren Widerstand. Die Konferenz wurde mit wilden, tumultartigen Begrüßungsszenen der Afrikaner eröffnet, wenn verschiedene Abordnungen der Afrikaner aus den einzelnen Gebieten ankamen. Die Gefühle liefen heiß, der zügellose Überschwang grenzte an Hysterie. Alles, was während der Erweckung auf so heftige Kritik gestoßen war, wurde nun triumphierend vor den Augen der schockierten Europäer und Amerikaner vorgeführt. Als man die afrikanischen Führer bat, die Leute in ihrem Überschwang zu besänftigen, widersetzten sie sich dem heftig. »Was ist nur mit euch Missionaren los?« fragte einer. »Da unten sind Menschen, die gesegnet und erlöst wurden, aber hier oben seid ihr alle ängstlich und besorgt!« Es war schwer zu verkraften; aber allmählich sahen die meisten Missionare ein, daß der Afrikaner Freude in seiner ureigensten Art ausdrücken und in seinem eigenen Rhythmus singen muß.

Jedes Jahr brachte sie näher an ihr harterkämpftes Ziel, und 1945 war ein denkwürdiges Jahr. Auf der Allianzkonferenz für Missionare in Mutaho herrschte ein wunderbarer Geist der Liebe und Einheit. Keine Mission machte aus den Schwierigkeiten, in denen sie stand, ein Geheimnis, und jede wurde von den Gebeten der übrigen umgeben.

Froh trennten sie sich, und im September versammelten sich viele wiederum zu der Konferenz in Kabale. Das Team, bestehend aus ungefähr fünfzig Afrikanern und Europäern, traf sich gewöhnlich vor der Konferenz zu einem stillen Tag, denn es gab noch viel zu klären. Auch die Organisation bereitete Schwierigkeiten. Die große, arenenartige Kirche unter offenem Himmel zum Beispiel, die von fünfhundert freiwilligen Helfern erstellt worden war, damit Fünftausend Platz finden konnten – würde sie je gefüllt werden können? Das Wetter war besorgniserregend; sicher würde sie am Mittwoch gefüllt sein – aber nur mit Pfützen; und selbst wenn Menschen da wären – könnte überhaupt eine menschliche Stimme über einen so weiten Platz reichen? Dann die langen Gebäude, die als Schlafgelegenheit der Delegierten gedacht waren – würden die Delegierten überhaupt kommen? Die Abordnung aus Kampala schien kein Transportmittel zu bekommen, und die in der Kriegszeit verkehrenden Busse waren immer schrecklich überladen. Aber das Wetter klärte sich auf und wurde tadellos; der Bezirkskommissar tat zudem, was in Kriegszeiten ziemlich unmöglich schien: er gab die Erlaubnis, daß zwei Lastwagen starten und die Delegierten in Kampala abholen durften. Eine Lautsprecheranlage und ein Mikrofon befanden sich in Burundi und wurden mit dem Wagen über die abschüssigen, gefährlichen Bergstraßen Ruandas gebracht. Sie kamen gerade rechtzeitig an, denn am Nachmittag des 19. Dezember kamen die Menschen aus allen vier Himmelsrichtungen. Aus Uganda, Ruanda, Burundi, Kenia, Tansania und sogar eine kleine Gruppe aus dem Kongo.

Der Anblick der Tausende und Abertausende, die den Berg hinaufströmten, war eine Rüge für die Ängstlichen, denn Christus hatte doch immer wieder gesagt: »Was würde geschehen, wenn ihr Glauben hättet?« In der ersten Versammlung waren sie gut über siebentausend. Weit hinten an den äußersten Enden der Arena ging ein Wald von Händen hoch, als der Lautsprecher eingeschaltet wurde und die erstaunte Menge sich langsam daran gewöhnte. Ein Loblied stieg empor. Die Konferenz begann mit der Erzählung von der

Speisung der Fünftausend, und wieder war Christus selbst auf dem Hügel gegenwärtig, um Tausende von Afrikanern zu versorgen.

Dr. Joe Church beschrieb den unvergeßlichen Sonntag: »Die Arena hatte 7500 Sitze, aber sie war schon lange vor dem Gottesdienst besetzt. Und die Menge schwoll immer mehr an, Reihe um Reihe, geradeswegs den Hang zur Kirche hinauf, bis wir ausrechneten, daß ungefähr 15 000 Menschen während des Gottesdienstes anwesend waren. Einige wenige waren vielleicht nur aus Neugierde gekommen, aber im großen ganzen waren es ganz gewöhnliche Gemeindeglieder, die zu einer Konferenz für Gläubige kamen. Das Singen war zuerst schwierig, aber am Sonntag spielte Gregory Smith mit seinem Schifferklavier vor dem Mikrofon, und die Musik konnte überall gehört werden. Psalm 23 wurde verlesen, und dann folgte eine Rede von Dr. Church über Vers 5: ›Du schenkest mir voll ein.‹ Die Phantasie nimmt in der afrikanischen Lehre einen großen Raum ein. Er stellte das Herz jedes Menschen als eine große Tasse dar: große Tassen, kleine Tassen, alte und neue, Christus wartet darauf, jede gereinigte Tasse mit Wasser zu füllen, wenn er vorübergeht. Manchmal geht er vorbei, weil einige Tassen unrein oder bis zum Rand mit Neid, Haß und Ichsucht gefüllt sind. Und Ichsucht ist ein schlechter Trank für die durstige Welt. Aber Jesus trank den bitteren Kelch der Sünde bis zur Neige. ›Den Kelch, den der Vater mir gegeben hat, soll ich ihn nicht trinken?‹

Das Lied ›Gehe nicht vorbei, o Heiland‹ erhob sich spontan aus vielen Kehlen, und in der folgenden Rede schien William Nagenda die Menschenmenge direkt zurück nach Golgatha zu führen, an den Ort, wo Gott sich abwandte, als Christus den bitteren Kelch trank. Viele, viele weinten. Dann stimmten einige wenige das Lied an »Das Leben kommt durch einen Blick auf den Gekreuzigten«, von dem sich immer mehr mitreißen ließen, bis 15 000 Kehlen den Chorus schmetterten: ›Schaut, schaut, schaut und lebt‹. Die Gesichter entspannten sich, und man brach in Freude und Lachen aus. Vielleicht gab es für die Echtheit der Erweckung kein glaubwürdigeres Zeugnis als die leuchtenden, strahlenden Gesichter der Männer und Frauen, die auf sehr einfache Weise ausdrückten, daß sie Jesus gesehen hatten.«

Die Zeugnisse nahmen kein Ende: nicht nur in den großen Zusammenkünften, sondern auch dort, wo man sich in kleinen Gruppen bis weit in die Nacht um Lagerfeuer, in Schuppen und in ihren kleinen Häusern versammelte, wo Menschen Vergebung suchten und vor Freude sangen. Bei der Zeugnisversammlung am Sonntagnachmittag berichteten Missionare und Afrikaner gleicherweise, wie Gott zu ihnen gesprochen hatte. Der Pygmäe, der tagelang durch den kongolesischen Urwald gewandert war, war so klein, daß das Mikrofon für ihn niedriger gestellt werden mußte, aber seine Stimme war laut und deutlich zu hören: »Als ich zur Plattform ging, war ich mit Furcht erfüllt, aber ich betete zum Herrn, er möge mir beistehen, und er hat es getan. Alle Furcht ist gewichen, und ich kann euch berichten, was er für mich getan hat.«

Am Nachmittag versammelte sich eine Gruppe singend um die Schreinerwerkstatt. Zu ihren Füßen war ein Feuer, in dem zwei heidnische Instrumente in Flammen aufgingen. Jeremia, der Missionsschreiner, hatte sich bekehrt und rief seine Freunde, Zeugen beim Verbrennen der Gegenstände zu sein, die er bei Zechgelagen gebraucht hatte. Am nächsten Tag kam er aufs Podium. »Ich habe am Tage immer gut gearbeitet«, sagte er, »und die Europäer lobten mich, aber nach Sonnenuntergang wurde ich ein anderer Mensch. Ich wurde zu einem Dämon, der herumgrölte, trank, Leute mißbrauchte und heidnische Lieder spielte. Es war ein Leben der Heuchelei, und ich konnte das nicht mehr aushalten, deshalb habe ich meine Instrumente und meine Vergangenheit verbrannt. Der Teufel ist geflohen, aber Jesus ist gekommen.«

Die Frau des ersten Evangelisten erzählte etwas Ähnliches: »Ihr wißt alle, daß wir kein besonders glückliches Familienleben hatten. Mit meinem Mann ist immer noch nicht alles in Ordnung. Ich war hart und schlecht. Eines Tages sprach Gott während einer Versammlung zu mir und sagte: ›Faß seine Hand.‹ Ich tat es, und unser Leben wurde mit neuer Liebe erfüllt. Mein Mann ist noch nicht ganz durch, aber ich liebe ihn jetzt viel mehr und hoffe, daß er auch noch kommt.«

Ein reicher Kaufmann, der in seinem Leben vieles unternommen hatte: Schreinerei, Gerberei, Fischen und Goldschmuggel, kam mit den Menschenmengen den Hügel hinauf, um zu sehen, was dort los sei. Bevor er wieder wegging, konnte er sagen: »Häuser zu verkaufen, Fisch zu verkaufen, Stehlen, Lust, sogar Gold – all das befriedigt nicht; nur Jesus!«

Zehn Jahre vergingen, bis wieder eine Konferenz in Kabale stattfand, obwohl an vielen anderen Orten Konferenzen abgehalten wurden. Die besondere Botschaft, die Gott in den Erweckungsjahren übermittelt hatte, breitete sich immer weiter aus. Man hat sie manchmal die »Ruanda-Botschaft« genannt, aber es gab da kein Monopol. Es ist eine einfache, kostbare, uralte Botschaft, die Gott auch durch den Mund aller seiner Propheten Israel kundtat und die Johannes der Täufer in der Wüste verkündigte: jene demütige Reue vor und Versöhnung mit Gott, wobei die Aussöhnung mit dem eigenen Nachbarn als Segensschritt folgt. Es ist die Botschaft, die Jesus in die Mitte rückte, wenn er sagte: »Selig sind die Armen im Geist... Selig sind die Weinenden... Selig sind, die hungern und dürsten nach der Gerechtigkeit«, und auf diesen alten Fundamenten von wahrer Buße, Erkenntnis und Bekenntnis der Sünde erfuhren sie eine neue Art der Gemeinschaft. Wenn wir Gottes Licht auf unsere Sünde scheinen lassen, kann dem nur unser Gang zum Kreuz folgen. In unserer Sünde und in unserem Stolz kann uns nur Jesus helfen. Alle Schranken, Klassen und Unechtheiten, die die Menschen errichtet haben, schmelzen dann hinweg.

Am Kreuz gibt es nur eine Klasse: demütige, Vergebung empfangende Sünder, die sich freuen, wenn Jesus ihnen vergeben hat. Das schafft unter ihnen eine Verbindung, die nicht mehr zerstört werden kann. »Wenn wir im Licht wandeln, wie er im Lichte ist, dann haben wir Gemeinschaft miteinander, und das Blut Jesu Christi, seines Sohnes, reinigt uns von aller Sünde.«

Diese besondere Sicht wurde zu einer Zeit geschenkt, in der sie am meisten gebraucht wurde. Es war die einzige Waffe gegen diese uralte Schranke zwischen Schwarz und Weiß, zwischen Missionar und Bekehrtem. Sie leuchtete als logische Schlußfolgerung durch das Dunkel des zweiten Weltkrieges, als einzige Antwort auf Rassenhaß und Vorurteil. In der ganzen Welt gab es Menschen, die durch das Kämpfen, Bomben und Töten krank und mit Narben gezeichnet waren. Diese aber sahen, daß es auch anders ging, und sehnten sich danach, das Geheimnis zu verstehen und zu erleben. So kam es, daß in den fünfziger Jahren Rufe aus fernen Ländern nach

Afrika kamen, daß Teams aus afrikanischen und englischen Brüdern gemeinsam auszogen, um das weiterzugeben, was Gott sie gelehrt hatte. In dem Jahrzehnt nach Kriegsende reisten Teams aus Ostafrika in viele Teile der Welt – nach Indien und Pakistan, Nordamerika, Brasilien, Australien, Neu Guinea und in verschiedene Länder Europas und Afrikas. Zu den Teams gehörten Yosiya Kinuka, Roy Hession und Festo Kivengere. Und wohin die Teams auch reisten, verbreitete sich die Botschaft, denn sie standen in der Kraft des Heiligen Geistes, sie brauchten keine Tricks und Sensationen. Sie gaben nur das weiter, was Gott sie gelehrt hatte. Weil sie sich nach dem Echten sehnten und – wie immer ihre Hautfarbe auch sein mochte – von einer großen Wahrhaftigkeit gekennzeichnet waren, wurden Stolz, Vorurteil, Selbstzufriedenheit und alle Masken heruntergerissen. Die Sünde wurde bekannt, kalte Herzen brannten, entfremdete Gruppen versöhnten sich, Liebe und Gemeinschaft wurden wieder hergestellt.

Die Bande waren so fest, daß nichts sie zerreißen konnte. Haß und Parteigeist mußten weichen. Dr. Church beschreibt, wie die Botschaft mitten im Herzen der Mau-Mau-Rebellion in Kenia gepredigt wurde. »Es war ein Sonntagmorgen in Nairobi. Uns wurde gesagt, daß in den Außenbezirken, mitten in einem der schlimmsten Mau-Mau-Bezirke, eine kleine Versammlung stattfinden sollte. Sie war von den Kikuyu-Christen selbst organisiert worden, und wir hörten, daß sie uns gern bei sich hätten. Obwohl uns klar war, daß es für jeden Europäer gefährlich war, die Hauptstraße zu verlassen, taten wir es doch und gingen einige Kilometer ins Herz des Reservats. Wir trauten unseren Augen nicht. Eine große Menschenmenge von ungefähr zweitausend Leuten saß ordentlich und still am Berghang in einer natürlichen Arena unter freiem Himmel, und der Gottesdienst wurde von einem Team der Kikuyu-Brüder geleitet – jeder von ihnen war ein Gezeichneter, alle mußten sie täglich damit rechnen, wegen ihres Zeugnisses ermordet zu werden. Man hatte ein kleines Podium mit einem Mikrofon und einem Lautsprecher errichtet. Als wir ankamen, hatte der Gottesdienst schon begonnen. Man bat mich, neben einem Kikuyu-Geistlichen auf dem Podium Platz zu nehmen. Sein Gesicht war vernarbt und durch die Verletzungen, die man ihm zugefügt hatte, zum Teil gelähmt. Man hatte ihn von Kopf bis Fuß ausgepeitscht, weil er seinen Herrn nicht verleugnen wollte. Schließlich wurden die Worte ›Mau-Mau‹ in das Fleisch seines Armes eingeritzt. Er lächelte, als ich mich neben ihn setzte. Die Menge wurde größer, weil noch mehr Menschen hinzukamen, und es wurde Zeit für den ersten Redner, zu predigen. Er öffnete seine Bibel beim Johannesevangelium und las den Text: ›Wen der Sohn freimacht, der ist recht frei.‹ Es legte sich Stille über die große Menge. Ich schaute auf das Gesicht des Bruders, der sprach. Es schien zu leuchten, als er seinen Herrn bezeugte.

›Ich war im Gefängnis, weil ich den weißen Mann haßte und fürchtete, und nun ist die Furcht vor der Mau-Mau da. Aber Gott hat mir den Weg der Freiheit gezeigt, weil sein Sohn gekommen ist, um mich zu befreien. Er hat mir gezeigt, daß ich lieben soll, weil er mich zuerst geliebt hat. Ich liebe euch, meine Kikuyu-Brüder, die ihr in den Ketten der Mau-Mau seid, und ich liebe auch den weißen Mann. Es ist Sünde, die uns gefangenhält. Warum läßt du sie nicht von Ihm zerbrechen und dich befreien?‹

Ein Chorus des Lobpreises erschallte immer wieder. Er wurde eigenartigerweise noch nicht einmal in ihrer eigenen Sprache gesungen, sondern in der Sprache von Uganda, die sie auf den vielen Konferenzen, die gemeinsam mit den Brüdern von Uganda gehalten wurden, lieben gelernt hatten. Hier war ein kleiner Vorgeschmack auf jene Stunde, in der einmal jede Familie, jeder Stamm und jede Nation vor dem Thron Gottes stehen wird. Das Geheimnis, das dies möglich macht, ist hier wie dort das gleiche: das Lamm Gottes.«

Kapitel 15

Möglichkeiten und Grenzen der Bildung

Von den unzähligen mit Fellen bekleideten Lausejungen, die auf dem Boden hockten, während die ersten geduldigen Missionare das Alphabet in den Sand malten, bis zu den qualifizierten Sekundarhochschulen der sechziger Jahre führte ein langer Weg. Es lohnt sich, ihn noch einmal zu verfolgen. Die ersten Missionare in Kabale waren ja nicht völlig auf sich gestellt, da in den zwanziger Jahren in Uganda bereits Regierungsschulen existierten. Und schon 1930 schrieb Margaret Forbes begeistert: »Keziya und Agnesi hoffen, zur Aufnahmeprüfung für die Gayaza Normal School zugelassen zu werden. Sie werden eine zweijährige Ausbildung durchlaufen – mit dem Versprechen, daß sie hier anschließend zwei Jahre unterrichten werden. Sie werden die ersten Kigezimädchen sein, die solch eine Ausbildung genießen.«

Natürlich gab es Probleme, aber wahrscheinlich auch viel geringere Anforderungen als heute, und man kann nicht umhin, sehnsüchtig an diese verhältnismäßig sorgenfreien Tage zurückzudenken. Die Probleme bestanden hauptsächlich in zu knappen Unterstützungsgeldern, Mangel an Ausrüstung und fehlenden Arbeitskräften. Die Kinder schrien nach Unterricht; und die Pioniere im christlichen Schuldienst: Constance Hornby, Dora Skipper, Margaret Forbes, Jack Warren, Geoffrey Holmes, Jim Brazier und Lawrence Barham fanden es herzzerbrechend, auswählen und heimschicken zu müssen. »Jeden Tag bestürmen uns die Mädchen mit der Frage: ›Können wir zur Schule kommen?‹« schrieb Dora Skipper 1930.

»Aber jedes Mädchen kostet eben Geld, man muß es ernähren und kleiden. Zwei Mädchen rannten von zu Hause weg und kamen zu uns, weil sie von einer Zufluchtsstätte gehört hatten, wo sie lernen konnten. Zu Hause setzte man ihnen arg zu, sie wurden geschlagen, weil sie versucht hatten, in der nächsten Kirche zu lernen. Obwohl die Schule noch nicht gebaut war und wir sie nirgendwo unterbringen konnten, brachten wir es nicht übers Herz, ihre mitleiderregenden Bitten abzuschlagen.«

Die Ziele der alten Missionare waren zudem einfach: Ausbildung und Schulen gab es nicht als Selbstzweck, sondern als Mittel der Evangelisation und der christlichen Glaubenslehre. »Unser Ziel ist nicht eine geschulte afrikanische Aristokratie, sondern ein engagierter Dienst von Lehrern, Geistlichen und sonstigen Helfern«, schrieb Jim Brazier 1930. »Wir möchten keinen religiösen Klassenunterschied zwischen Angestellten der Regierung und der Mission. Wir möchten unseren Dienst am Evangelium durch beide ausüben.« Und wie erfolgreich waren sie in jenen ersten Jahren, als einer nach dem anderen zufrieden mit dem geringsten Lohn hinausging, um im ganzen Bezirk kleine Außenschulen zu eröffnen! »Wir möchten gehen und in den neuen Stationen arbeiten«, sagten vier eifrige kleine Zwölfjährige zu Muriel Barham, und sie konnte sie nur unter großen Schwierigkeiten davon überzeugen, daß sie dazu noch zu jung waren.

Aus diesem Grund stand man Hilfsangeboten der Regierung abwartend gegenüber und sicherte sich ab. »Wir hatten heute Besuch vom Chefinspektor für das Schulwesen«, schrieb Jim Brazier, »und die ganze Frage unserer Lehrerschule muß neu überdacht werden. Sie wurde als Ausbildungsstätte für Evangelisten begonnen, und das ist auch ihre eigentliche Funktion. Die Regierung sicherte uns zu, dies zu unterstützen – mit einem besonderen Programm. Sie sind darauf bedacht, uns nach besten Kräften zu helfen, aber ihr Ziel und ihr Vorhaben decken sich nicht immer mit dem unseren.«

Um so gewissenhafter bemühte man sich, die künftigen Lehrer zu schulen. 1932 reisten die ersten drei Mädchen von Ruanda nach Toro hinauf, um die Lehrerausbildung zu erhalten, und Lawrence Barham wirkte auf seine Jungen ein, das Lehrerdiplom der Regierung zu erstreben. 1936 wählte dann Joy Gerson sieben verheißungsvolle Mädchen aus Kigeme aus und brachte sie nach Gahini, damit sie und Fräulein Skipper sie nach ihren eigenen Methoden ausbilden und ihnen eigene Ziele vermitteln konnten. »Fräulein Skipper half mir, die Kigemeschule zu beginnen, während ich noch in Gahini war«, schrieb Joy Gerson. »Sie baute uns auf dem Schulgelände eine Hütte, und nun haben wir sieben Mädchen, die sich ausbilden lassen. Würdet Ihr bitte für diese sieben Mädchen beten? Wenn sie mit dem Heiligen Geist erfüllt sind, werden sie echte Missionare sein; wenn sie nur Fachwissen haben und sich neutral verhalten, weil sie sich nicht von den anderen in Gahini unterscheiden möchten, dann werden sie überhaupt keine Hilfe sein.«

Die Kigemeschule blieb bei ihrem eigenen Plan und war geistlich und, entsprechend den Maßstäben ihrer Tage, auch vom Stoff her sehr erfolgreich.

Joy Gerson startete zusammen mit der Hilfe von Frau Hindley und sieben Lehrern aus Gahini den Unterricht von 80 Schülern im Freien, »vor der Tür«, weil ihnen überhaupt kein Gebäude zur Verfügung stand. Die sechs Monate der Regenzeit wurden so zu einer doppelten Plage, und sie quälten sich in den Hütten weiter und konzentrierten sich dabei besonders auf die älteren Mädchen, die bald verheiratet sein und in die umliegenden Gebiete gehen würden. »Betet für diese ersten«, schrieb Joy, »daß sie wirklich ausgerüstete Soldaten des Herrn Jesus werden, bevor sie Lehrersfrauen werden und in die einsamen Orte gehen. Bitte betet für sie, damit sie der Schule Jesu in den Anfechtungen nicht davonlaufen. Man weiß nicht, was alles durch ein paar Mädchen geschehen kann, die wirklich brennen. Uns ist klar: Die Außenstehenden werden nie erreicht werden, wenn Gottes Kinder nicht brennen, wenn Schranken zwischen ihnen und Ihm bestehen.«

Ihr »Schulrat«, der aus vier Eltern und vier Lehrern bestand, war ebenfalls eine neue Sache. Jedes Problem besprachen sie miteinander die Finanzen, die Wahl der Lehrer oder Krankenhausausbilder. Es dauerte lange Zeit, bis gegenseitiges Vertrauen aufgebaut werden konnte und die Afrikaner fühlten, daß die Schule letztlich ihr eigenes Projekt war. Vielleicht konnten sie so auch das Vertrauen der herrschenden Tutsiklasse gewinnen, und der Häuptling am Ort sandte seine sieben kleinen Töchter in den Unterricht.

Mädchen lernten hier, die erlöst waren, die Gott kannten und bereit waren, ihren Platz als Missionslehrerinnen einzunehmen. Da war jener besondere Nachmittag während der Kriegsjahre, als die Zahl der Missionare ihren tiefsten Stand erreicht hatte und die Schulen um Hilfe riefen. Joy und ihre älteren Mädchen trafen sich auf einem Hügel und baten Gott, ihnen doch zu zeigen, welche Mädchen in Kigeme bleiben und dort lehren sollten, welche von dort weggehen und die Außenschulen leiten sollten, und wer die Heimat verlassen und über die Grenze in ein neues Land gehen sollte, um dort die neue Schule in Buye zu eröffnen. Glücklicherweise wurde ihnen eine feste Gemeinschaft geschenkt. Es war wie ein Echo auf apostolische Tage, in denen man sich traf, um zu beten und zu fasten, in denen der Heilige Geist sprach: »Sondert mir Barnabas und Saulus aus« – nur diese Delegierten waren keine starken Apostel, sondern Teenager aus dem ländlichen Ruanda.

Die Zeiten änderten sich, und der Krieg brachte einen derart starken Umschwung ins Land, daß nur Gottes Hand die Mission im Gleichgewicht zu halten vermochte. Ein großes Problem war in dieser Zeit die Ausbildung der Missionarskinder. Es war unmöglich, sie nach Hause zu schicken, und so wurde 1940 ein kleiner Stab gegründet. Eileen Faber, die vier kleine Jungen in einer Garage unterrichtet hatte, kam zusammen mit Marion Bowie und Joan Brewer, die die Kinder der Jacksons und Buxtons unterrichtet hatten, überein, die Kabale-Vorbereitungsschule zu gründen. Sie entwickelte sich schnell. Zuerst war es nur ein privates Unternehmen, aber 1947 übernahm die Mission die Verantwortung. 1952 erkannte die Regierung in Uganda die Schule an und unterstützte ihren Wiederaufbau.

Und heute steht sie da, ein großartiges Haus mit einer prächtigen, künstlerisch gestalteten Eingangstür. Sie ist von weiten grünen Rasenflächen und großen Bäumen umgeben, die zum Klettern bestens geeignet sind, und hinter den Grünflächen fallen die Hügel in tiefe Täler ab, die am Morgen mit Dunstschwaden erfüllt sind, bevor die Sonne am Himmel heraufzieht. In dieser Oase der Schönheit inmitten der Berge wuchsen Hunderte kleiner Jungen und Mädchen im Alter von sechs bis zehn Jahren in froher Familienatmosphäre auf. Aus ganz Ruanda, Burundi und Uganda sandten Missionare ihre Kinder; und immer mehr indische Handelsleute und afrikanische Regierungsbeamte, von denen einige Protestanten, andere Katholiken und ein paar sogar Moslems waren, brachten ebenfalls ihre Kinder. Es gab keine Rassenschranken, und die Kinder vergaßen, welche Farbe die Haut des anderen hatte. Wahrscheinlich lernten sie hier die wertvollste Lektion christlicher Bruderschaft. Am ersten Tag des Semesters kamen sie hereingestürmt und begrüßten Nan Reat und die anderen Lehrer als alte, vertraute Freunde, und dann ging es, ohne einen Blick zurückzuwerfen, auf die Schaukel und die Bäume. »Das ist eine Jesusschule«, schrieb ein kleiner Junge in seinem ersten Schuljahr. »Es macht dort Spaß.«

Es waren nicht nur die Missionarskinder, die während jener Kriegsjahre Unterricht brauchten. Eine Woge westlicher Ideen begann das primitive Afrika zu überfluten, und durch sie entstand der brennende Wunsch nach Bildung. »Das ganze Land ist einem Lernwahn verfallen«, schrieb einer, »Afrika ist in die Gemeinschaft der Völker einbezogen worden. Um seinen Platz einnehmen zu können, muß es etwas leisten. – Schulen sind der einzige Weg zum Fortschritt. So wurde der Unterricht in Ruanda und Burundi, der bis dahin völlig in den Händen der Missionare war – katholisch oder protestantisch –, nun ein wichtiger Teil der Regierungsplanung.« Vergangen waren die Tage, in denen Familien dankbar waren, wenn ihre Kinder von unausgebildeten Missionaren unterrichtet werden durften, die das zudem mit unzureichenden Mitteln tun mußten, denn das vorrangige Ziel der Missionare war die Verbreitung des Evangeliums. Nun wurde von allen Seiten ein neuer Ruf nach Ausbildung auf einer höheren Stufe und durch qualifizierte Lehrer laut; am lautesten kam er von Christen, nämlich den erretteten, erweckten Balokole, die täglich sahen, welche Opfer die Missionare auf sich nahmen, um ihren Kindern die beste Ausbildung zu vermitteln, und die durch eine christliche Sicht die Wichtigkeit sowohl von Leib wie Seele und Geist im Leben ihrer Kinder erkannt hatten.

Eine neue Ära war angebrochen, und wieder einmal hatte Gott dies vorausgesehen und vorbereitet. Die Dienste der Christen für das Land in den Zeiten der Hungersnot und Seuchen waren für sie die beste Empfehlung gewesen, nicht nur bei den geachteten Tutsies, sondern auch gegenüber der Kolonialregierung, die sie nun als Mannschaft betrachtete, mit der man rechnen konnte. Und nun, da das Nationalgefühl sich zu erheben begann, empfanden die Menschen mehr denn je den Segen der Gemeinschaft zwischen Schwarz und Weiß. Man schaute dem neuen Tag mit seinen Anforderungen und vermehrten Gefahren in Solidarität entgegen, weil man zu einer Mannschaft von Brüdern und Schwestern geworden war.

Hautfarbe, Klasse und Stamm hatten in der Einheit des Volkes Gottes keine Bedeutung. Und diese wie ein Fels stehende Gemeinschaft wirkte in ihrer Ausstrahlung über das ganze Land, und die Regierung wurde davon beeindruckt und forderte Schulen für höhere Ausbildung. Menschen aller Klassen kamen hinzu, weil sie glaubten, hier läge das Geheimnis eines glücklichen, sieghaften Lebens. Eine Reihe der Lehrer alten Stils waren nach Hause gegangen und ließen eine reiche geistliche Ernte zurück. Nur wenige konnten nach Afrika ausreisen, aber in jenem unglaublichen Jahr 1939 kam Peter Guillebaud. Er und seine Frau Elisabeth, beide höchstqualifizierte Lehrkräfte, besaßen die Einstellung und die Fähigkeiten, die gebraucht wurden. Ihre erste Amtshandlung war, zwei erfolgreiche Ausbildungskurse für Lehrer in Buye durchzuführen, ohne die man diese sich öffnenden Türen niemals hätte durchschreiten können. Diesen Männern wurde die Kenntnis der Lehrmethoden und der Stoff vermittelt, der in einer belgischen Grundschule bewältigt werden mußte, und sie sollten das Rückgrat der Schulen in den kommenden Jahren sein.

Als die belgische Regierung von Ruanda und Burundi 1946 die Unterrichtserlaubnis erneuerte, räumte sie den protestantischen Missionaren die Rechte und Möglichkeiten ein, die bisher nur den römisch-katholischen gegeben worden waren – unter der Bedingung, daß sie einen Ausbildungsvertrag unterzeichneten. Nach dieser Vereinbarung sollten die Schulen unter Regierungsaufsicht stehen, dem Lehrplan der Regierung folgen und die Lehrer sich nach belgischem Muster richten.

Europäische Lehrer sollten sehr gute Französischkenntnisse haben, ein Jahr in Belgien verbringen und sich dann einer Prüfung unterziehen. Die religiösen Unterweisungen wurden nicht beschränkt; und die Mission unterzeichnete in Übereinstimmung mit der ganzen Evangelischen Allianz den Vertrag. Eine Ablehnung hätte eine Übergabe der ganzen Jugend des Landes an die römisch-katholische Kirche bedeutet.

Die »guten alten Tage« waren vorbei, die Missionare fanden sich in einen Strudel von Inspektionen, Berichten, Statistiken und Prüfungsprogrammen hineingezogen. Einige bedauerten das vielleicht, aber für die neuen Lehrer war dies eine echte Herausforderung und Gelegenheit. Die Guillebauds begannen ihre Schule neuen Stils 1946 in Shyogwe in notdürftig überdachten Gebäuden und mit einem Minimum an Ausrüstung. Sie war als zentrale Internatsschule für förderungswürdige Jungen gedacht, die dort bis zur Aufnahme in die Sekundarschule der Regierung in Butare ausgebildet wurden. Zwei Jahre später eröffneten sie auch die ersten »Ecole des Moniteurs« (Lehrerseminare), um die Möglichkeit einer vierjährigen Ausbildung zu bieten, die für das Diplom als Primarlehrer gebraucht wurde.

Während der ganzen vierziger Jahre waren die Schulen übervoll von eifrigen, ehrgeizigen jungen Leuten, und die Regierung erwartete mehr und mehr von den Missionen, daß sie ihren Teil zu dem gewaltigen Förderungsprogramm beitrugen. Dr. Stanley Smith wurde zum Mitglied des »Conseil du Gouvernement« und des »Provinzrat des Wohlfahrtsfonds« ernannt.

In Shyria legten Joy Gerson und Mabel Jones den Grund für eine gemeinsame Erziehung, indem sie einen Schulungskurs für Lehrer von Mädchen und Jungen abhielten. In Matana öffnete Lindesay Guillebaud die Augen der Menschen für die Wichtigkeit der Kindergartenarbeit. Bis dahin konnte der Durchschnittsafrikaner nicht einsehen, daß die Vier- und Fünfjährigen so vieler Aufmerksamkeit wert waren. »Ich habe 90 Drei- bis Zehnjährige«, schrieb sie, »die jeden Morgen kommen und ihr Tagegeld in Form von Kuhmist zum Düngen oder Brennholz bezahlen. Ihre Eltern würden für sie kein Geld bezahlen, so helfen sie sich selbst.«

Oben im Kigezigebiet Ugandas, wo die englische Sprache das Sprungbrett für die Ausweitung war, entwickelten sich die Dinge sogar noch schneller. Die Kigezi-Hochschule war nun Teil eines durchorganisierten Bildungssystems. Begabte Schüler konnten von hier auf ein College nach Kampala oder – einige Jahre später – an eine englische Universität gehen. In den fünfziger Jahren nahmen nun auch viele Nachkriegsprobleme größere Ausmaße an. Obwohl das Neue in Form von höherer Ausbildung seinen Reiz verlor, blieb der ständige rücksichtslose Wettbewerb. Da war das Problem der Überfüllung, der schlechten, unzureichenden Gebäude; der Mangel an moderner Ausrüstung und die unzureichend ausgebildeten Lehrer. Es gab einen Engpaß in der Sekundarschule, als sehr viele Kinder, die mit der Primarschule fertig und für die Vorteile höherer Bildung gerüstet waren, ins Oberland zurückkehren und ihre Felder bestellen mußten.

Sogar 1953 hatten noch viele Lehrer keine anderen Lehrbücher als das Neue Testament. Protestantische Literatur war einfach nicht vorhanden. Viele junge, lesehungrige Leute wandten sich aus diesem Grund an die Römisch-Katholischen. Außerdem gab es das Problem, wirklich engagierte, zuverlässige gläubige Lehrer zu finden, die politisch neutral waren. »In allen Missionsschulen, ob protestantisch oder katholisch«, schrieb T. G. Gregory-Smith, »sind die gebildeten, einflußreichen Leute Namenschristen und ihre politischen Überzeugungen werden in das Leben der Schule hineingetragen. Unter einer oft ruhigen Oberfläche herrschen starke Gegenströmungen und Intrigen. Nur die wirklich Erlösten verwickeln sich nicht in dieses Machtstreben und in diese Feindseligkeit.«

Das Resultat war eine neue, ansteckende Haltung von Verdruß, Ärger, Ehrgeiz und Materialismus, mit der man bei den Kindern wie bei den Mitarbeitern gleichermaßen fertigwerden mußte. »Während die Gelegenheiten zum Lernen zunehmen, geht das Interesse am Evangelium immer mehr zurück, und auch kleinere Kinder wollen sich nicht mehr mit dem abgeben, was für sie keinen materiellen Wert hat«, schrieb ein afrikanischer Schulvorsteher; und die damalige Situation wurde von einem Jungen in der Hochschule in Butare zusammengefaßt: »Die Leute, die in diesem Land etwas zu sagen haben, haben die ausreichende Schulbildung, um eine leitende Stellung im gesellschaftlichen und politischen Leben des Landes einzunehmen. Warum bemüht ihr Protestanten euch nicht mehr um uns? Wir sind auch noch da.«

Es lag sicher nicht an fehlenden Bemühungen. Die Missionare kämpften oft einseitig darum, diese Probleme zu lösen. Sogar die Mediziner kamen aus ihren überfüllten Krankenhäusern, um neue Schulen zu bauen und deren Betrieb zu beginnen. Dr. Goodchild schleppte sich täglich zwischen seinen Visiten von einem Berg zum anderen, um die Mädchenschulen in Kigeme zu bauen. Und Dr. Stanley Smith, der bekannt dafür war, überall mit Hand anlegen zu können, übernahm während des Heimaturlaubs der Guillebauds die Schulleitung in Shyogwe und wurde anschließend der erste Leiter des Heims für evangelische Jungen in Butare. Dort gab es eine große römisch-katholische Sekundarschule, die von Jungen besucht werden konnte, die die Aufnahmeprüfung in Shyogwe bestanden hatten. »Mein Unterricht ist auf Französisch, Hygiene, Singen und höhere Mathematik begrenzt«, schrieb er.

Was die Literatur betraf, so verbrachten Peter und Elisabeth Guillebaud Stunden damit, den vorhandenen Stoff mit entsprechenden Notizen zu versehen, da noch immer Schulbücher fehlten. Wie nie zuvor wurden körperliche und geistige Kräfte eingesetzt mit solcher Hingabe, daß die Berechtigung schon wieder in Frage gestellt wurde. Junge Missionare aus England waren oft regelrecht erstaunt. »Ich habe im letzten Jahr eine ganze Menge gelernt«, schrieb Joan Nicholson, »vom Kaffeebäumepflanzen bis zum Nähen, vom Färben der Schulkleider bis zur Buchhaltung, vom Großeinkauf bis zum Tanzen nach Schallplatten.«

Als Dick Lyth Leiter der Kigezi-Hochschule war, sorgte er neben dem Sprachunterricht für die geistliche Betreuung der europäischen Gemeinde und versah die zahlreichen Hirtenpflichten, die sich in einer lebendigen, temperamentvollen Gemeinde ergaben. Sein Tagebuch gibt uns Einblick in einige Alltagsprobleme. »Eine neue Woche, voller vielfältiger Probleme und Fragen, die zum Leben eines Schulleiters in Afrika gehören. Zum Beispiel:

›Bitte, Sir. Ich bin krank.‹
›Was ist los?‹
›Ich habe Lungenentzündung im Ohr, Sir.‹
›In Ordnung, geh mal rüber zu meiner Frau. Sie verbindet dich.‹
›Bitte, Sir, wer war Kains Frau, Sir?‹
›Weiß ich nicht. Steck dein Hemd rein, Junge.‹
›Bitte, Sir, ist Politik etwas Schlechtes oder etwas Gutes?‹
›Beides. Wo ist dein Gürtel, Junge?‹
›Ein Vogel hat ihn geholt, Sir. Er hielt ihn für eine Schlange, Sir.‹
›Nein! Das glaube ich nicht. ... Komm nach der Schule mal in mein Büro.‹

Mein heimliches Gebet: ›O Herr, ich liebe diese Jungen. Gib mir mehr Geduld. Bitte halte meinen Blick klar. Hilf mir inmitten von Verzweiflung und den zahlreichen Pflichten und Problemen und gib, daß ich sie immer als Jungen ansehe, für die du gestorben bist und die die zukünftigen Führer dieses Landes und des Reiches Gottes sind. Hilf mir, ein Vorbild zu sein. Um Christi willen. Amen.‹«

Das war für die Missionare das pulsierende Herz des Problems. »Hilf mir, daß ich sie immer als Jungen ansehe, für die du gestorben bist. Hilf mir, ein Vorbild zu sein.« Und die Antwort lag in ihrer persönlichen Verbindung zu Jesus Christus und in ihrer täglichen Lebensführung. Man konnte nicht mehr länger die Zeit überwiegend den rein geistlichen Dingen widmen, und einige unterlagen und unterliegen immer noch der Entmutigung durch die Einsicht, daß sie nur gekommen waren, um Mädchen und Jungen durchs Examen zu pauken. Und doch – dort, wo Männer und Frauen mit Gott wandelten, wurde das »Weltliche« umgewandelt, und die Mädchen und Jungen sahen Christus. Worauf es unter diesen Umständen ankam, war nicht die Zeit, die auf Konferenzen und bei Evangelisationen verbracht wurde, sondern der erste und letzte Plan Gottes für jeden Christen: »Damit ihr in das Bild seines Sohnes umgewandelt werdet.«

»Wenn man solch eine Familie beaufsichtigen muß und die Leitung fast allein innehat«, schrieb Kenneth Kitley (sechsundachtzig Jungen in sehr beengten Verhältnissen, zweiundvierzig Oberschüler studierten in ihren Schlafräumen mit Stapeln von Büchern zwischen ihren Betten), »ist man, was das Gebet betrifft, allein auf Jesus angewiesen. Er muß zwischen mich und jeden Jungen mit seinen verschiedenen Gedanken und Launen treten. Gott hat uns Jesus für all unsere Not geschenkt, und er alleine ist für uns den ganzen Tag über lebensnotwendig. Betet, daß wir niemals von Routinearbeit überrollt werden und unser Alltag nicht kalt und trocken wird. Laßt uns Jesus und seine brennende Liebe zu diesen liebenswerten Kindern bezeugen.«

Und wo diese Liebe brannte, wo Männer und Frauen nahe genug bei Jesus lebten, um seinen Willen zu erkennen und ihn zu tun, da gab es neben der ständigen Zunahme von akademischen Abschlüssen auch wahren geistlichen Reichtum und Gemeinschaft. Joan Nicholson aus Shyogwe sagte über die Gelegenheiten, die sich im Unterricht boten: »Ich habe über die vielen Gelegenheiten gestaunt, die wir in unseren Gesprächen hatten, auf Jesus Christus als die einzige Lösung unserer Probleme hinzuweisen. In den Psychologiestunden haben sie gefragt: ›Kann der Charakter wirklich verändert werden, oder hängt das in der Hauptsache von der Erbmasse ab?‹ ›Wenn eine Person sehr empfindlich und von Natur aus leicht verletzlich ist, was kann sie dafür?‹ ›Wenn jemand mit leicht aufbrausendem Temperament geboren wird, ist das seine Schuld?‹

Bei einer anderen Gelegenheit diskutierten wir über die moralische Entwicklung eines Kindes, und ich sagte zusammenfassend: Eines der größten Dinge, die sie für die Kinder tun könnten, die sie unterrichteten, sei die Fürbitte. Das verursachte fast einen Aufruhr, als ob sie noch nie davon gehört hätten. Unter anderem sagte ein Mädchen atemlos: ›Aber warum? Du betest doch auch nicht für uns, oder?‹
›Woher wollt ihr das wissen?‹
›Tust du es denn?‹
›Ja.‹
›Das ist gut für uns zu wissen‹, sagte einer.
›Was betest du denn für uns?‹ fragte ein netter Bursche.
›Das hängt vom einzelnen ab, aber mein erstes Gebetsanliegen ist, daß ihr errettet werdet.‹

Er verdaute das einen Moment lang und sagte dann ziemlich höflich: ›Angenommen, Gott erhört dein Gebet überhaupt nicht, was dann?‹«

»Ich versuchte, mich in meiner Antwort nicht zu tief zu verrennen«, bemerkte Joan Nicholson, »aber bitte betet mit mir dafür, daß viele dieser Jungen und Mädchen errettet werden.«

Die Guillebauds berichteten von einem Samstagmorgen in Buye, an dem keine Schule war. Durch den Regen hatte man mit der Feldarbeit aufhören müssen. Peter hatte den größten Teil des Tages unter seinem Wagen verbracht, weil er eine Feder reparieren wollte. Die Jungen saßen in ihrem Heim. Tagelang fühlten sie sich schon unglücklich und schuldig und gelobten, betend und fastend dort zu bleiben, bis sich der Herr ihrer annahm. Was wirklich in diesem »Obersaal« passierte, erfuhr man nie, aber Sünder wurden erlöst, Gläubige versöhnt und Sünden bekannt. Spätabends tauchten sie auf – mit strahlenden Gesichtern über ihr herrliches Erlebnis. Am nächsten Tag zündeten sie ein Freudenfeuer an, wobei Briefe unmoralischer Art und eine von einem Lastwagen gestohlene Decke öffentlich verbrannt wurden, und das Lied, das sie am folgenden Tag miteinander komponierten, hatte den Refrain:

Seliges Kreuz, selige Gruft,
Seliges Sein,
Er wurde in den Tod gesenkt für mich.

So schallte es bald durchs ganze Land.

Ja, mitten in aller Weltlichkeit und allem Materialismus wächst Gottes Haus stark und solide heran. Die Fundamente des christlichen Wesens wurden in den Klassenräumen gelegt, auf den Sportplätzen, in den täglichen Kontakten mit den Jungen und Mädchen, und viele wurden echte Christen. Die Welt betrachtete das kritisch und konnte es nicht verstehen, aber vielleicht wurde das beeindruckendste Zeugnis von der Arbeit jener Jahre im Jahre 1954 vom Generalgouverneur im Kongo gegeben: »Die Bildungsarbeit der evangelischen Missionen bleibt ein Rätsel. Auf der einen Seite sehen wir die ärmlichen, unzureichenden Gebäude, fehlende Französischkenntnisse und überholte Unterrichtsmethoden. Auf der anderen Seite geben viele zweifellos neutrale Quellen Zeugnis von dem hohen moralischen Charakter der Schüler, die diese Schulen verlassen. Wie erklärt sich dieses Rätsel? Es muß die enge Zusammenarbeit zwischen Lehrer und Schüler sein, die Stimme des Herzens, die zum Herzen spricht.«

Aber die ermüdeten Lehrer, die bei allen Problemen versuchten, das Steuer in der Hand zu behalten und die die Prioritäten kannten, hätten eine andere Antwort geben können.

Kapitel 16

Die Entwicklung der medizinischen Arbeit:
Von der Grashütte zum Missionskrankenhaus

Auch auf diesem Gebiet führte ein weiter, weiter Weg von den ersten Apotheken und Ambulanzen, die in Zelten und Grashütten untergebracht waren, bis zu den relativ geordneten, leistungsfähigen Krankenhäusern der sechziger Jahre. Junge Mediziner, die direkt aus England kommen, sind heute noch schockiert über die Arbeitsbedingungen, aber laßt uns zu ihrer Ermutigung einmal auf den Beginn zurückschauen und sehen, was sie »verpaßt« haben.

Da ist zunächst Herr Jackson mit seinen Anfangsproblemen in Gahini: »Jeden Tag kommen vierzig bis fünfzig Patienten aus einem Umkreis von vielen Kilometern, um die notdürftige Behandlung zu erhalten, die wir ihnen geben können. Unsere medizinischen Gebäude bestehen aus zwei kleinen Hütten – in eine gehen fünf Menschen hinein – und sind so eng, daß man sich gegenseitig stößt. Die andere Hütte ist ungefähr genauso groß, hat ein einziges Brett mit Medikamenten und dient uns als Apotheke und ›Operationssaal‹. Könnt Ihr Euch vorstellen, daß ein Dutzend Menschen um eine Schüssel Desinfektionsmittel herumsitzen und kleine Stücke Wolle dort hineintauchen, um ihre Geschwüre auszuwaschen, die manchmal die Größe einer Hand haben? Man könnte schon durchdrehen, wenn man überhaupt an das Wort Hygiene denkt, aber das ist das Beste, was wir im Moment für sie tun können, und es ist überraschend, wie gut manche auf die Behandlung ansprechen.« Seine beiläufige Bemerkung, daß es eine Befreiung war, Dr. Joe Church willkommen zu heißen, einen höchst qualifizierten Arzt, hört sich wie eine gewaltige Untertreibung an.

Der Mangel an Räumlichkeiten und medizinischer Ausrüstung in jenen ersten Tagen stellte den Erfindergeist auf eine harte Probe.

Wir haben einen Bericht von Dr. Stanley Smith, demzufolge er mit »einer Säge, einem Hammer, einem Meißel, der in einem Eimer abgekocht wurde, ein paar Arterienklammern, einigen Nadeln und Faden und einem Pfarrer, der die Narkose gab, in einem Lehmhaus ein brandiges Bein amputierte«. Eine Frau, die nach jedem Atemzug schreckliche Töne von sich gab, verursacht durch einen Rippenfelldefekt, wurde in die Garage gebracht. Dr. Stanley Smith warf den Motor des Wagens an und verband die Zündkabel miteinander. Sie erhielt dadurch einige kräftige Schocks durch Hals und Brust. Sie war im Augenblick gesund. Manche Geschwüre wurden mit Gummistreifen aus alten Wagenreifen verbunden. Die Strapazen, mit denen man konfrontiert wurde, und die quälende Wahl, entweder das Unmögliche zu versuchen oder jemanden sterben zu lassen, waren oft überwältigend. »Die Außenpatienten sind auf zweihundert pro Tag angestiegen«, schrieb Bill Church von Buhiga, »und wir operieren sechsmal pro Woche. All dies spielt sich in einer kleinen Apotheke und im ersten Block unseres zukünftigen Krankenhauses ab, das aus zwei Stationen, einer für Männer und einer für Frauen, besteht. Der Boden ist mit Heu ausgelegt, und die Patienten liegen so dicht wie Sardinen beieinander. Ihnen macht dieses Gequetsche gar nichts aus. Ja, es hält sie warm, und die meisten gehen geheilt nach Hause.«

Nicht nur die Ärzte litten darunter. Für die Schwestern war es genauso hart. Mildred Forder zeichnet ein Bild von den ziemlich verzweifelten Bedingungen, die 1935 in Gahini herrschten: »Als ich nach Gahini kam, war das Krankenhaus ziemlich primitiv. So entdeckte ich zum Beispiel einige Wochen nach meiner Ankunft, daß die Umschläge, die vierstündlich verordnet worden waren, überhaupt nicht angelegt wurden. Mit meinen begrenzten Sprachkenntnissen erkundigte ich mich, warum dem so sei, und erhielt zur Antwort, es sei kein heißes Wasser vorhanden. (Wäre es in der Trokkenzeit gewesen, hätte man vielleicht gar kein Wasser gehabt, denn in dieser Zeit mußte jeder Tropfen vom See bis hinauf auf den Berggipfel getragen werden.) So schickte ich zu der alten Amme, die nebenan wohnte – sie war eine ehemalige Geschwürpatientin –, um sie zu fragen, warum sie kein Wasser für die Behandlungen heiß gemacht habe. Sie antwortete: ›Kein Holz. Wußtest du das nicht?‹ Als nächstes schickte ich zu dem einbeinigen Mann, der für das

Holz verantwortlich war. Warum hatte er Sara nicht das Holz gegeben, das sie brauchte, um das Wasser zu kochen? ›Oh‹, sagte er, ›es gibt kein Holz; das Lager ist leer. Wußtest du das nicht?‹ Ich versuchte es wieder. ›Warum ist der Schuppen leer? Bringen denn die Männer nicht jeden Tag genug Holzbündel aus dem Busch mit?‹ ›Oh, nein. Dort, wo sie das Holz holen, ist ein Rudel Löwen, deshalb fürchten sich die Männer, dorthin zu gehen. Wußtest du das nicht?‹ Aha – die Löwen waren daran schuld, daß die Behandlungen nicht durchgeführt wurden. Das hätte ich wissen sollen.«

Medizinisch muß das alles schockierend und faszinierend zugleich gewesen sein.

Die Patienten kamen zu Hunderten, bekleidet mit schmutzigen Häuten; sowohl die Tuberkulösen, die mit Geschwüren bedeckt waren, als auch die, die an Lepra, Ungeziefer, Malaria und Zeckenfieber litten. Es gab auch Verletzungen durch wilde Tiere, »ein Mann, der von einem menschenfressenden Löwen angefallen worden war; ein kleines Mädchen, dessen Arme fast abrissen, als eine Hyäne versuchte, sie ihrer Mutter zu entreißen; ein Mädchen, das von einem Krokodil am Arm erfaßt wurde, als es im Fluß badete. Alle ihre Freunde rannten fort, und sie kämpfte allein im Wasser, bis das Krokodil ihr den ganzen Arm, bis direkt unter die Schulter, weggefressen hatte. Mehrere Tage trug man sie durch die wilde Buschlandschaft, bis sie schließlich in sehr schlechtem Zustand ankam. Ein abgesplitterter Knochen ragte aus dem Stumpf heraus. Ich operierte am Stumpf. Einige Tag lang meinten wir, es gäbe keine Hoffnung mehr für sie. Es wurde viel für sie gebetet, und schließlich wurde sie, trotz Wundrose, wieder völlig gesund und konnte nach Hause entlassen werden.«

»Irgend etwas liegt dort im Gras! Als wir näher hinschauten, erkannten wir, daß man einen Jungen vor eine Hütte gelegt hatte – zum Sterben. Er war nichts als Haut und Knochen. Monatelang hatte er fieberkrank in seiner Hütte gekauert. So waren seine Knie ganz krumm geworden, und er konnte nur noch kriechen. Man brachte ihn ins Krankenhaus, und nach einigen Tagen war sein Fieber ausgeheilt. Durch eine Reihe von Operationen begradigten wir seine Beine, und jetzt würdet ihr ihn nicht wiedererkennen. Er sieht kräftig und froh aus, wenn er um den ganzen Komplex herumhumpelt, um wieder laufen zu lernen. Wenn ich daran denke, daß diese Freude nicht nur auf die wiedergewonnene Gesundheit zurückzuführen ist, sondern daß er dabei Christus kennengelernt hat, dann fühle ich, daß sich diese Arbeit doch lohnt.«

»Wir haben gerade ein Mädchen, von dem seine Mutter sagte, sie habe einen bösen Geist in sich, der sie töte. Ich lieferte sie ein, und sie gebärdete sich auch einige Tage wie eine Wahnsinnige, schrie erst vor Schmerz und lag dann erschöpft da. Wir beobachteten sie eingehend und entdeckten dann, daß der Tabak schuld war. Zweifellos hatte man sie von ihren Säuglingstagen an damit vergiftet, und dadurch war sie krank geworden. Wir päppelten sie mit einer Art Gerstenwasser und Honig auf, und in sechs Wochen war sie wie ein normales Mädchen.«

Allmählich wurden auch die lehmbedeckten Hütten durch ordentliche Räume mit Ziegel- oder Wellblechdächern ersetzt, Betten verdrängten das Heulager, Ärzte kamen, um die Krankenhäuser zu übernehmen. Im Hungerjahr war das Gahinikrankenhaus in ganz Ruanda berühmt geworden, und 1943 verlieh die belgische Regierung den englischen Ärzten den Rang des »Médicin Agréé« und bot ihnen Unterstützung und großzügige Hilfe an. Die Popularität stieg; 1937 wurde das neue Krankenhaus in Matana, entworfen und gebaut von Dr. Sharp, in Gegenwart des Königs von Burundi und vieler belgischer Beamten eröffnet.

In Gahini, Kigeme und Shyria in Ruanda und in Buhigi und Matana in Burundi setzten die schrecklich überarbeiteten Krankenschwestern und Ärzte ihre Arbeit fort und behandelten Tausende von akuten Fällen. Sie schenkten einer enorm großen Zahl von Menschen in den Jahren der Hungersnot, 1943–44, zumindest etwas Erleichterung. Ihr Einfluß und ihr Wirkungskreis dehnten sich ständig aus. Die von der Regierung unterstützte Wöchnerinnenstation und die Säuglingsklinik zogen Frauen aus einem weiten Bezirk an.

In Uganda lagen die Dinge etwas anders. Hier gab es schon relativ früh leistungsfähige Kliniken und Krankenhäuser, die von der Regierung gefördert wurden. So wurde Ende der dreißiger Jahre klar, daß das Krankenhaus in Kabale nicht länger notwendig sei. Doch als man es 1939 schloß, löste das Bestürzung aus. Die Menschen hatten das Empfinden, eine geistliche Heimat verloren zu haben, und dieses Gefühl hielt trotz verstärkter Angebote seitens der Regierung an.

1955 wurde dreißig Kilometer von Kabale ein neues Grundstück gefunden, das in jeder Weise für ein neues Krankenhaus ideal zu sein schien. Es lag in einem Tal – umgeben von steilen, dichtbesiedelten Hügeln – wie ein bunter Fleckenteppich aus Äckern und saftigem Gras, wo das Vieh weidete. Das in Frage kommende Gebäude hatte als Flachsfabrik gedient, und so war eine elektrische Turbine bereits installiert, die von einem Wasserfall hinten im Wald angetrieben wurde. Die Luft war feucht, es roch nach Wasser und grünem Gras.

Die Leute am Ort hätten nur zu gern ein Krankenhaus gehabt, aber die Regierung zögerte. Drei Jahre lang wartete und betete die Gemeinde, während die Regierung immer noch am Überlegen war, aber im März 1958 kam ein Telegramm in Kabale an, in dem es hieß: »Kisiizi gehört Euch.«

Groß war die Freude der afrikanischen Gemeinde. Tausende strömten am 30. März herbei, um auf dem Grundstück einen Weihegottesdienst abzuhalten, und sie dankten Gott nicht nur für das neue Krankenhaus. Sie dankten auch besonders für ihren neuen Arzt, John Sharp, den Sohn ihres heißgeliebten Gründers. Er war in ihrer Mitte geboren, zusammen mit ihren Kindern aufgewachsen und sprach ihre eigene Sprache. Nun stand er an der Seite seines Vaters. Er war wiedergekommen, um ihnen in diesen neuen Räumlichkeiten zu dienen und unter ihnen zu leben.

Er war in ganz besonderer Weise ein Kind der Verheißung und gehörte zu ihnen. Seine Eltern hatten so lange auf den kleinen Sohn gewartet, der den Platz Robins einnehmen sollte. Von Anfang an schien er ein besonders sympathisches Baby zu sein; er besaß das übers ganze Gesicht gehende, mitreißende Lächeln seines Vaters. Schon als Siebenjähriger nahm er Christus wirklich in sein Leben auf und bestand darauf, sich bei einem Gottesdienst unter zwei- bis dreihundert Kindern erheben zu dürfen, um ihnen in perfektem Kirundi zu erzählen, daß der Herr Jesus sein Erlöser sei und es sein Wunsch wäre, daß sie ihn auch alle lieben. Er schien die Schule ohne die oft üblichen geistlichen Rückschläge zu durchlaufen. Mit 18 Jahren besuchte er die Keswick-Konferenz und bekam die Gewißheit, daß Gott ihn als Missionar haben wollte. Fortan weihte er sein Leben diesem Ruf. Er begann seine Ausbildung am St.-Thomas-Hospital und schloß 1954 mit dem M.B.B.S ab. Während dieser Jahre in London wurde er der Leiter der »Inter-Hospital Christian Union«, und viele bezeugen den starken Einfluß dieses entschlossenen, engagierten jungen Mannes. Er verlobte sich mit Doreen Harris, einer Studentin der Naturheilkunde, und zusammen beteten und planten sie, ohne zu wissen, wie Gott sie führen würde. Als ihnen die Not des Kisiizi-Krankenhauses bekannt wurde, lehnten sie zuerst ab. Vielleicht erschien es ihnen zu leicht, zu durchsichtig, aber allmählich wurde ihnen klar, daß dies der Ruf Gottes sei. So kehrte John 1957 mit Doreen und dem kleinen Andrew zurück und kam gerade im rechten Moment an.

John hatte die erstaunliche Veranlagung seiner Eltern geerbt. Während John und Doreen in einer alten Fabrik wohnten, kampierte Dr. Len Sharp mit seiner Frau in einem Wohnwagen. Vater und Sohn maßen zusammen das Grundstück aus, planten und entwarfen das Gebäude und setzten den Generator wieder in Gang, während Esther Sharp die herrlichen Grünflächen anlegte und Jacarandebäume pflanzte. Korpulent, mütterlich und kaum aus dem Gleichgewicht zu bringen – wo Frau Sharp auch hinging, die Wüste wurde zu einem blühenden Garten, öde Flächen wurden kultiviert und ein menschenwürdiges Zuhause entstand: sie, die es nie schaffte, die Sprache richtig zu lernen, die sich aber mit einem eigenen Sprachgemisch, das sie »Estheranto« nannte und das ihre Hausburschen geduldig lernten, sehr gut durchschlug.

So wurde das Krankenhaus eröffnet, und es folgten acht goldene Jahre. John war ein begabter Chirurg; und durch eine gut funktionierende Zusammenarbeit innerhalb des Teams stieg das Ansehen des Krankenhauses. Margret und Christopher wurden geboren, und die wachsende Familie zog die anderen kleinen Kinder aus dem Gebiet an – Johns und Doreens Herzen waren für sie alle offen. Beiden lag das Heil der Kinder und Jugendlichen sehr am Herzen, und so begannen sie, ihre Mitarbeiter in Sonntagsschule und Jungschararbeit zu unterrichten. So lief die Arbeit auch geistlich. Krankenwärter und Patienten wandten sich Christus zu. »Dr. John ist für uns ein Vater im Herrn«, sagte ein alter Assistent, und im ganzen

Gebiet stimmten die Menschen dieser Meinung zu. Er gehörte zu ihnen, war er doch ein Kind des Landes.

Seine letzte Krankheit begann, als er noch in Afrika war. Benommenheit, Kopfschmerzen und plötzlicher Gedächtnisschwund setzten ein. Nach vorangegangener Untersuchung in Mulago flog er nach England in sein Krankenhaus St. Thomas, wo man einen Gehirntumor feststellte. Er wurde daran ohne Erfolg operiert. Die medizinische Behandlung brachte keine Hoffnung auf Heilung. Obwohl man eine Glaubensheilung suchte, wurde diese ihm körperlich versagt. Aber vielleicht wurde das Gebet auf andere Weise, zu der Gott Gnade schenkte, erhört: John blickte dem großen Leiden der letzten Wochen mit sieghaftem Mut und Frieden ins Auge, und sein Vater, der erst vor kurzem seine Frau verloren hatte, eilte, um bei seinem Sohn zu sein, und konnte sagen: »Gott gab mir alles. Wenn er mich nun um meinen größten Schatz bittet – soll ich ihm den vorenthalten?«

Und Doreen ging mit ihren drei Kindern zurück, um zwei Jahre lang eine andere Aufgabe weiterzuführen, die ihrem Mann sehr am Herzen gelegen hatte: die Förderung der Sonntagsschulen und der Bibellesebundarbeit in den anderen Schulen.

1963 kam mit Robin Church ein weiteres Kind des Landes, um das Kabarole-Krankenhaus in Fort Portal in Uganda zu eröffnen. Ursprünglich war es ein altes C.M.S.-Krankenhaus, das Sir Albert Cook begonnen und das Dr. Joe Church wieder aufgebaut hatte. Die Regierung stiftete zwanzigtausend Pfund, und 1965 fand die Eröffnungsfeier statt – wobei Prinzessin Margaret persönlich den Schlüssel der Eingangstür in der Hand hielt und das Krankenhaus für eröffnet erklärte. Bischof Erica Sabiti hielt einen kurzen Einweihungsgottesdienst, und während die königliche Delegation die Räume besichtigte, wurde auf jeder Abteilung ein kurzes Gebet gesprochen. In ihrer natürlichen und höchst interessierten Art hielt sich die Prinzessin eine Weile auf der Kinderstation auf, um sich mit den kleinen Patienten zu unterhalten. Dann trugen sie und ihr Mann sich ins Gästebuch mit »Margaret und Snowdon« ein, die Schmuckplatte wurde enthüllt und – fort waren sie. Eine unvergeßliche Erinnerung.

Langsam entstanden auch bessere Schwesternschulen. Die ersten

Krankenwärter in Kabale kamen aus Kampala mit wenig Ausbildung. Die meisten waren durch die persönliche Zuneigung zu Dr. Sharp in dieses wilde, unsichere Land gekommen. Sie hatten ihn während des Krieges kennengelernt. »Meine Dienstzeit als Sanitäter der ugandischen Armee war außerordentlich schwer«, schrieb Erisa, eine der ältesten und besten Krankenschwestern. »Die Krankenpflege verachtete ich am allermeisten; aber als ich an Meningitis erkrankte, besuchten mich die Sharps. Und hier rief mich der Herr Jesus, seine Dienerin zu sein, was ich heute noch bin. Als dann Dr. Sharp seine Freizeit für mich opferte, um mich um fünf Uhr nachmittags zu besuchen, wurde ich so sehr mit Freude erfüllt, daß meine Schmerzen verschwanden. Sein Reden war wie die Stimme Jesu.« Ebenso kam ein Team aus Kabale freiwillig nach Gahini, ein anderes aus Gahini ging nach Shyria und Kigeme. Als die einzelnen Krankenhäuser eröffnet wurden, waren sie Ausbildungsstätten für junge Männer und Mädchen, die Krankenschwestern, Pfleger, Laboranten oder Apotheker werden wollten. Viele erwarben sich mit der Zeit große Qualifikation. 1941 begann Mildred Forder, Mädchen als Krankenschwestern auszubilden – und zwar mit solch überzeugenden Ergebnissen, daß man es 1949 wagte, in Buye die Ausbildungsstätte für Wöchnerinnenpflege der Evangelischen Allianz zu errichten. Die Gebäude und die Ausrüstung wurden aus belgischen Mitteln finanziert, und am Ende des zweijährigen Kurses mußten die Mädchen ein Staatsexamen für das Regierungsdiplom ablegen.

So floß jedes Jahr ein kleiner Strom von ausgebildeten Schwesternhelferinnen und Hebammen in die Missionskrankenhäuser zurück. Eine Anzahl von ihnen leistete wertvolle Arbeit auch für die Verbreitung des Evangeliums. Gottes Werk in den Krankenhäusern ging so durch das Zeugnis dieser selbstlosen, gläubigen Menschen und durch die Wortverkündigung ständig voran. Wenn man das Panorama der Jahre überblickt, kommen viele, viele Einzelszenen ins Blickfeld.

1928: Der alte Hirte des Königs von Ankole durchbricht eine Menschenmauer, fällt Dr. Stanley Smith zu Füßen und umklammert sie. »Als ich krank war«, rief er aus, »versuchte ich vergeblich, bei unserem heidnischen Medizinmann Hilfe zu bekommen, und so ging ich ins Krankenhaus des Allmächtigen, denn dies ist sein Krankenhaus, oder nicht? Und er hat mich gesund gemacht, denn er war es doch, der dir die Weisheit gab!«

1937: Ein Junge wird von einer Schlange gebissen. Cicil Verity öffnet die geschwollene Hand in einer Dorfkirche, achtzig Kilometer von Gahini entfernt. Der Vater verspricht, mit ihm am nächsten Tag vorbeizukommen. Aber niemand erscheint. Da machte sich Verity auf die Suche. Er spürte den Kral auf und fand den Jungen – ohne Verband, über und über mit Kuhdung beschmiert und mit Fliegen bedeckt. Herr Verity brach in Zorn aus und sagte dem Vater unverblümt, was er von ihm hielt. Einige Jahre später kam der Vater in sein Büro. »Erinnerst du dich noch, wie du so ärgerlich über mich warst?« sagte er. »An diesem Tag gab ich all meine heidnischen Praktiken auf und fing an, zur Kirchenschule zu gehen. Nun möchte ich getauft werden.«

Er lernte lesen, und seine Frau und sein Sohn, der trotz Kuhdung wieder ganz geheilt worden war, baten ebenfalls um die Taufe.

1937: Ein Mann in den mittleren Jahren sitzt im Laternenlicht des Krankenhausbüros mit regungslosem Gesicht, als Dr. Bryan und Yosiya ihm sagen, daß sein Krebs inoperabel ist und er nach Hause gehen kann, um zu sterben. Sie sagen ihm auch von dem Erlöser, der gestorben ist, von dem Leben nach dem Tod, von der Heimat, wo es keine Schmerzen mehr gibt. Ganz einfach, wie ein Kind, kniet er im Gebet mit Yosiya nieder und übergibt sein Leben durch Jesus Christus dem Vater.

1950: Ein fünfzehnjähriges Mädchen, von ihrer Stiefmutter gehaßt und halb verhungert, wird ins Krankenhaus getragen, weil ihre Familie nicht mehr länger den Gestank ihres entsetzlichen, unbehandelten tropischen Geschwürs ertragen kann. Langsam geht es ihr besser, und da sie jeden Tag von Jesus hört, wird ihr Leben verwandelt. Sie glaubt an den, der sie liebt und das ganze Leben für sie sorgen wird. Später wird sie die Köchin der Mädchenschule – ein strahlendes, frohes Menschenkind, das gern von seinem Erlöser erzählt.

1954: Der alte Abraham, der weder lesen noch schreiben kann, aus dessen Gesicht die Liebe Gottes nur so herausstrahlt, humpelt durch die Stationen, um den anderen Patienten wortlos sein Büchlein zu zeigen. »Er sitzt in seinem Bett«, sagt die Nachtschwester,

»und redet zum Herrn, als ob er sich mit dem Mann im nächsten Bett unterhielte; er bitte ihn, die zu retten, die um ihn herum sind, und dann wendet er sich den anderen Patienten zu und sagt: ›Ich habe mich gerade mit meinem Freund Jesus unterhalten.‹«

1968: Ein zehnjähriges Kind, der Sonnenstrahl seines Vaters, starb plötzlich unter der Narkose. Einige Tage zuvor hatte ihr Vater, ein Heide, an ihrem Bett gesessen und still beobachtet, was auf jener Station vor sich ging. Er bewunderte die Geduld eines jungen, Visite machenden Medizinstudenten, der sich viel Zeit für eine sterbende alte Großmutter nahm und sich fürsorglich um sie bemühte. Als sein Kind aus dem Operationssaal gebracht wurde und man nichts mehr tun konnte, als es nach Hause zu bringen und zu begraben, gab ihm eine afrikanische Schwester ein Kleidungsstück mit und forderte keine Bezahlung dafür. Der Arzt selbst bot ihm eine Tasse Tee an, und die Schwester, Elsbeth Cole, ersparte ihm den langen Marsch über die Berge, mit dem kleinen Körper in seinen Armen. Sie fuhr ihn mit dem Wagen heim. Benommen und verwirrt äußerte er keinerlei Dank und sprach auch erst nach der Beerdigung mit seiner gläubigen Frau darüber. »Schau die Liebe an«, sagte er immer wieder, »schau die Liebe an! Was würde mir passieren, wenn ich so plötzlich sterben würde?« – »Es ist, als ob ich eine Bohne in mein Feld lege«, sagte seine Frau, die diese Geschichte später erzählte. »Sie stirbt dort im Boden, aber es gibt eine Erntezeit. Mein Kind wird wieder leben, und mein Mann wendet sich zu Christus.«

So geht der Zweifrontenkampf um geistliche und körperliche Heilung weiter, und die Ärzte und Schwestern müssen geistliche Streiter sein, stark und fest an Leib und Seele, fähig und bereit, überall zuzupacken: das alles sind sie nur durch Jesus.

Wenn kein Arzt zur Hand war, mußten viele Schwestern komplizierte Operationen durchführen, um Menschenleben zu retten. Als Dr. Henderson 1964 auf Heimaturlaub ging, war das Kigeme-Krankenhaus, das über zweihunderttausend Menschen betreute, ohne ständig anwesenden Arzt. Miß Rosemary Preston erklärte sich bereit, allein weiterzumachen, und das Vertrauen, das die Leute in die Krankenschwestern setzten, war so groß, daß die Krankenhausstationen ständig gefüllt waren und die Menschen in Massen die Klinik aufsuchten.

Die Stimmen, die für eine Weiterführung der Missionskrankenhäuser als noch besser ausgerüstete Regierungszentren eintraten, wurden immer lauter. Dieses Problem wurde oft diskutiert. Aber 1955 gab es keinen Zweifel mehr daran, daß man die Antwort gefunden hatte. Bei einer medizinischen Konferenz wurden die Anwesenden vor die Frage gestellt: »Was ist unsere Berufung?« Hier Auszüge aus einigen Antworten. »Wir behandeln sicher mehr Patienten als je zuvor. Unsere Berufung ist nicht, mit der wachsenden staatlichen medizinischen Arbeit, mit ihrer erstklassigen Ausrüstung und ihrer steigenden Leistungsfähigkeit zu wetteifern. Was ist denn aber unser Ruf? Sich im Geiste Christi um die Kranken zu kümmern. Wir müssen geistliche Spezialisten sein, auf das Geistliche genauso wie auf das Körperliche eingehen. Das geistliche Problem ist oft die Ursache des körperlichen Leidens. Als vereintes Team, Schwarz und Weiß, arbeiten wir zusammen für die Heilung von Geist, Seele und Leib. Eine neue Art des Leidens erscheint überall in der Welt, die Streßkrankheiten, die aus der Hetze des modernen Lebens kommen. Wir haben sie sogar schon hier bei uns in Afrika, und sie erfordern die Behandlung des ganzen Menschen. Wir glauben, daß in der Welt mehr denn je eine Notwendigkeit für christliche Krankenhäuser besteht, die sich um das Geistliche wie um das Leibliche kümmern. Hierin besteht der eigentliche Sinn eines Missionskrankenhauses.«

Kapitel 17

Wie die Gemeinde wuchs: Sorge um Sünden und Nöte

»Ich ging mit meiner Frau und unserem Baby Mary auf eine Expedition. Wir brachten ungefähr 320 Kilometer hinter uns und fanden nahezu in jedem Ort, in dem wir kampierten, lebendige Zeugen Christi . . .

Zwei Löwen streckten aus dem Gras, nicht weit von unserem Rastplatz entfernt, ihre Köpfe heraus . . . Unser Schlaf wurde ständig durch das Brüllen der Löwen, den Schrei der Hyänen und den schrecklichen Lärm der kämpfenden Nilpferde gestört. Einer unserer Diener steckte versehentlich unser Camp an. Wir retteten Mary und die Zelte, verloren aber viele wertvolle Gegenstände« (Dr. Sharp, 1925).

»Eine Reise durch das ›Kirchspiel‹ umfaßte drei Wochen, wobei pro Tag durchschnittlich 24 Kilometer gelaufen werden mußten. In einigen abgelegenen, sumpfigen Gebieten waren die Moskitoschwärme so dicht, daß sie in Staffetten ›arbeiten‹ konnten. Der Spaß begann jedoch erst bei Sonnenuntergang, wenn das Leben außerhalb des Netzes für den weißen Mann völlig unmöglich wurde. Die letzte Mahlzeit wurde daher im Bett eingenommen. Vor vierzehn Tagen wurden vier junge Lehrer ausgesandt, aber wir hören, daß alle vier mit Malaria daniederliegen. Wir hoffen jedoch, daß sie mit der Zeit dagegen immun werden« (Dr. Stanley Smith, 1927).

»Auf der Suche nach Grundstücken für die Kirchen mußte oft durch tiefen, schwarzen, heißen, schlickigen Schlamm gewatet werden.

Ein falscher Schritt – und man hängt bis zu den Knien, bis zur Hüfte oder sogar noch tiefer drin. Dann kommt die Entwürdigung, von den Führern herausgezogen werden zu müssen, wobei man auf die Würde pfeift, wenn der andere selbst drin hängt. Manchmal stoßen wir mitten im undurchdringlichen Papyrusschlamm auf einen tiefen, rauschenden, teefarbenen Fluß von ca. 4 m Breite. Wir entkleiden uns, knoten unsere Kleider zu Bündeln zusammen, werfen sie über den Fluß, schwimmen hinüber, ziehen uns auf der anderen Seite 'raus und gehen langsam watend weiter, bahnen uns unseren Weg in der Geschwindigkeit von ungefähr einem halben Kilometer pro Stunde. Welch ein Spiel! Und der Schlamm sieht so faul auf der menschlichen Haut aus und fühlt sich auch so an – auf diese Weise auf der Haut des weißen Mannes übrigens bestens erkennbar. Doch all diese Unbequemlichkeiten sind vergessen, wenn wir in ein Dorf voller notleidender Menschen kommen. Später fällt uns dann ein, daß wir ja wieder heimgehen müssen« (Mr. Jackson, 1938).

»Eines Tages ging ich eine große Strecke zu einer kleinen Gemeinde. Ich erreichte die Hütte des Lehrers, und man sagte mir, daß es keine Leseschüler gäbe. Ich sah einige Menschen, die in der Nähe arbeiteten, und fragte sie, warum sie nicht lesen wollten. Sie sagten: ›Wir sind Heiden.‹ Ich überredete sie, zur Hütte zu kommen: einen Mann, zwei Frauen und zwei Jungen. Und zum ersten Mal in meinem Leben erlebte ich die Freude, denen von Jesus sagen zu dürfen, die noch nie vorher seinen Namen gehört hatten. Ich erzählte ihnen, so gut ich konnte, wer Jesus ist, und sprach von seiner unsterblichen Liebe zu ihnen. Ich sang ›Jesus liebt mich‹ und brachte auch sie zum Singen. Wir besuchten noch ein oder zwei andere Krals und forderten die Leute auf, zu kommen und die Frohe Botschaft zu hören« (Lawrence Barham, 1930).

Vor dem Hintergrund dieser romantischen Aura mit wilden Tieren, Feuer, Sümpfen, Flut und Moskitos führten die ersten Missionare ihre Arbeit des Hirtendienstes und des Aufbaus von Dorfkirchen treu weiter. Kirchen waren in der ganzen Umgebung der Missionszentren entstanden. Die Betreuung und Unterweisung ihrer Lehrer, die zum Teil selbst halbe Analphabeten und sehr ungebildet waren, gehörte mit zu ihren Aufgaben. Es war nicht gerade Zuckerschlecken.

In den ersten Tagen lagen Leitung und Kontrolle hauptsächlich in den Händen der schwarzen und weißen Missionare selbst. Bald waren auch alle Evangelisten und leitenden Lehrkräfte afrikanische Missionare, die von Uganda nach Ruanda und von Uganda und Ruanda nach Burundi gingen. Unter den ersten Christen in jedem neuen Gebiet stellten sich einige als Evangelisten zur Verfügung, die dann mit wenig oder überhaupt keiner Schulung ausgesandt wurden, um neue Gemeinden in der Nähe ihrer Wohnungen zu gründen. Jedem Evangelisten wurde ein jüngerer Gehilfe beigegeben, den er für die Taufe vorbereiten sollte. Nach der Taufe ging er dann selbst hinaus, um eine weitere Gemeinde zu gründen. Doch es wurden so früh wie möglich in jedem Missionszentrum Evangelistenseminare gegründet, in denen junge Freiwillige ein wenig Allgemeinwissen und Unterweisung in Glaubenslehre, Bibelkunde und in Arbeit eines Pastors erhielten.

Von Anfang an war es das Bestreben der Ruanda-Mission, eine einheimische Kirche zu gründen, die nicht von ausländischer Leitung abhängig sein, sich aber völlig nach anglikanischem Muster gestalten sollte. Um das zu erreichen, folgte man dem Grundsatzschema der Kirche von Uganda, das von Bischof Tucker entworfen worden war. Danach wurde das Gebiet um jede Missionsstation in Distrikte aufgeteilt, über die jeweils ein leitender Evangelist gesetzt wurde. In späteren Jahren war ein ordinierter Pastor für das Netz der kleinen Kirchen in diesem Distrikt verantwortlich, wobei es auch jeweils einen eigenen dort wohnenden Evangelisten und einen örtlichen Christenrat gab. Diese ließen sich bei Entscheidungen vom Dekanatsrat leiten. 1940 wurde dann der erste Diözesanrat der Kirche von Ruanda-Urundi gebildet, der aus Afrikanern und Missionaren bestand, und so war der ziemlich komplizierte Organismus fest installiert.

Dieses erste System hatte seine Nachteile, wie schon erwähnt, aber einige dieser ersten Evangelisten waren wirkliche Glaubenshelden. Isoliert und verfolgt standen sie auf ihren Posten und lehrten oft ein Glaubensbekenntnis, das sie selbst kaum verstanden.

Andere waren wiederum leuchtende, gereifte Christen. Da waren der Lehrer und seine Frau, die resolut den Baum umschlugen, in dem der örtliche Gott angeblich wohnen sollte, und so zeigten, daß sie sich nicht vor den Ergebnissen fürchteten – z. B. der für diesen »Frevel« angedrohten Kinderlosigkeit. Und einige Monate später trugen sie triumphierend ihr erstes Baby zur Kirche, dem sie den Namen Niyonzima (der lebendige Gott) gaben. Stefano, verantwortlich für eine andere Kirche, war ein reicher Mann, aber er verließ alles, um Jesus nachzufolgen. Um ihn dazu zu bewegen, das Christentum aufzugeben, bot man ihm zwei gute Kühe an. Er antwortete: »Der Sohn Gottes gab sein Leben für mich, und nun habe ich ewiges Leben und werde gehen und bei ihm sein.«

»Wenn man für Jesus auf die Barrikaden geht, bedeutet das, daß man völlig für ihn ist«, schrieb Joy Gerson. »Halbherzigkeit ist nicht gut inmitten solch heidnischer Dunkelheit, und viele Dörfler beschämen uns. Manchmal werden sie geschlagen, aber das hält sie nicht auf. Von einer der entferntesten Schulen hörten wir, daß einer der Leseschüler, ein kürzlich getaufter Bursche von ungefähr siebzehn Jahren, gerade gestorben sei, und sein Tod habe mehr für das Gebiet getan als alles Lehren. Als er sehr krank war, rief er seine heidnischen Eltern und sagte: »Wenn ich gegangen bin, dann dürft ihr meinen Namen nicht wie gewöhnlich, wenn Kinder sterben, in euren heidnischen Schwüren gebrauchen. Ihr braucht auch nicht für meinen Geist zu opfern, denn ich werde leben und nicht tot sein, wie ihr annehmt!« Und über die ganze Zeit zeigte er echten Frieden und überhaupt keine Furcht. Sein Tod bedeutete mehr als viele Predigten.

Die ersten Zentralkirchen wurden in der Hauptsache durch Gaben aus Übersee gebaut, obwohl diese Methode von Anfang an umstritten war. Jim Brazier schrieb darüber 1937: »Nach fünf Jahren Gottesdienst in einer Grashütte und sechs Monaten unter freiem Himmel haben wir nun ein schönes Gebäude aus gebrannten Ziegeln, mit Sakristei und Abendmahlsvorrichtung, um unserem Sonntagsgottesdienst eine gewisse Würde zu verleihen. Sechs Jahre waren sicher lang, um auf eine Kirche zu warten; aber ich glaube, die Idee, daß mit der Errichtung eines gewaltigen Gebäudes die eigentliche Missionsarbeit beginne sollte, ist sehr fragwürdig. Das Gebäude sollte eine Frucht des schon umgewandelten Lebens sein, nicht dessen Vorspiel. Das ist bei uns eigentlich nicht der Fall, denn alle Kosten wurden von einem großzügigen Spender in England getragen.«

Die ersten Ziegelsteinkirchen, von Freunden aus Übersee gestiftet, galten als ein Opfer für den Herrn und füllten sich bis zum Bersten. Aber die ersten Gebäude hielten nicht ewig, und als sie repariert werden mußten und der Bau neuer Gotteshäuser dringend erforderlich war, gingen Gottes Uhren genau richtig. Als 1936 die

Erweckung das Land erfaßte, war eine der kostbaren Früchte die Woge der Opfergaben. »Sie liebten so, daß sie gaben.« Nur ein paar Jahre später lesen wir: »Die Selbstfinanzierung wächst enorm. 1941 betrug sie 4500 Francs; 1942: 9000 Francs, und die Idee vom Zehntengeben nimmt ständig zu. Vor einigen Tagen verkaufte ein junger Bursche seine Ziege für 70 Francs. Er entschloß sich, dem Herrn sieben Franken zu geben, aber später wurde er versucht, nur vier zu geben. In einer Versammlung bekannte er sein gebrochenes Versprechen und brachte den ganzen Zehnten.«

Es waren wahrscheinlich jene wenigen Missionare, die den harten, unpopulären Weg gingen, die jede finanzielle Hilfe von außen ablehnten und damit der jungen Kirche am meisten halfen, auf ihren schwachen Füßen zu stehen und Gott zu vertrauen.

Paulo, ein Evangelist, brachte eine Kuh für die Arbeit des Herrn – eigentlich das Geschenk für seine zukünftige Braut. Die Leute sagten ihm, er sei doch sehr dumm, und rieten ihm, den weniger wertvollen Bullen zu geben, aber seine Antwort war typisch für Hunderte in den Jahren, in denen die Flamme der Liebe so hell leuchtete: »Das ist doch keine große Sache, sondern nur eine Kleinigkeit. Der Tod meines Herrn, um mich zu erlösen, ist für mich solch ein hoher Preis, daß meine Gabe dagegen gleich Null ist.«

Um 1940 hatte sich diese Überzeugung durchgesetzt, und es wurden in der Nähe von drei Landzentren Kirchen ohne die Hilfe aus Übersee gebaut. Diese Kirchen, die ungefähr 100 Pfund kosteten, wurden gewöhnlich auf einem Berggipfel errichtet, damit sie von hier aus einen ganzen Bezirk überblicken konnten – sie sind Denkmäler der Liebe und Arbeit ihrer Gemeinde. In einem Fall brachte jeder, der zum Gebet aufs Grundstück kam, vier Monate lang ununterbrochen einen Ziegelstein mit. Sogar die kleinen Kinder hielt man dazu an, in ihren kleinen Händen süßen Mais als ihre Gabe für den Herrn mitzubringen. Die Gebäude waren meist sehr schmucklos und kahl – abgesehen vom Abendmahlstisch –, und so brachten die Leute ihre eigenen Matten mit und setzten sich auf den Boden. Und viel schöner als kunstvolle Ornamente in bunten Kirchenfenstern waren die wellenförmigen Hügel und Täler und der offene Himmel, den man durch die unverglasten Lukenfenster und die ständig offenstehende Tür sehen konnte.

In der Zwischenzeit wurden einige Gemeinde-Rahmenrichtlinien festgelegt. Als Arthur Pitt-Pitts 1935 die Position des Erzdiakons und Feldsekretärs der Ruanda-Mission einnahm, versuchte er, die unabhängigen Zentren in eine nationale Kirche unter einer zentralen Leitung zu vereinigen. 1937 eröffnete dieser zerbrechliche, demütige Mann Gottes, gerade von schwerem Paratyphus genesen, sein neues kirchliches Hauptquartier in einer Grashütte in Buye – auf windigem Berggipfel in über 2000 m Höhe über dem Meeresspiegel. Elf Evangelisten standen ihm in der Pionierarbeit zur Seite.

Nach dem Tod von Erzdiakon Pitt-Pitts erkannte man, daß die Aufgaben als Feldsekretär *und* als Betreuer der Gemeinde eine zu große Last für einen einzigen Mann war. So wurde Dr. Stanley Smith Feldsekretär, bis er 1957 die Leitung an Dr. Dodfrey Hindley übergab. Harold Guillebaud erfüllte seinen kurzen Dienst als Erzdiakon und wurde dann durch Jim Brazier ersetzt.

In all diesen Jahren wirkte die Erweckung als »Gärungsvorgang« in der Gemeinde, und der neue Wein brauchte neue Schläuche, denn der alte, enge Organisationsstil erwies sich als echtes Hindernis für den Durchbruch des Geistes Gottes. Doch die erbittertsten Gegner der sich ausweitenden Erweckung waren oft die Gemeindeleiter der Kirche von Uganda selbst. Es war demütigend für einen Gemeindeleiter, zugeben zu müssen, daß er kalt, mit Vorurteilen behaftet war, daß ihm Leben und Zielvorstellung fehlten; und einige fürchteten die Erweckung wie die Pest. An manchen Orten wurden Anweisungen erlassen, daß kein »Erwecklicher« in einem Kirchengebäude predigen sollte. Eine Trennung schien unumgänglich, aber sie kam nie.

Die »Pro-Erweckungsgruppe« blieb loyal. Es war letztlich ihre Kirche, und sie sehnten sich nach Erweckung.

Am Theologischen Seminar in Mukono loderte die Flamme hell. Ein Student nach dem anderen wurde vom Feuer erfaßt, erstarkte in Liebe, Glauben und Eifer – obwohl in anderer Hinsicht immer schwach in Demut und Taktgefühl –, und ihre täglichen Gemeinschaftstreffen und ihre freimütige Kritik verursachten im Seminar ein Chaos. Sie wurden angewiesen, sich an den Stundenplan zu halten und sich entweder zu beruhigen oder zu gehen. Fünfundzwanzig entschlossen sich zu gehen – darunter William Nagenda. Hier haben wir die Erklärung, warum einige der größten geistlichen Führer Ostafrikas nicht – ordinierte Männer waren. Sie verteilten sich über das ganze Land, und die Kirchen nahmen sie mit offenen Armen dankbar auf, während das Seminar wieder zu seiner inspirationslosen, eingefahrenen Routine zurückkehrte, nur um sich bewußt zu werden, daß es so nicht mehr auszuhalten war. Die Zurückgebliebenen hatten den Herrn im Leben dieser »unmöglichen« jungen Männer, die sie verlassen hatten, gesehen, gehört und erkannt. So schrien sie bald selbst zum Herrn, daß er sie neu besuchen möge. Und der Herr hatte Mitleid mit ihnen, er sah ihre aufrichtige Sehnsucht und die harte Arbeit, die in seinem Namen getan wurde, und goß auf sie seinen Geist. Es gab Weinen, Flehen und eine Buße, die in Freude und Befreiung einmündete. Während eines oder zweier Jahre verließ nun ständig ein kleiner Strom erweckter Prediger das Seminar, um die Kirchen im ganzen Land zu inspirieren.

Keinen Afrikaner konnte Gott mehr gebrauchen, um die Kirche in Kigezi aufzubauen, als Ezekieri Balaba, der 1949 zum Dekan für die Landgebiete ernannt wurde und 1959 die Nachfolge von Lawrence Barham als Erzdiakon von Ankole und Kigezi antrat. Joe Church schrieb nach seinem Tod 1965 über ihn: »In über dreißig Jahren habe ich nie erlebt, daß Ezekieri ärgerlich wurde, noch kann ich mich in all unseren Diskussionen und Auseinandersetzungen an irgendein hartes Wort erinnern, weil Ezekieri immer mit so viel Güte sprach. Und dabei mußte er mit seiner großen Familie von zwölf Kindern durch viele Prüfungen gehen.«

Für Ruanda und Burundi hatte die Evangelische Allianz 1943 in Buye den Vereinten Kirchenrat gebildet, wobei die afrikanischen Delegierten jeder Mission zusammen mit den Missionaren gleiche Verantwortung für die zu treffenden Entscheidungen trugen. So konnte der ganze evangelische Leib Jesu von Ruanda und Burundi gemeinschaftlich denken und handeln. Es war ein großer Schritt nach vorn.

Ein weiterer Schritt wurde 1951 getan. Jim Brazier wurde zum ersten Bischof von Kigezi, Ruanda und Burundi geweiht, und er eröffnete sein Hauptquartier in Buye.

Aber erst ab 1956 wurden die ersten Diakone aus Burundi zu vollamtlichen Pastoren ordiniert. Das war ein historischer Akt, und die Gruppe wurde am Grab von Erzdiakon Guillebaud, der ihnen als erster das Wort Gottes gepredigt hatte, fotografiert.

Danach ging es sehr schnell. »Die Gemeinden von Kenia, Uganda und Tansania«, deren Einheit für 1958 vorgesehen worden war, »gelten immer noch als Kolonien von Canterbury, aber der Tag rückt näher, an dem sie zu einer sich selbst regierenden Provinz umgewandelt werden. Für Uganda mag es 1960 kommen, und das bedeutet für Ruanda und Burundi, daß sie zu einer separaten Diözese unter dem Erzbischof von Uganda werden.« Dies geschah am 1. Juli 1960, als aus der »C.M.S. Ruanda« offiziell die »Eglise Anglicane du Ruanda Urundi« mit einem Diözesenrat als leitendem Gremium wurde, was auch die Führung aller Primarschulen durch afrikanische Hände bedeutete.

Es war eine trostlose Zeit in Ruanda, eine Zeit, in der die Beziehungen zwischen Missionaren und Einwohnern äußerst gespannt waren und das Vertrauen zwischen den Christen einen Tiefpunkt erreicht hatte. Zwischen den beiden großen Stammesgruppen, den Tutsi und Hutu, herrschte Bürgerkrieg, und die Mehrheit der Christen fand es unmöglich, sich aus der Politik herauszuhalten. Viele wurden in eine Auseinandersetzung gedrängt, mit der sie eigentlich gar nichts zu tun haben wollten, und, einmal in diesen Kreislauf hineingeraten, taten sie Dinge, die ihr Gewissen betrübten und ihre Gemeinschaft mit Gott und untereinander behinderten. In den nächsten zwei bis drei Jahren wurde eine Reihe geliebter Führer aus ihrer Mitte gerissen: Pastor Jona, von den Terroristen getötet; John Clayton, von Räubern in seinem Haus in Buye erschossen; Pastor Timoteyop, in seiner Kirche vom Blitz erschlagen; Andrew Bowman flog plötzlich wegen einer Gehirnoperation nach Hause und konnte die nächsten fünf Jahre nicht mehr aufs Missionsfeld zurückkehren; John Sharp, in England gestorben; Pat Walker, bei einem Autounfall getötet; Dr. Hindley und Dr. Church mußten das Land aus Gründen der politischen Sicherheit verlassen.

All dies traf die Gemeinden so hart, daß es unmöglich erschien, das Theologische Seminar in Buye in seinem vollen Umfang weiterzuführen, und man schickte deshalb die Studenten in den letzten Semestern ans Mukono-Seminar nach Uganda. Ruanda hatte bereits für seine eigenen Ausbildungsstätten gesorgt, indem es 1964 unter der Leitung von Canon Albert Brown das »Stanley-Smith-Seminar für Theologie« eröffnet hatte.

Dennoch war das Jahr 1965 für die Entwicklung der Kirche von historischer Bedeutung, denn es brachte die Wahl Erica Sabitis als Erzbischof von Uganda, Ruanda und Burundi, Yohana Nkunzumwanisals als Bischof von Burundi, und Adoniya Subununguri wurde Bischof von Ruanda. Canon Ian Leakey und Canon Albert Brown machte man zu Bischofsräten, und zwei Jahre später wurde Richard Lyth, Schwiegersohn von Dr. Stanley Smith, einstimmig zum Bischof von Kigezi gewählt.

Wie würde sich die völlige Übergabe aller Verantwortung in einem vom Krieg zerrissenen Land auswirken, in dem die Wunden und Verdächtigungen kaum begonnen hatten zu heilen? Inwieweit war die afrikanische Kirche vorbereitet, die völlige Kontrolle für alle Bereiche selbst zu übernehmen? Wie sah die zukünftige Rolle der Missionare aus? Sollten sie sich während der nächsten Jahre still zurückziehen, oder gab es immer noch einen Auftrag für sie? Die Atmosphäre auf der Missionarskonferenz 1966 hätte sehr gespannt sein können, und es war wahrscheinlich die wohlwollende, beruhigende Einwirkung von Erica Sabiti, die hauptsächlich dazu beitrug, daß alles wieder zurechtgerückt wurde.

Er war der Meinung, daß die Missionare nach wie vor eine große Rolle spielen sollten, wenn sie sich bereit erklärten, unter der Leitung der afrikanischen Kirche zu arbeiten. Er warnte allerdings sehr ernst vor der tödlichen Falle, die Leitung öffentlich abzugeben und dann hinter dem Rücken ihrer Führer Kritik zu üben. Diesem weisen Rat folgte eine Bibelarbeit von Dr. Kenneth Buxton, der als Vorsitzender des Ruanda-Rates zu einem offiziellen Besuch aus England gekommen war. Er erinnerte daran, wie Mose von seinen Mitarbeitern kritisiert wurde. Die ganze Gruppe begann plötzlich, als hätte man es verabredet, zu beten. Es war eine spontane Kette kurzer Gebete, und fast alle baten um Vergebung für die Sünden der Kritik. Äußerlich konnte man wenig wahrnehmen. Innerlich war man jedoch einen großen Schritt weitergekommen, da die Missionare erneut ihre Treue zu der nationalen Kirche und ihren Führern gelobten.

Bald fanden sie heraus, daß es noch viel für sie zu tun gab. Geistlich gesehen waren die afrikanischen Führer imstande, die Verantwortung zu übernehmen; aber es gab nur wenige, die ausgebildet waren, Zukunftsprojekte weiterzuführen oder schulische und medizinische Aufgaben in den Kirchen, Schulen und Krankenhäusern zu übernehmen. Und den afrikanischen Pastoren fehlte immer noch das »Ansehen« des Missionars. Die Kirche von Ruanda war nie offiziell beachtet worden und hatte nach der Unabhängigkeit keine »öffentlich-rechtliche« Anerkennung. Bert Osborn trieb die Kirche dazu an, mit der entsprechenden Regierungsstelle über die Unterzeichnung der Papiere zu verhandeln.

»Du hast das falsch verstanden«, antworteten sie. »Das ist nicht unsere afrikanische Kirche, dies ist die Kirche Gottes, und du gehörst auch dazu. Du mußt zur Regierung gehen, weil sie dich kennen und du das Ansehen hast.« Schließlich kamen sie überein, gemeinsam zu gehen, Schwarz und Weiß, nicht nur einmal, sondern immer wieder – und die Anerkennung wurde 1964 ausgesprochen.

Es blieb viel zu tun, um das afrikanische Laientum so auszubilden, daß sie die Aufgaben übernehmen konnten, die so viele Jahre lang von europäischen Ländern aus das zentrale Leben der Kirche genährt und bereichert hatten. 1965 kam Margaret Clayton nach Uganda, und es fand die erste Konferenz für Leiter der Mütterkreise in Ruanda statt, zu der sich vierzehn Frauen aus dem ganzen Land versammelten. Diese Arbeit war von Frau Barham klein begonnen worden, aber jetzt – mit der Frau des Bischofs, Frau Sebununguri, als Präsidentin – verbreitete sie sich über das ganze Land. Doreen Peck, die Frau von Albert Brown, Nina Putman und andere hatten unermüdlich diese Kreise in Ruanda wie auch in Burundi gefördert. Man hatte Bibellesehilfen ausgearbeitet und an die Leiter gesandt; in manchem Haus, in mancher Gebetshütte oder im überdachten Garten wurde über Hygiene, Kochen, Nähen, Kinderpflege und Diätküche unterrichtet, und so hob sich der gesamte Standard der ländlichen christlichen Familie. 1966 trafen sich sechzig Frauen zu ihrer zweiten Konferenz für Leiter in Gahini. Ihre Babys nahmen sie einfach mit.

Bischof Lyth hatte sich darum bemüht, auf die Kritik zu antworten, die in den letzten Jahren so oft an die Adresse der Kirche gerichtet worden war. Diese Kritik besagte, die Kirche sei so geistlich, daß sie die echten Probleme der Welt nicht sehe. – Er rief den christlichen Landdienst ins Leben, der später in ganz Uganda Schule machte. Dieses Projekt sollte zum Ausdruck bringen, daß der Mensch eine Einheit von Leib, Seele und Geist ist, denn Christus hat deutlich gemacht, daß er sich um den ganzen Menschen kümmert. Nora Lyth schrieb: »C.R.S. ist nicht nur ein weiterer sozialer Dienst, sondern ein Arm der Kirche, der sich in der Liebe und Fürsorge Gottes dem ganzen Menschen entgegenstreckt, um ihn zu Ihm zu ziehen.«

So begann Bischof Lyth damit, Männer auszubilden und sie in die Dörfer zu senden. »Als die Anfangszeit der Ausbildung im Klassenzimmer und auf dem Feld vorüber war«, schrieb er, »und die Leute im Distrikt begriffen, warum wir hier waren, und uns nach und nach riefen, zu kommen und ihnen zu helfen, teilten wir das Team in Paare auf (wie die Jünger unseres Herrn), und je zwei gingen jeweils hin, um in jedem Bezirk des Distrikts zu arbeiten. Da über 60 Prozent der Männer und 80 Prozent der Frauen des Bezirkes des Lesens und Schreibens nicht mächtig waren, betrachteten unsere Leute es als ihre erste Aufgabe, Literaturklassen für Erwachsene zu bilden und für sie wiederum freiwillige Lehrer zu schulen. Die Veröffentlichung der ganzen Bibel, die zum ersten Mal in ihrer eigenen örtlichen Sprache erschien, war für diese Klasse ein zusätzlicher Antrieb, und die Männer hatten somit viele Gelegenheiten, den Herrn zu bezeugen. Sie haben auch eine Reihe von Selbsthilfegruppen für Bauern gegründet, die sich zum Wohle ihrer Gemeinde zusammengeschlossen haben. Sie haben geschützte Quellen für die Dorfbewohner gebaut, damit man nicht mehr Schlammwasser trinken mußte; hier und da bauten sie auch eine Straße, wo es vorher keine gab, so daß heute mehr Dörfer von der Motorisierung profitieren können. Den Frauen brachten sie bei, wie sie ihre Küchen ohne die harte Arbeit des Grabens und Formens von Ton für Ofen und Schornstein rauchfrei machen können. Die Ergebnisse könnten gewaltig sein. Es fallen keine Säuglinge mehr ins Feuer, und es gibt auch keine entzündeten Augen mehr, weil man sich nicht mehr stundenlang im dicken Rauch aufhält.

In Ruanda brachte David Westens den Leuten bei, wie sie ihren Lebensstandard durch Landwirtschaft heben können, und die Reaktion war groß. Später bot James Brown in Maranyundo seine Hilfe mit Unterricht in Bienen- und Geflügelzucht, Viehhaltung, Gemüseanbau, Wasserversorgung, Lese- und Schreibunterricht und Gesundheitswesen an. Die Menschen spürten die Liebe Christi in denen, die sich wirklich um sie bemühten; und das war auch gut so, denn Er trug nicht nur ihre Sünde, sondern auch alle Kümmernisse, die aus der Sünde resultieren – Hunger, Armut, Mangel und Krieg. Deshalb sollte die Kirche ein Heim werden, in das sich Menschen mit all ihren Problemen flüchten können, um dort Anteilnahme, Heilung und praktische Hilfe zu finden.

Die Jugendarbeit innerhalb der Kirche bot sich als weitere Gelegenheit an. Norma Westlake, Pat Brooks, Viera Gray und andere begannen mit Mädchen- und Buben-Jungscharen und bildeten Leiter aus. Doreen Sharp führte die Arbeit mit Bibellesebundgruppen in den Schulen weiter, was so sehr im Sinne ihres Mannes war; und die Kitleys besuchten die Schulen in Burundi, um die Vereinigung gläubiger Schüler zu fördern. Pat und Pam Brooks entwickelten eine Arbeit unter den Studenten in der Hauptstadt Burundis, Bujumbura, wo Dorothée de Bneoit bei Radio Cordac, der christlichen Radiostation, mitarbeitete.

In Ruandas schnell expandierender Hauptstadt, Kigali, erhielt die anglikanische Kirche dann ein großes Grundstück. Hier wollte man als erstes Gebäude eine Halle errichten, die nicht nur bis zur Fertigstellung der Kathedrale als Gottesdienstraum dienen sollte, sondern auch als Jugendzentrum für die vielen jungen Leute, mit denen man täglich in Kontakt kam.

So »bewegt sich die Gemeinde Jesu wie eine mächtige Armee vorwärts«, aber die Generäle sind nun die Afrikaner, und die Missionare marschieren in Reih und Glied.

»Meine Angehörigen waren Heiden«, sagte der Bischof von Ruanda, »und ich habe meinen Vater nie gekannt. Ich arbeitete als Hausbursche bei Missionaren, aber eines Tages sprach eine Stimme zu mir: ›Gib zurück, was du gestohlen hast.‹ So tat ich Buße, und mir wurde vergeben. Nach vielen Jahren der Ausbildung machte mich der Herr zum Bischof, aber ich hatte Angst und sagte: ›Was kann ich tun? Wie kann ich es richtig tun?‹ Da sagte Bischof Barham zu mir: ›Wenn du weiter mit Jesus wandelst und ein demütiger Mann bleibst, kannst du es schaffen. Wenn du stolz und starrköpfig bist und dich auf deine Stellung als Bischof stützt, dann wird es hart werden.‹ Bis heute gibt er mir die Gnade, in der Buße zu bleiben. Für mich war der glücklichste Tag des Lebens nicht der, an dem ich Bischof wurde, sondern der, an dem ich Jesus kennenlernte.«

Kapitel 18

Kirche im Feuersturm der Verfolgung

Weltliches Machtstreben, Materialismus und Geldliebe sind zu allen Zeiten die Feinde der Kirche gewesen. In den fünfziger Jahren bekam das auch die Kirche in Ruanda mit voller Wucht zu spüren. Die Kirchenschulen waren ja Sprungbrett für Aufstieg und westliche »Zivilisation«. Das Glaubensgold blieb und leuchtete hell, aber es wurde mehr und mehr mit Schlacken gemischt. Vielleicht ließ Gott aus diesem Grund zu, daß seine Gemeinde von 1959–1962 durch ein Feuer der Prüfung und Verfolgung ging, durch das alles Unechte weggebrannt und das Wahre geläutert und gereinigt wurde.

Um die Tragödie dieser Jahre zu verstehen, ist es notwendig, etwas über das bis dahin geltende soziale System in Ruanda zu wissen. Die gegenwärtige Bevölkerungdichte resultiert aus zwei Eroberungszügen. Man nimmt an, daß die Ureinwohner Ruandas einer Pygmäengruppe, den Twas, angehörten. Sie waren in der Hauptsache Jäger und Töpfer. 1960 betrugen sie weniger als ein Prozent der Bevölkerung.

Als erste Eroberer kam eine bäuerliche Bevölkerungsgruppe der Bantu, die man die Hutu nannte. Man erkennt sie an ihrem wolligen Haar, den flachen, breiten Nasen, den wulstigen Lippen und ihrer mittleren Statur. Sie begannen mit der Inbesitznahme der Wälder und rodeten den Busch mit ihren Hacken. 1960 bildeten sie 85 Prozent der drei Millionen Menschen zählenden Bevölkerung Ruandas.

Einige Jahrzehnte später kam ein großes, schlankes, hochgewachsenes Volk, die Tutsi. Das war gewissermaßen die zweite Eroberung Ruandas. Angeblich aus Äthiopien oder dem Nildelta kommend, waren die Tutsi der äußerste Zipfel einer großen Hirtenwanderung in südlicher Richtung. Sie stellten dann nicht weniger als 15 Prozent der Bevölkerung von Ruanda. Bei der Eroberung von Ruanda durch Tutsi und Hutu vereinten sich politische Überzeugung und Stärke. Die bestens organisierten Tutsi, die in der Hauptsache von ihrer Viehzucht leben, betraten das Land unter dem Banner ihres Königs, den man den Mwami nannte. Seine Armee bestand in der Hauptsache aus einer Anzahl von Kampfgruppen, die von militanten Führern geleitet wurden. Sie handelten mit den einzelnen Häuptlingen des Hutuvolks aus, ihnen ihren Schutz zuzusichern, falls die Hutus die Tutsis als ihre Herren anerkennen würden. Wo die Häuptlinge der Hutus Widerstand leisteten, wurden sie durch die übermächtige militärische Organisation und die Reserven der Tutsi niedergeschlagen. Am Ende wurde ein tragbarer Kompromiß erreicht, und die Hutu schlossen mit den Tutsiführern ein Abkommen, wonach sie von den Tutsi Vieh und Schutz erhielten, während sie ihnen als Gegenleistung unbezahlte Arbeit, Gaben, persönliche Dienste und Nahrungsmittel gewährten.

Das feudale System florierte viele Jahre lang, in Ruanda wie in Burundi – gegründet auf der Überzeugung, es bestünden unter den Menschen erbliche Unterschiede. Nach der Legende hatte der erste König von Ruanda drei Söhne: Gatutsi, Gahutu und Gatwa. Als sein Tod nahte, gab er jedem seiner Söhne ein Gefäß mit Milch, welches sie über Nacht sorgfältig bewachen sollten.

Gatutsi wachte treu, beschützte den Topf und gab ihn seinem Vater am nächsten Tag gefüllt zurück. Gahutu schlummerte vor sich hin, verschüttete etwas und gab den Topf halbleer zurück. Der habsüchtige Gatwa trank die Milch aus und kam mit leeren Händen zurück. Deswegen erwählte der König Gatutsi zu seinem Nachfolger. Damit er für immer von der manuellen Arbeit befreit sei, ernannte er Gahutu zu seinem Diener, während Gatwa aus der Welt der Menschen verbannt wurde.

Als die belgischen Streitkräfte 1916 Ruanda eroberten – nach einer kurzen Periode deutscher Herrschaft –, machten sie zuerst keinerlei Versuch, die Macht Mwamis und seiner Tutsihäuptlinge anzutasten. Im Gegenteil, sie beschränkten ihre Lehr- und Regierungsämter auf die Tutsi-Elite. Aber im Lauf der Jahre gab es Widerstand, und die Macht der Tutsihäuptlinge ging langsam zurück. 1956 bildete man den Nationalen Rat von Ruanda, dessen Mitglieder von der Kolonialregierung kontrolliert wurden.

Aber auch die Hutus erhielten Unterricht, und so drangen die Ideale von Demokratie und Gleichberechtigung langsam überall durch. Entsprechend bedrohlich nagten die Erinnerungen an vergangene Unterdrückungen . . .

»Wann werden wir die an uns begangene Ungerechtigkeit anprangern?« fragte ein Hutudichter in einem bekannten Werk, und die Antwort lautete: »Wenn der Hutu nicht mehr die Seele eines Dieners hat. Dazu muß er erst noch einmal geboren werden.«

1960 erhielt der Kongo die Unabhängigkeit. Auch den Menschen in Ruanda wurde bewußt, daß die Belgier vielleicht auch bei ihnen nicht immer bleiben würden, und so begannen sich Tutsis wie Hutus auf den unvermeidlichen Zusammenstoß vorzubereiten. Im September 1959 wurde eine neue politische Partei gegründet, die PARMEHUTU (»Emanzipationspartei der Hutus«). Am 24. Juli 1959 starb plötzlich und auf geheimnisvolle Weise der sechsundvierzig Jahre alte Mwami – ohne einen Nachfolger benannt zu haben. Die Tutsis setzten sofort seinen Neffen zum neuen König ein, und die Belgier fügten sich. Es folgten ein paar brutale Attentate auf führende Hutus, und dann brach der Vulkan aus. Zum ersten Mal in der Geschichte erhoben sich die Hutus massenweise gegen ihre Feudalherren. Der neue Mwami floh nach Burundi; das Land stand in totalem Bürgerkrieg.

Die Bemühung, diese Probleme durch eine allgemeine Wahl zu lösen, endete damit, daß 71 Prozent die Hutuparteien wählten. Danach folgten Serien von Gewalttaten, Blutvergießen und Massaker, bis unter der weisen, aufopferungsvollen Herrschaft von Präsident Kayibanda am 1. Juli 1962 die Unabhängigkeit erklärt wurde und Ruanda und Burundi zwei separate Staaten wurden.

Der Terror, der sich dann so weit ausbreiten sollte, begann mit einem kleinen Gefecht in der Nähe von Shyogwe im Oktober 1959. Bald fanden sich Peter und Elisabeth Guillebaud, Mabel Jones und andere mitten im Zentrum von Krieg und Terror wieder. Männer mit Äxten strömten über die Hügel, hieben die Bananen- und Kaffeeplantagen nieder, verbrannten die Tutsihütten und töteten das Vieh. Die Missionare mußten sich darüber klar werden, ob sie sich in diese absolut politische Angelegenheit verwickeln lassen sollten. Neutralität würde bedeuten, den Mord von Hunderten gutzuheißen. Deshalb entschlossen sie sich, den Flüchtlingen ihre Türen zu öffnen.

Als erstes kam ein gläubiger Lehrer, verstört und weinend, und bat Peter und Elisabeth um Unterschlupf für Frau und Kinder. Er flüchtete auf abenteuerlichen Wegen quer über Straßen und Berge, die von bewaffneten, betrunkenen Truppen besetzt waren, um die zu schützen, die der Gefahr des Todes ausgesetzt waren! Peter schrieb seinem Sohn bewegt über diese Tage:

»Donnerstag, 5. November. An diesem Tag dachten wir, jetzt sei alles aus. Am Morgen begannen die grausamen, blutrünstigen Schreie um neun Uhr. Plötzlich ergoß sich den Hang hinab und über unser Gelände hinweg eine buntgemischte Horde von Männern und Jungen, die kreischend und tanzend Messer und Speere schwangen, mit denen sie in die Türen stachen. Dabei rissen sie alle Ziegel von den Dächern, die ihnen in den Weg kamen. Sie gingen in die Häuser des Häuptlings und des Apothekers und zerstörten diese völlig. Alles, was wir tun konnten, war, am Abend hinauszugehen, die Familien einzusammeln, um sie zusammen mit Rosemary und Dorothée in unserem Haus wieder zusammenzuflicken.

Freitag, 6. November. Gerüchte gehen um, daß wir jetzt an die Reihe kommen, weil hier Flüchtlinge versteckt sind. Wir gingen los, um eine Richtersfrau hereinzuholen, deren Bein gebrochen war, und auf dem Rückweg begegneten wir einer großen Schar (über 100) bis zu den Zähnen bewaffneter Leute. Es war ein furchterregendes Erlebnis, zwischen den Männern hindurchzugehen, die uns schweigend betrachteten. Nun müssen wir die Frau des Richters und die Kinder bei uns unterbringen.

Sonntag, 8. November. Wir hatten eine schöne Gemeindestunde, aber wie wichtig ist es, daß unsere Leute den Herrn selbst sehen und dem verderblichen Trio der Sünde entfliehen: Furcht, Haß und schlechtem Gerede. Unsere geistliche Not ist sehr groß, und es ist schon erschütternd, wenn man sehen muß, wie verantwortliche Leute zusammenbrechen und kindisch werden. Während des Gottesdienstes kam ein Regierungsbeamter in einem Jeep mit einem Telegramm, in dem Kriegsrecht und Ausgangssperre verkündet wurden. Später schlenderte dann eine Gruppe wild gewordener Männer, paukenschlagend und schreiend, die Straße hinab, um die

Leute aufzuwiegeln, aber diese reagierten gar nicht mehr darauf. Die Panik ist der Wegbereiter für abgrundtiefe Verzweiflung, und das würde den Ruin dieses Landes bedeuten.«

Doch inmitten dieses zerstörerischen Chaos flohen die Menschen im Distrikt in eine bestimmte Richtung – den Berg hinauf in die Missionshäuser und zur Kirche. Hanika wurde bald zu einem bekannten Flüchtlingslager. Ein Mann, verfolgt von einer bewaffneten Gruppe, lief einen halben Kilometer, einen seiner Feinde im Rücken, der ein Messer hinter ihm herschwang. Als er sich über die Missionsgrenze stürzte, hielt sein Feind an und rief ihm zu: »Jetzt ist doch alles gut, oder nicht? Du hast ›Iman ishimwe‹ (Lobe den Herrn) erreicht.«

»Hierher zu kommen ist, als ob man in den Himmel käme, wenn man es mit den auf unseren Stationen und überall im Land herrschenden Zuständen vergleicht«, sagte ein römisch-katholischer Priester. »Ihr seid in diesen Tagen einfach ganz anders«, meinte ein anderer, als er ihnen seine Hilfe anbot.

Die Not hatte sie zusammengeschmolzen – geistlich und natürlich. Am 12. November waren es dreihundert, die auf dem Missionsgelände Obdach gefunden hatten. In jener Zeit malte Mabel Jones, die die verängstigten Schulkinder betreute, auch jenes große Bild, das für so viele zum Symbol für die Bewahrung während der Zeit des Aufstandes wurde. Es zeigt ein Rudel gefräßiger Wölfe, die zwei Schafe, ein schwarzes und ein weißes, ankläffen – aber eine durchstochene Hand hält die hungrigen Raubtiere zurück, und die Schafe sind hinter diesem Bollwerk sicher. – Obwohl man über all die Verluste anfangs erschüttert war, reagierte man zunächst nicht geistlich. Doch die Gäste wußten, daß sie auf der Missionsstation zumindest vorübergehend sicher waren und zur Ruhe kommen konnten.

»Warum seid ihr hierher gekommen?« fragte ein Christ, als er sah, daß sein Haus so überfüllt war, daß er es kaum selbst betreten konnte. »Seht ihr nicht, daß mein Haus genauso überdacht ist wie euer eigenes? Warum glaubt ihr denn, daß ihr hier sicherer seid?« – »Weil wir wissen, daß ihr keine Feinde habt«, antworteten sie. Und während viele Christen über den Verlust all ihrer irdischen Güter trauerten, standen andere fest da und richteten ihre Augen unbeweglich auf die zukünftigen Dinge. So warnte man einen alten Mann, eine

Bande käme auf ihn zu. Er ging gefaßt hinaus, um ihnen zu begegnen, und stellte sich vor seine Hütte. »Warum seid ihr gekommen?« fragte er. »Wir sind gekommen, um dein Haus zu verbrennen«, antworteten sie. Er trat einen Schritt zur Seite. »Das ist nur Holz und Gras«, sagte er, »wenn ihr wollt, könnt ihr das verbrennen, aber ich habe etwas, das ihr nicht verbrennen könnt – und das ist meine Wohnung im Himmel, für die Jesus hingegangen ist, um sie für mich zu bereiten.«

Einen anderen traf man Gott lobend an, nachdem sein neues Haus fast dem Erdboden gleichgemacht worden war. »Ich habe nie geglaubt, daß meinem Haus irgend etwas passieren könnte, aber als ich die Ruinen sah, gab mir der Herr Frieden. Ich habe nichts in diese Welt gebracht, und ich kann auch nichts herausbringen. Niemand kann mir mein ewiges Leben nehmen, ich habe eine Wohnung im Himmel.«

Ein anderer Tutsi verlor seine Kühe, sein Haus und all seinen Besitz. »Für euch Europäer«, sagte er, »mag der Verlust einer Kuh nicht viel bedeuten, aber für uns ist es fast, als verlören wir ein Kind. Ich habe eine chronische Magenverstimmung, und so muß ich immer Milch trinken. Deshalb dachte ich, wenn ich je meine Kühe verliere, dann bin ich erledigt; aber seit diesen Ereignissen habe ich gar keine Magenverstimmung mehr, denn der Herr hat mir geholfen.«

In Shyria im Norden befanden sich auch Doreen Peck und Josephine Stancliffe in einer mißlichen Lage. Wie tief sollten sie sich in den Konflikt einlassen? Sollten sie Stellung nehmen oder nicht? Und wieder wurde die Frage für sie entschieden.

Am 4. November bemerkten sie, wie hier und da in der herrlichen Landschaft Rauchschwaden aufstiegen und langsam näherkamen. Am nächsten Tag konnten sie sehen, wie auf dem ganzen Plateau Flammen emporloderten und Dächer brannten, und dann kamen die Flüchtlinge. Am darauffolgenden Morgen logierten in jeder Ecke des Hauses und Krankenhauses ungefähr dreihundert Tutsis. Gerüchte breiteten sich wie ein Buschfeuer aus, daß der Shyriaberg das nächste Angriffsziel sei, da sich hier verschiedene von den Banden gesuchte Tutsis verborgen hielten – obwohl die Missionare abgelehnt hatten, den Distrikthäuptling und seine Familie aufzunehmen, weil das ihrer Meinung nach ein sicheres Massaker der Restlichen bedeutet hätte. Die brennenden Häuser und Plantagen bildeten nun einen geschlossenen Ring von Feuer und Rauch um das Anwesen, und um 15 Uhr wurde eine Dringlichkeitssitzung für alle Kirchenleiter einberufen. Hier entschied man, daß Josephine, der örtliche Evangelist und der Krankenhausassistent nach Gahini fahren sollten, um Hilfe zu holen – Doreen Peck sollte bei den Leuten bleiben und die kommenden Dinge abwarten.

So machte sich Josephine mutig auf ihre Reise durch das versengte, brennende Land, durch die Dunkelheit der Nacht, vorbei an schwerbewaffneten Gruppen; doch sie erinnerte sich, zumeist ein Gefühl des Friedens gehabt zu haben (»Meinen Frieden lasse ich euch«). Und dann erreichte sie sicher ihren 200 Kilometer entfernten Bestimmungsort und kam in der folgenden Nacht spät mit Ted Sisley und ihrem eigenen Pastor zurück, der auf Urlaub gewesen war.

Doreen Peck hatte als einzige Missionarin am Ort ebenfalls diesen mächtigen Frieden erfahren. Nachdem Josephine gegangen war, stoben eine Horde Plünderer, ins Horn blasend, über das Missionsgelände, und das Feuer war sehr nahe. Es gab alle Hände voll zu tun, um für dreihundert verstörte Gäste Essen zu besorgen, aber schließlich hatten sich alle irgendwo niedergelassen, einige schliefen schon. Da öffnete sie ihr »Licht für den Tag«, und es schien, als seien die alten Worte an jenem Novemberabend neu für sie allein geschrieben worden: »Die Kinder Israels flohen vor ihnen wie zwei kleine Scharen Kinder, aber die Syrer erfüllten das Land. Ich werde diese große Menge in deine Hand geben, und ihr sollt wissen, daß ich der Herr bin. Sie werden gegen euch kämpfen, aber sie werden euch nicht überwinden, denn ich bin mit euch.« Sie legte sich nieder, schlief ein und erwachte um drei Uhr früh mit klarem Kopf und dem Bewußtsein der Führung des Herrn. Es war ihr klar, daß sie nicht richtig gehandelt hatten, als sie dem Häuptling und seiner Familie den Schutz verwehrten. Der Vers »Größere Liebe hat niemand als der sein Leben läßt für seine Freunde«, hallte in ihrem Ohr wider, und so stand sie sofort auf und ging in die pechschwarze Nacht hinaus, um die Familie des Häuptlings zu wecken und sie hereinzuholen. Es war Sonntag, und sehr bald erwachten die steifen, zusammengekauerten Gestalten; und die Morgennebel vermischten sich mit dem Rauch der Brände, die nun sehr, sehr nah waren. Sie versammelten sich alle wie gewöhnlich zum Sonntagmorgengottesdienst und weihten sich dem Herrn.

Am Mittag kam die Nachricht. Eine große Schar Soldaten stand bewaffnet mit Speeren und Stöcken an der Grenze des Missionsgeländes und wünschte den verantwortlichen Missionar zu sprechen. Doreen ging mit der Frau des Evangelisten hinunter, um mit ihnen zu reden. Schweigend und beschämt hörten sie mit großem Erstaunen, daß bei ihr kein Interesse an Parteien oder Politik bestand. Sie sei da, um den Menschen von der Liebe Gottes und vom Tod Christi für unsere Sünden zu sagen. Höflich aber bestimmt erklärte man ihr, dies sei alles sehr schön und gut, aber sie verberge Feinde und das bedeute ein Sich-Widersetzen gegen amtliche Befehle. Gewisse Leute sollten sofort ausgeliefert und der Schulleiter, ein Hutu, sollte ebenfalls vorgeführt werden, denn es hieß, er sei vermißt und vermutlich von einem Tutsi ermordet worden. Wenn er nicht innerhalb von zwei Stunden lebend wieder auftauchte, würden sie die Mission angreifen, die Flüchtlinge gefangennehmen und die Häuser verbrennen.

Es war Doreen, als ob ihr eine innere Stimme sagte, dies gehöre ja sowieso alles jemand anderem. Verblüfft hörte sie sich plötzlich selbst unerschrocken sagen: »Ihr könnt nicht den Berg hinaufkommen. Es ist Gottes Berg«, worauf ein junger Bursche ganz nahe an sie herantrat, ihr mit haßerfüllten Augen ins Gesicht sah und sagte: »Es gibt keinen Gott, Mademoiselle.« – »Doch, es gibt einen«, antwortete sie. »Und ihr werdet sehen, daß er diesen Berg vor Schaden bewahren wird.«

Mit ärgerlichem Gemurmel unternahm man den Versuch, hinter ihr den Hügel hinaufzueilen. Aber die durchbohrte Hand war zum Schutz über die gebrechliche Herde ausgestreckt, und die Banditen blieben zurück. Doreen und Edreda erklommen den Hügel allein. Aber Doreen war in einer schwierigen Situation, denn der Schulleiter war verschwunden, und niemand konnte über seinen Verbleib Auskunft geben. Die Zeit verging, die Dämmerung begann. So versammelte sie die Leute, wies sie auf die drohende Gefahr hin und riet ihnen, daß sich so viele wie möglich in der Dunkelheit wegschleichen sollten. Aber bevor sie gingen, beteten sie zusammen, und schon während des Gebets begann es in Strömen zu regnen.

Ein Massenangriff auf den Shyriaberg war durch den glitschigen Morast vorerst unmöglich geworden, und einige fingen an, Lob- und Dankeslieder zu singen. Niemand sah die unsichtbaren Heerscharen, die feurigen Pferde und Wagen, die um den Hügel standen, aber sie waren ganz sicher da.

Noch vor Mitternacht mußte man etwas über den Verbleib des Schulleiters erfahren, sonst würde der Angriff um sieben Uhr in der Frühe stattfinden. Doreen setzte sich nieder, um einen Brief zu beantworten, und während sie noch schrieb, trat ein Bote mit einer Nachricht ein. Sie kam vom vermißten Schulleiter selbst, der zwar in Sicherheit war, sich aber versteckt hielt. Sie sandte Kopien an die Belagerer, und als der Bote gerade wegging, keuchte ein Auto den Berg hinauf.

Josephine, Ted Sisley und ihr Pastor waren mit einer schriftlichen Sicherheitsgarantie zurück und hatten die Vollmacht, falls notwendig, militärische Hilfe in Anspruch zu nehmen.

»Wir priesen den Herrn, der uns befreit hatte, als es keine Hilfe für unseren Besitz und vielleicht auch für einige Menschenleben zu geben schien«, schrieb Doreen. »Als ich mich am frühen Abend damit abfand, möglicherweise all meine Habe zu verlieren, wußte ich, daß nichts anderes mehr Priorität haben durfte als die Verkündigung der erlösenden Macht des Herrn. In allen Dingen mußten wir uns seinem Willen beugen.«

Doch trotz des militärischen Schutzes war das Krankenhaus ständig bedroht, und durch die Beherbergung von dreihundert Personen wurde seine eigentliche Aufgabe, den Kranken zu dienen, unmöglich gemacht. Als Dr. Adeney zwei Tage später ankam, beriet er mit dem Administrator darüber, wie man die Flüchtlinge in Sicherheit bringen könne. Die Regierung in Uganda hatte die Zusicherung gegeben, sie würde unbewaffnete Flüchtlinge aufnehmen, und so beschaffte man eine Transportmöglichkeit, um sie in Richtung Norden über die ugandische Grenze zu bringen.

Es war eine traurige, unruhige Nacht, als die Menge vor der Aussicht stand, vielleicht ihre Häuser und ihr Land für immer verlassen zu müssen. So kamen frühmorgens sieben Lastwagen an, und alle dreihundert wurden den Berg hinunter in den dicken, weißen Talnebel gefahren – über das Hügelland und die schwarzen Geleise Ruandas zur Grenze nach Kigezi, von wo aus sie zu Fuß weitergingen. Was sie erwartete, war unsicher. Dr. Adeney verließ den Konvoi, um sich nach dem Befinden zweier Tutsimädchen zu erkundigen, die in einer anderen Pfarrstelle gelebt hatten. Und hier fand er den Mann, der ihnen helfen konnte: Kosiya Shalita, der nun stellvertretender Bischof von Uganda war. Der Bischof machte sich sofort auf den Weg, »um ihnen eine Stätte zu bereiten« – im ersten protestantischen Zentrum im Innern Ugandas. Als dann nach drei Stunden ängstlichen Wartens an der Grenze die Lastwagen in die Sicherheit holperten, war alles zur Aufnahme der Flüchtlinge vorbereitet.

Kigeme und Gahini entgingen dem Blutvergießen zu Beginn der Aufstände. In Gahini mag das eine Folge der Zusammenkunft gewesen sein, die am 8. November 1959 unter Bäumen im Mondschein stattfand. Die evangelischen Häuptlinge und Führer der afrikanischen Kirche trafen sich, um zu besprechen, was unternommen werden sollte. Einstimmig baten sie Dr. Church, den Administrator zu veranlassen, keine kongolesischen Soldaten zum Schutz des Berges zu entsenden. Gefragt nach der Begründung, antworteten sie, daß sie sich mehr vor den kongolesischen Soldaten als vor den aufständischen Hutus fürchteten und daß sie sich lieber dem Schutz des Herrn anbefehlen wollten. Trotz der Ängste und zahlloser Gerüchte gab es dann auch fast zwei Jahre lang keine ernstlichen Zwischenfälle. Wie alle Missionszentren nahmen sie heimatlose, verhungernde Tutsis auf, die durch Massaker bedroht waren. Fünf Monate lang gewährten sie auch der Königinmutter Unterschlupf, bis sie sie schließlich über die Grenze nach Uganda brachten.

Dann brach der Sturm los. Im August 1961 riet der britische Konsul Dr. Joe Church, das Land zu verlassen. Da er monatelang den Tutsis zur Verfügung gestanden hatte, stand er auf der schwarzen Liste, und seine Sicherheit konnte nicht mehr länger garantiert werden. Obwohl sein Sohn John zusammen mit seiner Frau Rhoda gekommen war, um die ärztliche Versorgung zu übernehmen, war das für die afrikanische Kirche in jener kritischen Stunde ein schwerer Schlag. Nur vierzehn Tage später brach der Terror in Gahini aus.

Zahlreich sind die unauslöschlichen Erinnerungen an diese Tage. Janet Smith, die verantwortliche Schwester im Krankenhaus, erinnert sich, wie sie die Kinder der Sisleys durch brennende Krals und Plantagen in Sicherheit fuhr, wie sie über das versengende Land ging, um die Alten, die Heimatlosen und die Verwundeten hereinzuholen; wie traurig der alte Pastor war, dessen kostbare Bibel zerstört wurde, – und dann die Massen, die mit ihrem Vieh ankamen! Jede Nacht erschienen Lastwagen, um die Menschen gegen hohe Bezahlung über die ugandische Grenze zu bringen. Die Kühe und Hunde ließen sie jedoch zurück, und bald war das Gras abgefressen. Um den ganzen Missionsberg herum begann ein Kühesterben, und eine Fliegenplage setzte ein; dann wimmelte es von Kaninchen, die als Opfer der Tollwut starben, bevor der Arzt vierundzwanzig Hunde abschoß. Sie erinnert sich, wie sie die ganze Nacht bei einer Taschenlampe arbeitete, um mitzuhelfen, sieben Menschen zu retten, deren Köpfe zum Teil schwer durch Hacken verletzt worden waren, als sie versuchten, ein Bananenfeld zu schützen. Nur einer überlebte.

»Das ist der traurigste Brief, den ich Euch überhaupt schreiben könnte . . . Es rauschte heute heran wie ein Wirbelwind«, schrieb Dr. John Church, der nun allein die Verantwortung trug. »Als ich die Visite machte, schlüpfte ein großer Tutsi auf die Station und flehte mich an, ihn zu retten. Er wurde von einer Bande Hutus verfolgt. Ich trieb sie hinaus und zog den Mann ins Gebetszimmer, während sich draußen eine große Menge versammelte. Ich verweigerte ihnen den Zutritt, aber später kamen die belgischen Soldaten und nahmen den armen Mann mit. Gegen Nachmittag brannte das ganze Land, und die Flüchtlinge strömten herein. Wir hielten Gebetsgemeinschaft und schrien zum Herrn um Rettung. Dann fuhren wir mit drei Autos los und brachten alle Frauen und Kinder herein, die wir finden konnten . . . Wir erhielten die Nachricht, daß unser Pastor Timoteyo überfallen worden sei. Ted Sisley ging mitten durchs Feuer zu Timoteyos Haus und fand ihn draußen liegend, einen Oberschenkel durchstochen. Dann kamen sie auf diese Seite des Plateaus und räucherten unsern Nachbarn aus, verprügelten ihn so brutal, daß ihm jetzt das eine Ohr herabhängt . . . Nun ist es Mitternacht, und ich sehe von meinem Fenster aus, daß sieben Krals brennen. Die Bande hat gesagt, wenn sie einen von uns Missionaren außerhalb der Missionsstation sehen, werden wir getötet. Wir lassen uns von diesen Drohungen nicht einschüchtern, denn der Herr ist mit uns. Aber wir gehen nur hinaus, um Menschenleben zu retten.«

Die Kirche hatte geistlich einen Stand erreicht, wie er nicht tiefer hätte sein können. Die meisten Menschen waren so von Terror und Mißtrauen bedrängt, daß das Feuer der Erweckung, das hell geleuchtet hatte, eine Zeitlang nahezu ausgelöscht schien. Doch hier und da konnte man noch einige brennende Lichter sehen; und inmitten all dieser Schrecken erhielt Dr. Church folgenden Brief von einem, der schrecklich geschlagen worden und fast erblindet war: »Uns geht es gut, weil Jesus den Tod durch sein wunderbares Evangelium, das Du uns gebracht hast, in Sieg verwandelt hat. Du weißt um all das, was hier in Ruanda an uns geschehen ist. Unser Haus wurde zerstört, und anschließend schlug man mich vier Tage lang, bis man mich für tot hielt. Aber diese Zeit war ein Segen für meine Seele. Die ganze Zeit, während sie mich schlugen, konnte ich nicht anders als singen und immer wieder sagen: ›Der Herr sei gelobt.‹ Ich habe die ganze Zeit sehr für sie gebetet, und ich war in meinem Herzen sehr dankbar, weil sie sagten, sie hätten außer der Tatsache, daß ich ein Tutsi sei, nichts gegen mich.«

»Für den Fall, daß wir uns vor meinem Tod nicht wiedersehen, möchte ich Dir und den anderen Missionaren, die uns das Evangelium gebracht haben, sagen, daß sie ein großes Werk taten. Wenn ich daran denke, wie Du mich damals aufgesucht hast, dann liebe ich Dich mehr, als Du Dir denken kannst. Ich weiß sehr gut, daß Du nicht gekommen bist, um für Dich persönlich etwas zu erreichen, deshalb möchte ich Dich in allen Leiden, die vielleicht ›bis an den Tod‹ an Dich herankommen, ermuntern, nicht niedergeschlagen zu sein. Es ist nicht vergeblich. Jesus wird Dir den Lohn geben.
      Dein A. Mandari (Gahini, den 2. 3. 62)«

Es war für die Missionare in ganz Ruanda ein bitteres Erlebnis, zusehen zu müssen, wie sich viele durch Furcht von heut auf morgen zu Intrigen, Haß und Blutvergießen verleiten ließen.

Die wenigen, die fest blieben, kamen leuchtend, gereinigt in der Liebe und gestärkt hindurch. Ihnen erschien ein Brief, den Festo Kivengere bei Ausbruch des Krieges der Kirche von Ruanda geschrieben hatte, wie ein Trompetenstoß. Darin stand unter anderem:

»Die Nachricht von Euren Schwierigkeiten erreichte uns, während wir einen evangelistischen Einsatz in Tansania durchführten. Unsere Herzen standen sofort für Euch im Gebet ein, und der Tenor unserer Gebete lautete nach den Worten des Herrn: ›Ich bitte nicht, daß du sie aus der Welt nehmest (oder aus Ruanda), sondern daß du sie vor dem Bösen bewahrst.‹ Eine besondere Botschaft kommt von unserem Bruder Heshbon Mwangi aus Kikuyu im Namen der Kikuyubrüder in Kenia. Er hat zur Zeit der Mau-Mau-Rebellion viel für Christus gelitten, und er sagt zu den Brüdern in Ruanda: ›Behaltet in Wort und Tat ein gutes Zeugnis. Gebraucht nur eine Waffe, nämlich die der Kreuzesliebe für alle und besonders für die, die Euch verfolgen.‹ Es war das positive, furchtlose Zeugnis der Liebe, das das Leben niemals höher einschätzte als das Zeugnis Jesu, das in dieser Zeit in Kikuyu den Sieg davontrug.«

Es triumphierte allein die Kreuzesliebe, jene Liebe, die einen so hohen Preis fordert, die so oft nur zögernd ergriffen wird und die doch unbezwingbar ist. Schauen wir einmal einen afrikanischen Aufseher an, der hereinkommt, um das Morgengebet für die Arbeiter auf dem Missionsberg zu leiten. In der Nacht wurde sein eigenes Haus und das seiner Schwiegermutter wie auch sein ganzer Schuppen mit Wintergerste verbrannt. Dennoch scheint er nicht sehr erschüttert oder aufgebracht darüber zu sein. »Lieber Herr«, betet er, »bitte geh' denen nach, die unser Haus in Brand gesteckt haben, und hilf ihnen, Buße zu tun und dir nachzufolgen.« Und an die Versammelten gewandt, sagte er: »Ich weiß nicht, wer dieses Feuer in der Nacht angezündet hat. Obwohl ich ein Haus, Möbel und einen großen Teil der Nahrung für die nächsten drei Monate verloren habe, möchte ich Euch wissen lassen, daß ich vergeben möchte – ganz gleich, wer es auch getan hat –, wie mein Herr Jesus auch mir vergeben hat. Mein einziges Sehnen ist, daß sich diese Männer in Buße zu Jesus wenden.«

Und hier ist eine Frau, die wieder zu den verkohlten Überresten ihres kleinen Hauses zurückkehrt. Die Flammen sind erloschen, man sieht, wie sie sich inmitten der Asche hinkniet und betet. Sie betet für diejenigen, die ihr alles verbrannt haben, und übergibt ihre ungewisse Zukunft dem Herrn: eine Reise mit leeren Händen zur nächsten Grenze, dann die Armut im Flüchtlingslager und die Unsicherheit.

Friede, vollkommener Friede.
Unsere Zukunft ist uns völlig ungewiß,
doch wir kennen Jesus, und er herrscht auf dem Thron!

Abendmahlsgottesdienst zu Weihnachten in der Kirche von Shyria – eine große Gemeinde ist aus dem gesamten verwüsteten, vom Krieg gezeichneten Gebiet zusammengekommen, um in das Lied der Engel einzustimmen: »Denn euch ist heute der Heiland geboren. Frieden auf Erden und den Menschen ein Wohlgefallen!« In der Versammlung sitzen auch zwei Frauen, die Mutter und die Tante eines bekannten evangelischen Parlamentsmitgliedes, der gerade vor einigen Tagen ermordet wurde, als er mit seinem Wagen nachts unterwegs war. Und als die bekannten Worte in der Kirche widerhallten: »Doch wenn ihr wirklich und ernstlich von euren Sünden Buße tut und in Liebe und Frieden mit euren Nachbarn lebt, dann kommt im Glauben und nehmt dieses Heilige Abendmahl«, hört die schweigende Menge vor dem Altar ein bitteres Schluchzen. Die beiden hinterbliebenen Frauen wagten nicht zu kommen. So wurde der Gottesdienst unterbrochen, während sie angesichts der Liebe und des Opfers des Herrn ihren Haß und ihre Rachegedanken ausweinten und durch den gebrochenen Leib und das Blut Christi Vergebung fanden. Und das berühmte Erweckungslied erklang brausend und andächtig:

Glory, glory Hallelujah,
Glory, glory to the Lamb,
Oh, the cleansing Blood has reached me,
Glory, glory to the Lamb!

Ein Schullehrer liegt auf dem Boden, eine Kugel in seiner Brust, übel zugerichtet von einer Panga (einem scharfen Messer zum Schlagen von Brennholz). Sein Blut strömt heraus, aber er kann trotzdem noch ein paar Worte hervorpressen. »Ich habe nichts Böses getan. Ich bin in keiner Partei, weil ich ein erlöster Mann bin. Ich hasse niemanden. Ich fürchte mich nicht vor dem Sterben, weil ich in meine himmlische Wohnung gehen werde . . .«

Eine Krankenschwester neigt sich in Gahini zu einem alten Mann, der schwer verletzt ist und an schrecklichen Kopf- und Halswunden stirbt. Er flüstert etwas, eine letzte Botschaft: »Nta kini keretse Yesu« (Es gibt nichts anderes als Jesus).

Die Bildung einer neuen Hutu-Regierung beendete den Krieg formell, ließ aber ein zerrissenes, geteiltes, geschwächtes und innerlich zerbrochenes Land zurück. Es ließ Christen zurück, deren Gewissen keine Ruhe mehr finden konnte, und eine Ernüchterung angesichts von Haß, Verdächtigung und gebrochenen Treuebanden, die Jahre brauchten, um wiedergeknüpft zu werden – Wunden, die zumindest in dieser Generation nicht mehr heilen konnten. Doch in vielen der scheinbar zusammengebrochenen Gemeinden hat Gott sein Volk für die Arbeit des Wiederaufbaus bewahrt. Das Haus eines Tutsipastors stand auf einem Berg und ragte über den herrlichen Kivusee. Dreimal wurde es von Hutu-Aufständischen umringt. Zweimal überredete sie der am Ort befindliche Hutu zum Abzug, indem er ihnen sagte, es handele sich hier um einen Mann Gottes, der jeden liebe und keinen Schaden erleiden dürfe. Aber beim dritten Mal erschienen die Aufständischen in der Nacht, bahnten sich den Weg zu seinem Haus und zertrümmerten seine Lampe. Im Dunkeln stehend fragte er sanft, warum sie denn gekommen seien. Auf diese Frage wußten sie keine Antwort und gingen beschämt weg.

Wenn der Pastor von diesen schweren Zeiten spricht, sagt er: »Wenn ich auf den Kivusee hinausschaue, sehe ich oft große Stürme. Regen und Wolken lassen die Inseln nicht mehr erkennen. Es scheint, als seien sie wegen des Zorns der Elemente verschwunden, aber der Wind weht die Wolken weg – und wir sehen die Inseln wieder, grüner und schöner denn je als Ergebnis des Sturms. Warum sind sie nicht vernichtet oder zerstört? Weil sie auf einen Felsen gegründet sind und fest bleiben. Dem gleicht auch unsere Arbeit für den Herrn. Es sieht so aus, als solle sie von den Prüfungen dieser schweren Zeiten vernichtet werden, aber sie ist auf den Herrn Jesus selbst gegründet, und er kann nicht überwältigt werden.«

So ging der Sturm vorüber. Er entwurzelte und schwemmte alles hinweg, was auf Sand gebaut war. Aber die wahre, erweckte Kirche, die auf Christus und seine Liebe gegründet ist, leuchtete heller als je zuvor. Das »Schwert des Geistes« siegte.

Kapitel 19

Flüchtlinge und Märtyrer

Die Unruhe und der Aufruhr ließen in Ruanda und allen angrenzenden Staaten ein völlig neues Missionsfeld entstehen: das Flüchtlingslager.

Zumindest einzelne der leitenden Mitarbeiter unter den Flüchtlingen konnten auf vorhergehende Erfahrungen zurückgreifen. Dr. Hindley und Frau, die, als der Aufstand ausbrach, beide in England waren, hatten in den vierziger Jahren während der Hungersnot in Shyria gelebt und sechs- bis siebenhundert hungernde Opfer beherbergt. Ein Jahr war ihnen als jene besondere Zeit in Erinnerung geblieben, in der sie auf wunderbare Weise als Team mit den Christen in Shyria zusammenarbeiteten. Sie hatten sich selbst in kleine Gruppen aufgeteilt, um nach der schweren Tagesarbeit in Schule und Krankenhaus den Hungernden unverzüglich helfen zu können. Eine Gruppe schlachtete eine Kuh, eine andere bereitete sie zu usw. Spät abends trafen sie sich in 1830 m Höhe unter dem Sternenhimmel am Lagerfeuer, um einer biblischen Geschichte zuzuhören. Niemand schien müde zu sein. Und als die große Gesellschaft, in der alle vom langsamen, schleichenden Tod errettet worden waren, mit gebannter Aufmerksamkeit den Worten des Lebens zugehört hatte, stimmten die Kinder spontan ihr Lieblingslied an:

> Keiner kann je so wie Jesus lieben,
> keiner, nein, keiner ...

Viele fanden den Heiland. Als 13 Jahre später der große Massenexodus über die Grenzen begann, erinnerte sich Dr. Hindley, der zu dieser Zeit Feldsekretär war, an all die Chancen für den Dienst der Liebe und nahm sie wahr.

Aber Peter und Elisabeth Guillebaud und Alan Lindsay, die in Nyanza mit sechstausend hoffnungslosen, heimatlosen Flüchtlingen in Zelten kampierten, hatten solche Erfahrungen nicht gemacht. Von der Regierung erhielten sie nur wenig Hilfe, und somit hatten sie kaum etwas in Händen, um dieser Invasion zu begegnen – nur ihren eigenen erstaunlichen Mut und ihren Glauben an den Herrn. Peters lange Briefe an seinen in England lebenden Sohn zeichnen ein lebendiges Bild von den Zuständen. Die ersten zeigen, wie nahe er selbst der Panik und Verzweiflung war.

»15. 10. 61. Das Leben ist voller Schwierigkeiten, voller wachsender und unlösbarer Probleme. Die Flüchtlinge werden immer zahlreicher – wir haben jetzt mindestens sechstausend. Stell Dir einmal vor, was es bedeutet, sie zu ernähren, Ruhr und Typhus unter diesen allerprimitivsten Umständen fernzuhalten – vom Schutz vor Überfällen ganz zu schweigen. Die Regierung macht gar keine Pläne für eine eventuelle Evakuierung, und die Hoffnungen, sie wieder zu integrieren, werden immer schwächer. Steuern wir also auf ein furchtbares Massaker zu?«

»22. 10. 61. Ich schreibe dies in einem Zelt, das auf einem quatschnassen Grasflecken steht (es gießt nur so), im Licht einer Safarilampe. Wir leben in Verhältnissen, die an ein völliges Chaos grenzen. Die Parmehutu verbrennen und zerstören alles um uns her, und die Flüchtlinge strömen immer wieder herein. Wir sind völlig überbelegt. Es besteht keine Hoffnung, sie noch irgendwie unterzubringen. Die Menschen kämpfen um einen oder zwei Zentimeter Platz in der Kirche, und ich bekam auch eine übergebraten, als ich versuchte, ein kämpfendes Paar auf einem Platz, der für Frauen reserviert war, zu trennen. Der Pastor und andere verbringen jeden Abend Stunden damit, zumindest für die Frauen und Kinder Platz zu schaffen. Einem freundlichen, sympathischen Belgier wurde die Aufgabe übertragen, bei Flüchtlingsfragen als Ratgeber zu fungieren, und er könnte nicht nützlicher sein – aber er kann letztlich auch nicht helfen!«

Zu Anfang standen die Missionare allein zwischen den Sechstausend und den polternden Drohungen und Beschuldigungen, die Tag und Nacht auf sie eindrangen, und manchmal war der eine oder andere buchstäblich allein. Peter war gerade unterwegs und bat um Regierungshilfe, als man Misaki, den Pastor, zu Unrecht beschuldigte und bedrohte. »Ich wußte nicht, welche Entscheidung ich treffen sollte«, schrieb Frau Guillebaud. »So ging ich mit Misaki, um ihn aus der Stadt zu geleiten, und überließ alle Flüchtlinge dem

Schutz der Engel.« Doch zu Beginn des Monats November waren Glaube, Gebet und Mut immer noch da, und es wurde trotz dieser grausigen Umgebung und der täglichen Furcht vor Tod oder Verstümmelung langsam wiederum die schützende Hand Gottes sichtbar.

»Nun haben wir ausreichend Lebensmittel für alle«, schrieb Peter, »aber stellt Euch einmal vor, wie man das Essen für Sechstausend in dem winzigen Lagerraum von 16 qm im Haus des Pastors aufbewahren soll. Andererseits haben wir trotz der hoffnunglos unzureichenden sanitären Anlagen keinen Typhus und nur einige Fälle von Ruhr, obwohl etliche Lungenentzündung und Masern haben. Die ganze Zeit sind wir auf wunderbare Weise vor einem Angriff bewahrt worden. Wieder und wieder kam die Polizei, um Flüchtlinge mit zweifelhaften Absichten gefangenzunehmen, aber sie schienen nie die Menschen zu finden, hinter denen sie her waren. Über allem danken wir Gott für die hohe Moral und das freudige Mitgehen der Flüchtlinge. Sie scheinen zu verstehen, daß sie auf Gottes Berg sind. In der Nacht hören wir, wie einige Gruppen in dem kalten Morast Lieder singen, und wenn jemand anfängt zu meutern oder abfällig zu reden, dann ermahnen ihn die anderen mit den Worten: »So redet man nicht auf diesem Berg Gottes.« Geistlich gesehen ist das eine wunderbare Gelegenheit, und wir haben schon so oft die Botschaft vom Erlöser weitersagen können, der Vergebung und Befreiung vom Fluch der Sünde und des Hasses schenkt, der uns unsere eigene Schuld und nicht die der anderen zeigt . . . Für die meisten ist das Evangelium etwas völlig Neues.«

Schließlich kam der Befehl, dieses Lager müsse aufgelöst werden. Die Grenzen wurden geöffnet und die Menschen strömten hinüber in die Sicherheit, bis nur noch Spuren im Morast und verlassene Unterkünfte zurückblieben – und die Erinnerungen: nächtliche Rundgänge; Decken auf die Allerbedürftigsten legen; die Alten; die kleinen Kinder; die Massen; der Geruch; Essen beschaffen; so viele Bohnen; so viel Maismehl; Trockenmilch für die Kleinsten und Alten; mit Betrug und Diebstahl fertigwerden; die Kinder gingen von Familie zu Familie, um die Essenration zu erhöhen; die Drohung, morgen das Zelt verlassen zu müssen und vor unüberwindlichen Problemen zu stehen; Familien getrennt; Verwandte verloren; hinaus in die Berge gehen, um die Gefährdeten in Sicherheit zu bringen; die Gefahr, beim Transport der Verletzten im Wagen auf feindliche Banden zu stoßen; Besuch bei einer Pygmäenfrau, die auf dem Lehmboden in der überfüllten Hütte liegt und kurz vor der Geburt steht; der Anblick der Häuptlingsfrau, die unter Hungerqualen schon den doppelten Umfang erreicht hat und ein Baby an ihrer Brust hat (ihr Mann wurde vor einigen Tagen getötet). Die Frau des Pastors schmuggelte sie heimlich in ihr Haus und teilte ihre kleine Ration Reis mit ihr ... und ... und ...

Und wieder Erinnerungen: Erinnerung an Gottes Führung und Bewahrung, so daß der, der zu Anfang geschrieben hatte: »Das Leben ist voller Schwierigkeiten, voller wachsender und unlösbarer Probleme«, am Ende schreiben konnte:

> Er wird dich und mich steuern
> über diese klippenreiche, stürmische See.
> Folge den Spuren seiner wunden Füße
> durch die spurenlose Wüste.
> Er, der dich aus dem Abgrund zog,
> wird dir auch einen Weg bereiten.

Über sechstausend Flüchtlinge – viele besaßen nichts weiter als die Lumpen, die sie am Leibe trugen – ergossen sich nach Burundi. Buye und Buhige waren völlig überfüllt. Buye lag nur 25 Kilometer hinter der Grenze, und so kauerten auf dem Missionsberg ca. fünfzehntausend Menschen. Die Hindleys arbeiteten unermüdlich, beschafften Nahrung, organisierten Primarschulen und kämpften mit Krankheiten. Unter jedem Baum saßen kleine Kindergruppen, die, soweit es die beschränkten Mittel zuließen, unterrichtet wurden. Große Mengen saßen im Garten der Hindleys, einfach weil es ein sicherer Ort war, still, hoffnungs- und tatenlos, nach nichts fragend. Jede Nacht waren die Gebäude mit Frauen und Kindern vollgestopft, die Wange an Wange schliefen; und Nacht für Nacht kamen leise die Missionare mit Säcken und Wolldecken, um die schlafenden Gestalten und jedes Kind zu bedecken, das gar nichts am Leibe trug.

Später wurde dieser Ort ein Lebensmittelverteillager der Regierung, wohin das Rote Kreuz, der Weltkirchenrat und andere ihre Hilfe sandten. Dr. Hindley arbeitete vier oder fünf Jahre mit diesen Vereinigungen. Aber bevor dies alles so gut organisiert war, gab es einen Abend, an dem die Missionare nichts zu geben hatten außer dem Wort des Lebens selbst, und ihr Glaube wurde hart auf die Probe gestellt. War das Wort stark genug, um seinen eigenen Ansprüchen gerecht zu werden? Hatten sie genug Glauben, um behaupten zu können, die Verheißungen des Herrn seien wahr und könnten in der gegenwärtigen Not Hilfe bringen, Hilfe für die Not der hungernden Menge? »Wir haben nichts für euch«, sagten sie einfach, »aber wenn ihr glaubt, dann wird Gott für euch sorgen.«

Die Predigt war gerade beendet, als sie das Geräusch von Lastwagen hörten, die den Berg hinaufkeuchten. Sie kamen aus dem Kongo und waren mit Nahrungsmitteln beladen. An jenem Abend blieb niemand hungrig! Viele hatten sich in ihrem Leiden und ihrer Armut an den Herrn gewandt. An einem Tag wurden bald darauf in Buye dreihundert Menschen getauft; die meisten davon waren Flüchtlinge, die ihre Zuflucht in Christus gefunden hatten.

Den Ärzten wurde der Boden unter ihren Füßen weggezogen, als die Krankheiten in den Lagern grassierten, als die Medikamente zur Neige gingen und nicht sofort ersetzt werden konnten. Dr. Hindley ging einmal pro Woche nach Nyamata, ins Flüchtlingslager von Ruanda, und eines Abends kam er in Begleitung eines kleinen, abgemagerten Skeletts namens Mose zurück, dessen Flehen so zum Erbarmen gewesen war, daß der Doktor, der selbst sechs Kinder hatte, ihn einfach nicht zurücklassen konnte.

Das Lager in Nyamata war 1959 in einem tiefliegenden, dünn besiedelten Teil des Landes, der als die Bugesera bekannt war, eröffnet worden. Es ist eine Landschaft mit hohem Gras und dornigen Akazien. Dichtes Buschwerk erstreckte sich im Westen bis nach Tansania. Drei Seiten sind von mit Krokodilen besetzten Flüssen und Papyrussümpfen umgeben. In diesem früheren Königreich – mit eigenem Recht – wurden die nomadischen Einwohner immer noch geprägt von alten Gewohnheiten und einem Aberglauben, wie man ihn im übrigen Land nicht kennt. Überall gab es herdenweise Büffel und Elefanten, und die Lager wurden von der Tsetsefliege und den Moskitos geplagt. Kurz: ein gefürchtetes Land, ein Unterschlupf für Kriminelle und ähnliche. Die Urbevölkerung ging immer mehr zurück.

Mitte der fünfziger Jahre startete die belgische Regierung eine Kampagne, um die Sümpfe auszutrocknen und von der Tsetsefliege zu befreien. So eröffnete man eine Landwirtschaftszentrale. Aber bis 1959 fehlte es an Kräften, um mit der Wildnis fertigzuwerden. Dann kamen Lastwagenkonvois, überquerten den Fluß und entluden ihr Gut: Tausende von erschrockenen, noch ganz benommenen Flüchtlingen und vielen Ladungen Weizen. Das hätte mit einer Katastrophe enden können; aber ein junger belgischer Verwalter, Monsieur Triplot, führte ein Team von Helfern aus katholischen und evangelischen Missionen an, um die neue Kolonie aufzubauen – und am Ende hatte man wunderbare Arbeit geleistet. Straßen waren gebaut, Landparzellen für jede Familie abgesteckt und Getreide gesät.

Aber alles brauchte seine Zeit. Am Anfang konnte man die Flüchtlinge nur in Übergangslagern zusammenfassen, in Wellblechhütten, in denen die Familien in Armut und Elend kauerten. Die Nächte waren feucht und stickig und die Schuppen undicht; die Tage unerträglich heiß, die Blechhütten glichen Öfen. Typhus und Ruhr und andere Seuchen brachen aus – man stand in einem furchtbaren Todeskampf. »Warum müssen wir das alles durchmachen?« meuterten sie. Warum hatte man sie in dieses heiße, schattenlose Land gebracht – nur um von Löwen und schleichenden Krankheiten getötet zu werden? Es herrschten Verzweiflung und bitterer Ärger, und auch echte Christen schienen mit den übrigen im passiven Widerstand gegen all das zu stehen, was die Regierung unternehmen wollte.

Aber hier triumphierte mehr als irgendwo anders die Waffe der Kreuzesliebe. Nur etwas über einen Kilometer von Nyamata lag die kleine Außenstation der Missionsschule von Maranyundo. Sie war 1935 gegründet worden, als Joe Church, Yosiya Kinuka und Blasio Kogozi ein Team nach Bugesera gebracht und in dieser einsamen, vom Fieber bedrohten Todesfalle einen Schreiner zurückgelassen hatten. Doch dieser Außenposten hatte überlebt, und 1959 arbeitete ein Christ mit Namen James als eine Art Laienprediger in diesem Gebiet. Als jedoch die Flüchtlinge ankamen, studierte er gerade am Buye-College für sein Gemeindediplom. Seine Frau hielt allein die Stellung.

Dora Skipper jedoch, die in Kampala im Ruhestand lebte und nun Mitte sechzig war, hörte von der Situation und verlor keine Zeit. Sie suchte ihre alte Ausrüstung aus dem Jahre 1930 heraus, besorgte sich ein Zelt und ein Fahrrad und machte sich auf den Weg. Sie wohnte bei der Frau des Predigers, fuhr täglich ins Lager, um die Flüchtlinge kennenzulernen, ging abgebrochenen Verbindungen nach, behandelte die Kranken, unterrichtete die Kinder und predigte und bezeugte die Liebe Gottes. Die entmutigten Christen sammelten sich um sie, und so leuchteten wieder neue Hoffnung und neuer Glaube auf.

Viele taten über ihre Verzweiflung und ihren Haß Buße und begannen sich umzusehen, was sie für andere tun konnten.

Aber Fräulein Skipper hatte andere Verpflichtungen und konnte nur ein paar Wochen bleiben. Als die Flüchtlinge das hörten, waren sie sehr niedergeschlagen. In ihre Finsternis war ein Strahl des Lichtes und der Hoffnung gekommen, aber nun wurde ihnen selbst das genommen. Viele waren bereit Jesus zu folgen, aber sie brauchten einen menschlichen Hirten und Führer, und so wurde ein Hilferuf nach Buye gesandt. Der Bischof sah sich seine Kandidaten an. Wer besaß jenen Glauben und die Liebe, jenen Mut und die Geduld, die erforderlich waren, um solch einer Situation ins Auge zu blicken und dann darin zu bestehen? Er trat an Yona und seine Frau Mary heran, und obwohl sie eine wachsende Familie waren (Mary war auch noch schwanger), folgten sie diesem Ruf.

Der Dienst Yonas in Maranyundo begann mit enormen Schwierigkeiten. Er hatte kein Haus für seine Familie und wurde selbst bald schwer krank. Er brauchte einen ständigen Helfer, und so zog Doreen in ihr kleines, eigenes Haus. Mit ihrem Wagen besuchten sie und Yona die Kranken, kämpften mit der Typhusepidemie, hielten Versammlungen im Freien ab, gründeten Schulen, führten Gespräche mit belgischen Beamten, beschafften Nahrung und Kleidung und verwalteten die Finanzen. Yona wurde mit beachtlichen Summen aus Flüchtlingshilfefonds betraut und konnte Tonnen von Saatgetreide, Bananensetzlinge und Kaffeepflanzen kaufen. Einflußreiche Vertreter von Welt-Flüchtlings-Organisationen besuchten ihn; und wenn das Geschäftliche beendet war, fragte er sie freundlich: »Darf ich Ihnen mein Zeugnis sagen?«

Gott betraute ihn und Doreen in besonderer Weise mit dem Geist der Weisheit und der Erkenntnis, denn neben allen Planungen und aller Verwaltung lag ein großes Bauprogramm in seinen Händen: die Primarschule, Häuser für die Mitarbeiter, für sich selbst und Doreen und schließlich für die Kirche. Alle diese Projekte erforderten Arbeit und Einsatz. Für viele der Flüchtlinge jedoch brachte das kargen Lohn und einen neuen Sinn des Lebens.

Doch obwohl er sich nach Familiengemeinschaft sehnte, stand das eigene Haus nicht ganz oben auf der Liste. »Betet für meine Frau und mich«, schrieb er. »Sie konnte nun schon sieben Monate nicht bei mir sein, weil es hier keine Unterkunft für uns gibt. Aber Gott hat uns geleitet und geholfen und seinen Frieden gegeben, der allein von Golgatha kommt.«

Schließlich war das kleine Haus dann doch fertig, und Mary kam mit den fünf Kindern. Und sicher war es das Zeugnis dieser gläubigen Familie, das die Frauen zu Christus zog. Sie scharten sich um Mary und staunten über die Liebe und die Achtung, die Yona seiner Frau entgegenbrachte. »Willst du damit sagen, daß er dich nie schlägt, über dich nie flucht?« pflegten sie zu sagen. »Nein«, antwortete sie dann. »Manchmal bittet er mich um Vergebung und manchmal ich ihn, und dann beten wir darüber.« Und die Frauen schüttelten in sprachlosem Erstaunen ihre Köpfe.

Ein weiteres leuchtendes Zeugnis war die Beerdigung ihres zweijährigen Babys Joy, das das drückende, moskitoverseuchte Klima nicht lange überlebte. Eine gewaltige Menschenmenge nahm daran teil, und Yona verwandelte diesen traurigen Anlaß in einen Triumph. »Wie können wir klagen«, rief er, »wenn Gott geplant hat, was für uns und unsere Kleine am besten ist?« Und jemand notierte: »Nun sehen wir wenigstens einen Glauben, der funktioniert, der in Tod und Sorgen Trost bringt.« Durch das tiefe Erleben wurden die Eltern näher an das Volk herangebracht und konnten nun glaubwürdiger ihre Sorgen und ihr Leid mittragen und sie aus ihrer eigenen Erfahrung trösten. Ihr Tränental wurde eine Quelle der Kraft, und die Gebrechen der Menschen um sie herum berührten sie noch mehr und ließen sie intensiver mitfühlen. Wenn Yona sah, daß den Menschen Nahrung und Kleidung fehlte, dann ging er nach

Hause zu Mary und sagte: »Komm und sieh dir die an, die Jesus meinte, als er sagte: Ich war hungrig und ihr habt mir zu essen gegeben. Ich war nackt und ihr habt mich bekleidet«, und dann gaben sie aus ihren eigenen kärglichen Vorräten, was sie hatten, um zu helfen.

Die ruhelosen, schweren Monate vergingen. Die Flüchtlinge hatten sich Häuser gebaut und Gärten angelegt, und aus dem ganzen Gebiet strömten die Kinder in die Schule. – Es gab Hunderte von Taufen. Die Opfer in der Kirche erhöhten sich, ein neuer Geist der Selbsthilfe und Hoffnung breitete sich an diesem Ort aus. Um 1963 war für über sechstausend Menschen gesorgt, aber Yona und Mary waren nicht zufrieden. Sie sehnten sich nach einer tiefergreifenden Arbeit im Namen des Herrn, und für die Ostertage planten sie eine Konferenz für Frauen, die von Herrn und Frau Guillebaud, Tabita, Paulo und Dorothy und afrikanischen Kirchenführern geleitet werden sollte. Die Versammlungen wurden wieder unter einem großen Akazienbaum abgehalten. Das Thema lautete: »Jesus, das Wasser des Lebens«. Die Geschichte von Mara wurde auf einfache und schöne Weise erzählt: So, wie der Stab in das bittere Wasser geworfen worden war, hatte sich die Bitterkeit des Flüchtlingslagers durch das Kreuz Christi in klare Freude gewandelt. Dann kam nach Whitsun ein weiteres Team Studenten aus Buye, von Alan Lindsay geleitet. Und über diese beiden Tagungen wehte der Wind des Geistes Gottes rein und stark; und viele, die alles verloren, aber Christus gefunden hatten, gaben bewegende Zeugnisse.

Es war wie ein strahlender Sonnenuntergang vor Anbruch der Dunkelheit. Durch die terroristischen Widerstandsaktionen gegen die neue Hutu-Regierung stand das Land bereits im Umbruch. Verzweifelte Gruppen von im Exil lebenden Flüchtlingen – die »Küchenschaben«, wie sie sich selbst nannten – hatten versucht, über die Grenze zu kommen, mit dem Ziel, die Republik zu stürzen und ihren eigenen König wieder einzusetzen. Und die Furcht vor diesen Putschisten hatte neue Wellen blinden Hasses ausgelöst. Alle Tutsi wurden verdächtigt, sie würden diese Sache unterstützen. Massenverhaftungen und Exekutionen fanden statt; viele wurden aus keinem anderen Grund als dem, daß sie sich aus der Politik herausgehalten und ihr Brot mit den Hungrigen geteilt hatten, ins Gefängnis geworfen. Gerüchte kamen auf, daß in Kürze in Bugserera Gefangennahmen erfolgen würden.

Weihnachten 1963 war eine Zeit des Terrors, und die Christen drängten sich in und um Yonas Haus, weil sie Angst hatten, in der Kirche zusammenzukommen. Yona las die Liturgie, und die Menge ging leidenschaftlich mit – das konnte man hören. »Von Blindheit des Herzens, Neid, Haß und Boshaftigkeit und aller Lieblosigkeit, lieber Herr, halte uns fern. Von Blitzschlag und Sturm, von Kampf und Mord, lieber Herr, halte uns fern. Und hilf uns, daß wir in allen Sorgen und Schwierigkeiten auf deine Barmherzigkeit trauen.« Als er geendet hatte, taten die Menschen Buße und fingen an, den Herrn zu loben.

Im Januar kam ein Freund zu ihm und sagte: »Du wirst sterben.« Yona entgegnete: »Warum? Aus welchem Grund muß ich sterben?« Darauf antwortete diese Person: »Es stehen zwei Punkte gegen dich. Erstens ist es dein Einsatz für das Wort Gottes und zweitens, daß du jeden ohne Ansehen der Person liebst.«

Darauf meinte Yona: »Diese beiden Dinge, das Wort Gottes und die Liebe Gottes, sind wie Gewänder, mit denen mich Gott bekleidet hat. Ohne sie kann ich einfach nicht sein.«

Er berichtete Mary davon, und sie beteten zusammen. Später erinnerte sie sich, daß dieses Gebet ungefähr so lautete: »O Herr, du warst es, der mich berufen und in dieses Land gesandt hat. Du kennst mich und weißt um die Tage, die ich gelebt habe, und die Tage, die noch verbleiben. Wenn es dein Wille ist, mich heimzurufen, dann überlasse ich die Entscheidung dir.«

Am 4. Januar suchte ihn ein weiterer Freund auf und sagte: »Ich bin sehr traurig, weil du sterben wirst. Sie werden dich töten, weil du so furchtlos die Wahrheit sprichst und soviel Mitgefühl und Liebe zeigst.«

Yona antwortete ihm: »Ich habe Frieden, weil ich keinen Grund weiß, aus dem ich getötet werden sollte. Ich habe niemandem etwas angetan, ich habe niemanden unfair behandelt. Doch wie dem auch sei, wenn Gott möchte, daß ich auf diese Weise heimgehe, dann gehe ich freudig.«

Mary und seine Freunde waren sehr besorgt, doch Yona ging wie immer zurück an seine Arbeit und änderte nichts an seiner Botschaft. Am 12. Januar, einem Sonntag, wurden die Beschränkungen etwas erleichtert. Viele Leute kamen zur Kirche. Yona predigte mit großer Vollmacht über den Text: »Wachet, denn ihr wisset nicht die Stunde . . .«

An dem schicksalsschweren 23. Januar besuchte ihn Rev. Ian Leakey, der damalige Vorsteher der Sekundarschule in Shyogwe, und wurde herzlich willkommen geheißen. Im Gespräch wurde ihm klar, daß Yona sich der Gefahr bewußt war, der er persönlich ausgesetzt war, denn es war eine Information über eine Liste derer durchgesickert, die kurz vor der Verhaftung standen. Sie beteten zusammen. Yona betete für das Zeugnis des Volkes Gottes, die Leiter der evangelischen und katholischen Kirchen. Dann dankte er dafür, daß seine Heimat im Himmel ist und sein Leben in Gottes Händen stand. »Um drei Uhr gingen wir auseinander«, schrieb Ian Leakey. »Ich werde sein festes, strahlendes Lächeln und den Frieden, der auf dieser Zusammenkunft ruhte, nie vergessen. Er hätte mit mir kommen können, aber er entschied sich zu bleiben. Sein Gewissen war rein, und er wollte den Ort seines Auftrages nicht verlassen.«

Folgen wir jetzt Marys Darstellung:

»Yona beendete sein Tagwerk, und um ca. 19.30 Uhr brach die Dunkelheit herein. Wir saßen alle im Haus, als sechs Soldaten hereinkamen und ihn riefen – sie müßten ihm eine Frage stellen. Er öffnete die Tür, denn sie kamen des öfteren während des Tages zu ihm. Aber als er sie hereingelassen hatte, umringten sie ihn und sagten: ›Wir werden dich fragen.‹

In diesem Augenblick wurden die Kinder und ich vom Leid überwältigt, und wir begannen laut zum Herrn zu schreien:

›Schau doch die Ungerechtigkeit in der Welt an!‹

Noch nie hatten wir Yona in solch einer Situation gesehen, deshalb schrien wir auch so laut. Wir wußten, was solch ein nächtlicher Besuch bedeutete, denn Abend für Abend hatte man Menschen in Jeeps weggebracht, die dann nie zurückgekehrt waren.«

»Dann nahmen sie Yona im Jeep mit, aber wir schrien und riefen weiter, bis Yona sie bat, den Jeep anzuhalten, damit er zurückgehen könne, um seine Frau und seine Kinder zu trösten. Sie willigten ein, und er kam zu uns zurück und sagte: ›Mary, du weißt, daß der Herr mich nicht verläßt und daß ich ein reines Gewissen habe. Deshalb mach dir keine Sorgen. Ich werde wiederkommen, sie wollen mir nur einige Fragen stellen.‹

So nahmen sie ihn mit, zusammen mit Andrew, dem Schulvorsteher, aber ich glaube, schon in diesem Augenblick wußte ich, daß Yona auf dem Weg zum Himmel war . . .«

Mary erhielt kaum Nachrichten, bis zu jenem Samstag, als ein Kirchenlehrer mit einer Botschaft von Andrew erschien. Andrew selbst war nach Burundi entflohen und erzählte Dr. Hindley und Frau die ganze Geschichte, die sie dann wie folgt wiedergaben:

»Yona starb freudig. Er starb betend für die, die ihn töten sollten.«

»Am Donnerstag, dem 23. Januar 1964, hielt um sieben Uhr abends ein Jeep mit sechs Soldaten vor dem Haus des Pastors. Er wurde herausgerufen. Er ging mit festem Herzen und auf den Herrn vertrauend. Zwei der Soldaten kamen auch zu meinem Haus und sagten mir, daß ich ebenfalls gesucht würde. Ich ging hinaus und sah, daß mein Freund Yona bereits da war. Mit einem dritten Gefangenen ging es in Richtung Kigali. Ich dachte, wir würden dort festgehalten.

Als Yona sah, daß wir in Richtung Kigali fuhren, sagte er zu mir: ›Laß uns unser Leben in die Hände Gottes legen.‹ Er sagte dies nicht, weil er irgend etwas Böses getan hatte, sondern weil er schon oft in den letzten Tagen gesehen hatte, wie auf diese Weise Leute geholt wurden, die nie wieder zurückkehrten.

Wir fuhren weiter, überquerten den Fluß, und ein Stück weiter auf der anderen Seite sahen wir ungefähr acht weitere Soldaten. Sie befahlen uns, auszusteigen und alles herauszugeben, was wir hätten. Der dritte Gefangene hatte einen kleinen Koffer, den er auf den Boden stellte, und ich legte meine Uhr darauf.

Yona bat um Erlaubnis, etwas in sein Tagebuch schreiben zu dürfen. Er schrieb: ›Wir gehen in den Himmel.‹ Und dann übergab er, so sorgfältig, wie es unter diesen Umständen ging, eine Aufstellung der Kirchengelder, die er zu Hause hatte. Er legte sein Tagebuch zusammen mit dem Schlüssel seines Schranks und einigen anderen

Kleinigkeiten auf den Koffer und bat die Soldaten, dafür zu sorgen, daß diese Dinge seiner Frau übergeben würden.

Ein Soldat sagte: ›Bete lieber zu deinem Gott.‹ So erhoben wir uns alle und Yona betete wie folgt: ›Lieber Herr, du weißt, daß wir nicht gegen die Regierung gesündigt haben, und nun bitte ich dich, auf unser unschuldiges Blut herabzuschauen und diesen Männern zu helfen, die nicht wissen, was sie tun. Im Namen unseres Herrn Jesus Christus. Amen.‹

Dann wurden wir angewiesen, uns hinzusetzen, und sie brachten Seile, um uns die Hände auf den Rücken zu fesseln. Ein Soldat bekam den Befehl, Yona abzuführen; aber bevor Yona ging, sang er das Lied, das in unserem Buch unter der Nummer 212 steht:

> There is a happy land,
> far, far away,
> where saints in glory stand,
> bright, bright as day.

Nachdem wir den Gesang beendet hatten, führten sie uns weg, und unterwegs fragte er mich: ›Glaubst du?‹ und ich sagte: ›Ja, ich glaube, weil wir gelesen haben: Wer glaubt, der wird erlöst.‹

Dann ging er singend weg:

> There's a land that is fairer than day,
> und by faith we can see it afar,
> for the Father waits over the way,
> to prepare us a dwelling place there.

Die Soldaten führten ihn zurück zur Brücke und über den Fluß. Dort erschossen sie ihn und warfen seinen Körper in das Wasser.

Mich ließen sie mit dem dritten Gefangenen und den anderen Soldaten dort sitzen. Sie waren immer noch ganz verwundert. Sie hatten noch nie jemanden sterben sehen, der singend in den Tod ging – als wolle er einen Spaziergang unternehmen. Die Soldaten riefen mich dann zu sich. Wiederum forderten sie mich auf, mich hinzusetzen, und fragten nach meinem Namen. Dann gaben sie mir meine Uhr zurück. Ich bat sie, sie zu behalten und an meine Frau zu schicken, aber sie befahlen mir, sie umzubinden. Dann verfrachteten sie mich wieder in den Jeep. Unterwegs ließen sie den dritten Gefangenen bei einigen anderen Soldaten, und wir kehrten ins Lager zurück. Sie riefen im Haus des römisch-katholischen Vorstehers an und baten mich dann, nach Hause zu gehen – wobei sie erwähnten, wenn ich irgend jemandem ein Wort von dem Mord an dem Pastor erzählen würde, müßten sie mich ebenfalls töten. Gott sandte in seiner Gnade später einen Mann, der mich durch den Busch leitete, damit ich in ein anderes Land fliehen konnte, wo ich nun Asyl gefunden habe...«

In ganz Uganda, Ruanda und Burundi hörten die Menschen mit großem Erschrecken die Worte über »Missionary Radio Network«: »Yona ist tot!« Vom hochgestellten Regierungsbeamten bis zum einfachen Flüchtling trauerten sie um ihn als einen geliebten Freund und Vater. Und nicht nur in Ostafrika wurde er geliebt und geschätzt. Sein Name wurde in die Liste der neuzeitlichen Märtyrer in der Gedenkkapelle der St. Pauls-Kathedrale in London eingetragen, und Andrews Bericht von seinem Tod wurde in ihre Ehrenrolle aufgenommen. Sein Andenken lebt in den Herzen von Tausenden von Flüchtlingen weiter.

»Zuerst«, schrieb einer, »waren wir völlig verzweifelt und warteten stündlich auf unseren Tod. Dann empfanden einige von uns Erretteten, daß dies nicht richtig sei – denn obwohl unser Pastor von uns genommen war, war der Herr Jesus immer noch bei uns, und wir müssen sein Werk hier vollenden.«

»Deshalb«, schrieb Doreen Peck, die zur Zeit des Mordes in England gewesen war, »begannen sie sich täglich zum Gebet zu treffen, und es kamen immer mehr Menschen zum Unterweisungsunterricht. Bald erreichte den nächsten Pastor die Nachricht, er solle kommen und neue Kandidaten taufen. Aber zunächst begannen sie, um einen neuen Pastor zu beten.« Und Gott erhörte ihre Gebete. Im Juli 1964 kamen Ystasi und seine Frau Marion an – treue, liebevolle Hirten –, und der Strom des Segens und der Erweckung ging ständig in ganz Bugesera weiter. Es hatte sich bewahrheitet: Die Wüste jubelte und der einsame Ort war mit Freude erfüllt.

Kapitel 20

Das Leben geht weiter

Ich habe dieses Buch geschrieben, um zu berichten, was Gott durch Männer und Frauen getan hat, die voller Schwachheiten, Fehler und Versagen waren. Sie liebten Jesus, versuchten ihm zu gehorchen und gaben sich ganz in seine Hand.

In einem Zeitraum von fünfzig Jahren erweckte das Evangelium ein Land, das in Zauberei, Heidentum und Entehrung versunken war. Eine lebendige einheimische Kirche wurde geboren und die Lehre Jesu in vielen Schulen und Krankenhäusern verbreitet. In Kigezi, Ruanda und Burundi wurde die Bibel in drei verschiedene Sprachen übersetzt und der ganzen Bevölkerung in die Hand gegeben.

Vielleicht offenbarte Gott auch auf einzigartige Weise der Mission und ihren Bekehrten ein Geheimnis, nach dessen Lösung sich die ganze Menschheit sehnt. Eine Antwort auf eine Frage, die jedes denkende menschliche Wesen quält, wenn es an die Massaker im Kongo, an die Qualen von Vietnam, Biafra und dem Nahen Osten, an die unbekannten Schreckenstaten von Sibirien und Tibet oder die Probleme der Apartheid denkt. Es hat immer nur eine Antwort gegeben, die hier in Ruanda in gewissem Sinne erarbeitet und demonstriert wurde. Man findet sie in dem Licht, das das Leben Jesu ausstrahlt, in der Liebe, die bei Jesu Tod triumphierte, und in dem Leben, an dem wir durch die Auferstehung Jesu teilhaben.

In diesem Licht zu stehen bedeutet, daß wir uns vor dem Hintergrund der Heiligkeit Gottes sehen und zerbrochen und gedemütigt werden. Mit Jesus zu wandeln bedeutet, in jenem Licht zu leben und all unser Versagen zu erkennen. Haß, Stolz, Überheblichkeit und Selbstzufriedenheit werden von der daraus entstehenden Flut der Selbsterkenntnis hinweggenommen. Man kann sich nirgendwo sonst in Sicherheit bringen als an dem Zufluchtsort für alle Sünder, dem Kreuz, und hier gibt es keine Bevorzugungen. Jesu Erhöhung zieht uns alle zu sich, und je näher wir ihm dabei kommen, desto enger rücken wir zusammen. Hier gibt es wahre Realität: Ein Sünder gibt sich selbst der Heilung, der sühnenden Liebe des Erlösers und der Reinigung durch sein Blut hin. Dann, durch die Kraft seines Auferstehungslebens, kann er mit der gleichen Qualität der Liebe erfüllt werden, die alle umfaßt und keinen ausläßt, die leidet, sich opfert und erlöst. In solch einer Liebe bleiben keine Schranken bestehen. Sie überwindet rassische Überheblichkeit, Rassenhaß, Rache, Furcht, Mißverstehen und Eifersucht. Sie schafft eine einzigartige, einende Loyalität, die allen Parteigeist übersteigt und auch alle anderen Trennungen zunichte macht. So war Erweckung, und so wird Erweckung immer sein.

Aber dieses Leben muß erhalten bleiben, und wir haben die Verantwortung, dafür gemeinsam zu beten. Das Leben muß zuerst einmal in der Gemeinde erhalten bleiben. Heute gibt es afrikanische Bischöfe, Erzdiakone und Pastoren, die dem Herrn völlig ergeben sind. Aber es ist nicht leicht, in einem Zeitabschnitt von zwei oder drei Jahrzehnten aus der Stellung eines Hausburschen und Krankenwärters zu Rang und Namen aufzusteigen und dann die zu führen, die jahrzehntelang andere beherrscht haben. Doch das geistliche Leben beweist sich selbst, weil sie demütig mit dem Herrn und standhaft und gerecht vor den Menschen wandeln.

Leben muß in der Balokole erhalten bleiben – dem erweckten Teil der Kirche –, in der heute sehr viele schon zu alten Männern und Frauen geworden sind. Die Sprache der Erweckten wird abgeschmackt, wenn ihr Leben nicht leuchtend und anziehend bleibt, wenn sie ihre Hände nicht in liebevollem Verständnis ausstrecken, um die Kluft zu überbrücken, die zwischen ihnen und der jüngeren Generation besteht, in der viele trotz des christlichen Anstrichs noch keine Christen sind.

Die *Form* – hier positiv, dort negativ – wird überbetont, und es gibt eine breite »Kluft«, die vielleicht zu den größten Problemen gehört, mit denen die Kirche fertigwerden muß. Die, die die Erweckung in den dreißiger und vierziger Jahren miterlebten, waren in der Hauptsache Leute vom Land mit geringerer Schulbildung und einfacher Lebensführung. Ihre Kleidung ist konservativ, und ihr Singen scheint sich oft auf einen sehr beliebten Chorus zu beschränken, der all die schönen Erinnerungen an die Vergangenheit konserviert. Sie legen mehr Wert auf Gemeinschaft und das Zeugnis der einzelnen als auf organisierte Evangelisationsbewegungen. Allgemein gesprochen schauen sie mit Mißtrauen auf jene Hunderte rastloser, gebildeter und geschulter junger Menschen mit ihren modernen Kleidern und Frisuren, die mit Gitarren zu den Jugendveranstaltungen und Großkundgebungen strömen und ihre Lieder in afrikanische Melodien und Pop-Rhythmen kleiden. Nur wenige der Älteren konnten der heranwachsenden Generation zu Zeugen und Vermittlern des Heils werden. Die Leitung der Jugend liegt aus Mangel an gläubigen Jugendleitern zumeist bei ihr selbst oder in den Händen des ausländischen Missionars, der zwar die pulsierende Kraft dieses neuen Missionsfeldes erkennt, aber mit anderer Arbeit viel zu beschäftigt ist, um sich hier wirklich engagieren zu können.

Es hört sich daher zum Beispiel unglaublich an, daß Viera Gray, die ganz mit der Verantwortung des Buye-Krankenhauses und der Leitung der Schwesternschule in Anspruch genommen war, auch noch die Jungschar leiten sollte, oder daß Keith Anderson, der vollauf mit seiner wichtigen Aufgabe der Seelsorge und mit der sorgfältigen Vorbereitung des erforderlichen theologischen Unterrichts ausgelastet war, schreibt: »Nuten und Federn, Öl und Fett, Reifen und Sicherungen, Motoren und Generatoren – so sieht ein Viertel der letzten Monate aus. Sprachstudium, Unterricht und die Jungenjungschar bilden den Rest.«

Wenn das Feld jemals »reif zur Ernte« war, dann unter der Jugend von Uganda, Ruanda und Burundi, und wir finden hier eine weit geöffnete Tür für Bibellesebundgruppen, Freizeiten und Bibelkreise. Maureen New schreibt: »Es ist sehr wichtig, daß man die Jugend leitet und ihr ein Ventil für ihre aufgestaute Energie und ihre Begeisterung bietet. ›Wir möchten etwas tun‹ ist für sie eine normale Aussage. ›Zeig uns nur, was, sag uns, wie. Gib uns Bücher, die uns anleiten, was wir tun können – irgend etwas!‹«

Ein Anfang wurde schon gemacht, und eine kleine Gruppe konzentriert sich jetzt ganz darauf: Kenneth Kitley besucht die Lehrer und Schüler in Burundi; Festo Kivengere gehört zu den wenigen Afrikanern, die es wirklich schaffen, die Erweckungsbotschaft von Buße und Realität Scharen junger Leute zu vermitteln; Peter und Elisabeth Guillebaud haben sich für die Bibellesebundarbeit entschieden; Eric und Ruth Townson haben Gottes Ruf an die Jugend von Ruanda gehört; Pat und Pam Brooks unterrichten Studenten in Bujumbura. »Wir brauchen sehr dringend hauptamtliche ausländische Jugendmissionare in jedem Land«, schreibt Herr Kitley, »deren Verantwortung es ist, auf die Nöte der verschiedenen Altersgruppen einzugehen und so die Fundamente einer Erweckung in diese Gruppen zu legen. Während wir auf das Kommen solcher Mitarbeiter warten, beten wir jedoch, daß einer oder mehrere Missionare sich von einer anderen Arbeit frei machen können, um Schulen zu besuchen und die Ausbildung von geeigneten jungen christlichen Führern vorzubereiten, von denen letzten Endes alles abhängt.«

Das geistliche Leben in den Schulen muß erhalten werden. Obwohl die Ausbildung zum größten Teil aus der Kirche gekommen ist, wurde sie in hohem Maß von Materialismus und Atheismus angesteckt, und so gibt es immer noch sehr viel Betätigungsraum für den gläubigen Lehrer. Viele der früheren Missionsstationen sehen sich heute gezwungen, ungläubige Lehrer anzustellen, und das ist hart.

Das junge Afrika fordert immer mehr, und es ist immer weniger geeignet, diesem Anspruch mit dem gegenwärtigen Ausbildungs- und Schulsystem zu genügen. In den Sekundarschulen für Jungen sind Schulstreiks und Aufstände nichts Unbekanntes. Aber es gibt noch Freiheit für den Bibelunterricht und vor allem für das Zeugnis eines beständigen Lebens als Christ.

Als eines Tages ein Junge sie durch sein Benehmen so reizte, daß sogar Mabel Jones mit ihrer Geduld am Ende war, entschuldigte sie sich bei ihm. Später erhielt sie einen kleinen Zettel von ihm, mit dem er anfragte, ob er sie sprechen könne. »Ich bin zu Ihnen gekommen«, flüsterte er, »weil ich ein Problem habe. Wenn Sie ärgerlich werden, dann wissen Sie, was Sie tun müssen, aber wenn ich ärgerlich werde, dann weiß ich das nicht.«

Das Leben muß in den Krankenhäusern erhalten bleiben, damit die eigentliche Aufgabe der Heilung und der Bekehrung von Menschen zu Christus erfüllt werden kann. Einige junge Ärzte tragen medizinische, geistliche, administrative und finanzielle Verantwortungen, die weit über ihrem Reifezustand liegen. Da ist der Arzt, der vierundzwanzig Stunden am Tag zur Verfügung steht, oder die Schwester, die neben ihrer Arbeit auch die Arbeit des Arztes tun muß, wenn er nicht erreichbar ist. Für die geistliche Seite der Arbeit bleibt an Kraft und Zeit nicht mehr viel übrig.

Und das Leben muß auch in den Missionaren erhalten bleiben. Für diejenigen, die bereit sind, dorthin zu gehen und ihre Begabungen und Ausbildung den Gliedern der afrikanischen Kirche zur Verfügung zu stellen, gibt es immer noch einen Platz – nicht als Leiter, sondern als Helfer. Die Situation erfordert ein hohes Maß an Demut, Treue und Anpassungsfähigkeit, denn die Zeit wird bald kommen, wo Ausländer nicht mehr länger gebraucht werden. Doch zur Zeit begrüßt die Kirche immer noch Jugendmissionare, Lehrer, Ärzte, Krankenschwestern, Landwirte und solche, die Wirtschaftskunde unterrichten können. Die ganze Struktur könnte ohne sie nicht existieren.

Die älteren Missionare haben die wunderbaren Dinge gesehen, die der Herr getan hat, und ihm dafür gedankt. Aber auch sie sind nicht gegen die Angriffe des Satans immun. Niemand kann von vergangenen Erfahrungen leben, und ohne Jesus, jenen Felsen, auf den sie so fest gegründet sind, werden sie genauso versagen wie der jüngste Neubekehrte.

Unter den jungen Missionaren gibt es viele, die ihre Arbeit befriedigt und die sie lohnend finden, aber es gibt auch einige, die mit Depressionen und Enttäuschung zu kämpfen haben. Die jungen Frauen spüren die Last der Einsamkeit und des Heimwehs vielleicht noch viel schwerer als andere. Im ganzen gesehen ist die junge Ehefrau genau so fähig und qualifiziert wie die ledige Frau, die in ihrem Beruf steht, aber sie muß vielleicht einige Jahre zu Hause bleiben und ist an ihre kleinen Kinder gebunden. Die Läden, wenn überhaupt vorhanden, haben nur wenig anzubieten, und es gibt vielleicht keine anderen europäischen Frauen, mit denen sie einmal plaudern kann. Zuerst ist es die Sprachbarriere, die die Gemeinschaft mit den afrikanischen Frauen am Ort hindert. Ihr Mann erledigt vielleicht die Arbeit von mehreren Mitarbeitern und kommt so erst spät nach Hause. Dabei ist er dann todmüde oder von seinen Problemen so in Anspruch genommen, daß eine Unterhaltung mit ihm schwierig ist.

Wo liegt die Lösung? Ich behaupte nicht, sie zu kennen, möchte aber doch die große Bedeutung der ersten Jahre im Leben eines Kindes und den Wert, der darin liegt, dem Mann ein Zuhause zu schaffen, hervorheben. Die letzte Verantwortung in der Organisation der lokalen Arbeit und das Vermitteln in gespannten Beziehungen, die eine genaue Kenntnis des Afrikaners erfordern, können auf den Schultern eines unerfahrenen, jungen Mannes schwer lasten und ihn zu überwältigen drohen. Seine Frau ist hier sein wichtigster Seelsorger, sein Heim sein einziger Zufluchtsort. Daher Hut ab vor einer Frau, die ihre eigene Enttäuschung, Depression und ihr Heimweh überwinden kann, damit sie sich – wenn ihr Mann zur falschen Zeit hereinstürmt, um schnell was zu essen, und dann gleich wieder hinausrennt, weil er eine dringende Notfalloperation durchführen muß – innerlich von sich selbst distanzieren kann, um seine Probleme anzuhören. In vielen Fällen wäre ein Missionar sicher zusammengebrochen, hätte ihn der Frieden daheim und das Verständnis und die Ermutigung seiner Frau nicht gestützt. Aber das erfordert Selbstverleugnung und Hingabe an die Arbeit des Herrn – auch und vor allem in Afrika.

Es ist viel schwerer, etwas zu sein, als etwas zu tun. Dies hat Dr. Algie Stanley Smith in einem Brief an eine junge Missionarin sehr treffend ausgedrückt, den diese viele Jahre lang wie einen Schatz verwahrte: »Und nun sind all die Jahre der Vorbereitung vorüber, und Du stehst an der Schwelle dessen, das, so glaube ich, Dein Lebenswerk sein wird. Ich weiß, daß der Herr Dich Dinge gelehrt hat, die Dich auf das vorbereiteten, was vor Dir liegt, aber im wesentlichen sind es nicht die gelernten Lektionen, die Dir helfen, sondern allein die Erkenntnis Jesu, das Leben von Augenblick zu Augenblick im Gehorsam zu ihm. Er muß Dich bei der Hand nehmen und sein Werk in Dir tun. Ich glaube, daß das, was er in uns und für uns tut, viel wichtiger ist als die eigentliche Arbeit, die wir tun. Das, was wir sind, zählt, und wenn wir irgendwie brauchbar sind, dann nur durch das Leben Jesu in uns. Daher ist unser erster Auftrag, ihm zu gehorchen.«

Einige der neuen Missionare gehen durch eine Phase zerfallender Illusionen und Enttäuschungen, weil sie von der Erweckung gelesen haben und nun fragen: »Wo ist sie?« Außer einigen echt umgewandelten Leben sehen sie zunächst nur Mißtrauen, Trennung und Materialismus.

Die Erweckung geht immer noch weiter. Vielleicht sogar noch mehr in den Gebieten, in denen kein Missionar lebt, als in den

Missionszentren. Vor einiger Zeit erst erfaßten die Wellen der Erweckung eine Anzahl von Sekundarinternatsschulen, und von hier aus erreichte man die Krankenhäuser und die Menschen in der Umgebung. Es ist bemerkenswert, daß sich besonders die gebildeten jungen Menschen bekehren. Eine Missionskrankenschwester schreibt:

»Eines Abends hörten wir Gesang vom Schulgelände herübertönen. Die Mädchen sangen öfters, aber dieses Mal hörte sich das Singen anders an als sonst. Man konnte den Lobpreis und die Freude hören, und selbst aus der Entfernung erkannte man, daß der Herr unter ihnen war. Am nächsten Abend geschah das gleiche, und wieder sangen sie bis in die Nacht. Das machte uns neugierig, und einige der Krankenhausangestellten gingen hinüber, um nachzuschauen. Als wir in den Eßsaal der Schule kamen, in dem die Mädchen zusammengekommen waren, trauten wir unseren Augen nicht. Die jungen Menschen taten wegen ihrer Sünden Buße, besonders wegen ihres Hasses untereinander. Ein Mädchen stand auf, um zu berichten, was der Herr ihr kundgetan hatte, und die anderen Mädchen brachen in Lob- und Danklieder aus. Voll Freude klatschten sie in die Hände und tanzten umher, und alles schien ganz natürlich zu sein. Wenn ein anderer sprach, setzten sie sich still nieder und hörten zu. Es war die packendste Versammlung, die ich je besucht habe.«

»Einige der Jugendlichen kamen zur Versammlung, und ein paar von ihnen standen voller Freude auf und bekannten, daß sie aus Neugierde gekommen waren, weil sie sich mitfreuen und mitlachen wollten; aber plötzlich begegnete der Herr ihnen und zeigte ihnen, was bei ihnen selbst nicht in Ordnung war. Sie erkannten, daß das Leben ohne Jesus keinen Sinn hat. Einige Krankenschwestern baten um Vergebung für ihre Lässigkeit in der Arbeit und arbeiteten von nun an mit echtem Eifer, halfen ihrem Vorgesetzten im Krankenhaus, waren zu den Patienten freundlich und erzählten ihnen von Jesus. Natürlich waren sie nicht plötzlich alle zu kleinen Engeln geworden, aber man konnte doch eine große Änderung bei ihnen verzeichnen. Anderen wurde bewußt, daß sie im Krankenhaus Gegenstände und Medikamente gestohlen hatten, und sie kamen zurück, um das Mitgenommene wieder zu ersetzen.«

»Jeden Abend wird jetzt im Krankenhaus eine Versammlung abgehalten, und die Leute vom ganzen Berg, sogar aus den örtlichen Läden, kommen. Und der Herr begegnet ihnen, und sie werden errettet.«

»Es kann sein, daß Gott gar nicht mehr nach dem alten Schema wirken möchte. Als der Heilige Geist in voller Kraft auf Ostafrika fiel, waren die Afrikaner noch eine junge Rasse, die sich gerade aus dem Heidentum erhob. Und wenn die Gefühle hochschlagen, werden sie sich anfangs noch in gewohnter Art äußern. Tanzen und Ekstase waren daher immer noch die bekanntesten Ausdrucksformen, und manchmal wird man das Gefühl nicht los, als sei der Missionar darüber oft mehr erschüttert gewesen als der Herr selbst. Wenn wir nach längerer Zeit der Abwesenheit nach Hause zu unseren Kindern kommen, sind wir auch nicht übermäßig erschrocken, wenn sie zeitweise außer Rand und Band sind, vor lauter Freude quietschen und umherspringen – obwohl Außenstehende kalt bemerken könnten, das sei aber eine undisziplinierte Familie. Aber das eher nervenaufreibende Benehmen im Augenblick des Wiedersehens ist kein Abbild der Wirklichkeit dieser Beziehung, denn die Gefühlsaufwallung flaut bald ab. Das Kind schmiegt sich, wenn es dunkel wird, bei seiner Mutter an und erkennt, daß die Tage des Heimwehs vorüber sind und es wirklich zu Hause ist. So gingen die Ekstasen und das Durcheinander schnell vorüber, und an ihre Stelle trat Gottes Schweigen und sein Segen. Diese Afrikaner wußten, daß Gottes Liebe sie in Christus erreicht hatte. Dreißig Jahre später strahlen ihre Gesichter immer noch vor unaussprechlicher Freude, wenn sie von diesem Augenblick sprechen. Und als ob die Morgenröte jedesmal neu hereinbräche, umschreiben sie ihr einfaches Erlebnis mit den Worten: ›Jesus kam zu mir‹.«

Afrika steckt nicht mehr länger in seinen christlichen Kinderschuhen. Der Kontinent hat seine Jugendzeit schnell hinter sich gebracht und wächst jetzt in starker, verläßlicher Männlichkeit heran – und die tiefsten Erfahrungen der Jugendzeit kommen gewöhnlich ohne äußere Zeichen. Die Erweckung geschieht unabhängig davon. Sie kommt immer, wenn der Christ, ob er nun ein bewährtes Gotteskind oder ein müder, entmutigter junger Missionar ist, von der erlebten Ernüchterung und Enttäuschung Abstand gewinnt und auf der tiefsten Ebene seines Lebens mit Jesus Kontakt aufnimmt, seine

Stimme hört, ihm gehorcht und in diesem Gehorsam treu ist. Das ist Erweckung, denn hier greift der Heilige Geist ein.

Es gibt keinen Anlaß zur Entmutigung. Gott hat verordnet, daß »Sommer und Winter, Saat und Ernte, Tag und Nacht nicht aufhören sollen«. Der Granitboden des Heidentums wurde von der Kraft Gottes durch die Arbeit der Pioniere aufgebrochen, und es wurde eine herrliche geistliche Ernte eingebracht. Der Boden ist nun warm und fruchtbar, und beim Pflügen entwickeln sich die Muskeln des Menschen – und er sät in Liebe seinen Samen: Glaube und Hoffnung. Während der Winterstürme übt er Geduld, er tut einfach weiter seine Arbeit, und der Same geht auf. In dieser Wartezeit wendet er alles, was er gelernt hat, an, auch wenn die Tage der Fülle, der Reife noch vor ihm liegen. Wenn die Bedingungen für Gottes Verheißungen erfüllt sind, wird es ganz sicher eine Ernte geben; aber laßt uns auch bedenken, daß Gott in diesem Zeitalter des Luxus und der Zügellosigkeit seine Preise nicht gesenkt hat. Die Pioniere bezahlten die Erweckung mit Mühe und Schweiß, mit Angst und Buße, mit ihren Gebeten, mit Fasten und Selbstverleugnung; und auch wir werden dabei nicht billiger wegkommen.

Die Menschen kommen auch heute immer noch, um Gottes Wort zu hören, sie kommen die roten Staubstraßen herab, über die Berge, durch Busch und Dschungel, an den Seeufern entlang und über die Straßen der neuen Städte. Sie kommen aus den Städten, aus den Kraals, aus den Bananenwäldern. Wo Gottes Wort gepredigt wird, da strömen sie hinzu: in die einfachen Ziegelsteinkirchen auf den Bergen oder in die runden Grashütten, in denen sich die Menschen zum Gebet treffen, in die kahlen Schulzimmer mit ihren bunten Wänden; in die dachlosen Einfriedungen und überfüllten Krankenhausstationen. Diese Tatsache wird in uns entweder Passivität oder stärksten Einsatz auslösen.

Als er noch in Afrika war, schrieb Dr. Moynagh:

»Vor einigen Tagen las ich irgendwo, daß der größte Konkurrent der völligen Hingabe an den Herrn der Dienst für ihn ist. Wenn wir von der Zukunft Ruandas träumen und darüber nachdenken, wenn wir an seine dichte Bevölkerung, die größtenteils vom Heidentum in den Katholizismus übergegangen ist, wenn wir an die ungezählten Kinder denken, die nach Ausbildung rufen, an die vielen anderen, die zum Teil die Schule besuchten und nun nach mehr Literatur rufen; wenn wir ein wenig besorgt über die Grenzen dieses ruhigen Landes in die unruhigen Gebiete von Kenia schauen, die Ruhelosigkeit in Uganda sehen und die sich schließenden Türen im Sudan, dann ist es kaum vermeidbar, von einer hektischen Aktivität gefangengenommen zu werden. Wir müßten verzweifeln, wenn wir auf unsere geringe Zahl und unsere schwachen Kräfte schauen. Aber wir sehen Jesus, wie er über die Berge und durch die Täler geht und geduldig an die Türen der Sünder klopft, die ihn ausschließen; wie er in den Häusern derer sitzt, die ihn lieben, und dann den Vater bittet, in den Heiden Wohnung zu nehmen. Die Antwort geben erlöste Männer und Frauen.«

In der TELOS-Paperbackreihe erscheinen folgende Titel

2001 Ludwig Hofacker
　　 Unter Gottes Schild
2002 Eugenia Price
　　 Mut zum Nachdenken
2003 June Miller
　　 Warum sinken, wenn
　　 du schwimmen kannst
2004 Elli Kühne
　　 Mit dem Mantel der Liebe
2005 D. A. T. Pierson
　　 Niemals enttäuscht
2006 Anny Wienbruch
　　 D. Jüngste d. fröhl. Familie
2007 Arno Pagel
　　 Sie wiesen auf Jesus
2008 Arno Pagel
　　 Sie führten zu Christus
2009 Arno Pagel
　　 Sie riefen zum Leben
2010 Don Richardson
　　 Friedens-Kind
2011 Bernard Palmer
　　 Rastlos in der Einsamkeit
2012 T. F. Bjorn
　　 Der Ruf des Lebens
2013 Otto Riecker
　　 ... mit 60 fing m. Leben
　　 an

TELOS-Wissenschaftl. Reihe
4003 Wilder Smith
　　 Gott: Sein oder Nichtsein?
4005 Wilder Smith
　　 Ursache und Behandlung
　　 der Drogenepidemie
4006 Otto Riecker
　　 Das evangelistische Wort
4008 Wilder Smith
　　 Grundlage
　　 zu einer neuen Biologie
4009 Whitcomb/Morris
　　 Die Sintflut
4010 Os Guiness
　　 Asche des Abendlandes
4011 John W. Montgomery
　　 Weltgeschichte wohin?
4012 Joseph Chambon
　　 Der franz. Protestantism.
4013 Francis Schaeffer
　　 Wie können w. d. leben?
4014 Evangelisation zur Zeit
　　 der ersten Christen

TELOS-Das erweckliche Wort
1900 Alan Redpath
　　 Sieghafter Dienst
1901 Alan Redpath
　　 Leben n. d. Herzen Gottes
1905 Alan Redpath
　　 Geistlicher Kampf
1906 Oswald Sanders
　　 Hundert Tage mit Jesus

TELOS-Geschenkbände
2101 Anny Wienbruch
　　 Das Geheimnis um Zar
　　 Alexander
2102 Johann A. Bengel
　　 Das Neue Testament
2103 Bibelpanorama
2104 Johannes E. Goßner
　　 Schatzkästchen
2105 John Bunyan
　　 Pilgerreise zur seligen
　　 Ewigkeit